PIÈGES D'OUTRE-TOMBE

LES MYSTÈRES DE HARPER CONNELLY - 2

Du même auteur

LES MYSTÈRES DE HARPER CONNELLY

SÉRIE SOOKIE STACKHOUSE
LA COMMUNAUTÉ DU SUD

CHARLAINE HARRIS

PIÈGES D'OUTRE-TOMBE

LES MYSTÈRES DE HARPER CONNELLY - 2

Traduit de l'anglais (États-Unis)
par Sophie Dalle

Flammarion
Québec

Catalogage avant publication de Bibliothèque et Archives nationales
du Québec et Bibliothèque et Archives Canada

Harris, Charlaine
      Pièges d'outre-tombe
      (Les mystères de Harper Connelly; 2)
      Traduction de : Grave surprise.
      ISBN 978-2-89077-413-1
      I. Dalle, Sophie. II. Titre.
PS3558.A77G73214 2011   813'.54   C2011-940692-6

COUVERTURE
Photo : © Maude Chauvin, 2011
Conception graphique : Annick Désormeaux

INTÉRIEUR
Composition : Facompo

Titre original : GRAVE SURPRISE
The Berkley Publishing Group,
une filiale de Penguin Group (USA) Inc.
© Charlaine Harris Inc., 2006
Traduction en langue française : © Éditions J'ai lu, 2011
Édition canadienne : © Flammarion Québec, 2011

Extrait de *Frissons d'outre-tombe*
© Charlaine Harris Inc., 2006
© Éditions J'ai lu, 2011 (pour la traduction française)
© Flammarion Québec, 2011 (pour l'édition canadienne)

Imprimé au Canada
www.flammarion.qc.ca

Cet ouvrage est dédié à une minorité de la population américaine : celles et ceux qui ont été foudroyés et ont survécu. Certains d'entre eux passent le restant de leur vie à tenter de convaincre les médecins de la réalité d'une multitude de problèmes auxquels ils sont confrontés. Les autres s'efforcent simplement de continuer à vivre malgré l'inévitable traumatisme lié à une telle épreuve. Je vous souhaite à tous d'être libérés de vos douleurs et de votre angoisse, et je vous remercie de me laisser partager vos expériences.

REMERCIEMENTS

Plusieurs personnes m'ont aidée à me documenter pour cet ouvrage et, s'il a pu m'arriver de ne pas utiliser leurs informations à bon escient, je les remercie néanmoins de leurs bonnes intentions et du temps qu'ils m'ont si volontiers accordé. Je pense notamment à mon amie Treva Jackson et à quelques autres. Sa fille Miller nous a aidées aussi de temps en temps. Mon collègue écrivain Robin Burcell m'a été d'un précieux secours, non seulement grâce à tous les détails qu'il a pu me communiquer sur les procédures policières, mais aussi en me présentant l'agent George Fong du FBI, qui ne ressemble en rien à celui de cette histoire. Par ailleurs, mon camarade Ed Uthman m'a fourni toutes sortes d'anecdotes amusantes, souvenirs de ses années universitaires à Memphis. Julie Wray Herman et Rochelle Krich ont éclairé de leur mieux mes vues parfois erronées sur la religion juive. Je vous apprécie tous énormément.

1

Lorsque je le rencontrai pour la première fois devant le vieux cimetière, Clyde Nunley me déplut. Son apparence semblait pourtant irréprochable. Vu les circonstances, il était habillé comme une personne normale pour braver la relative tiédeur de l'hiver du sud du Tennessee : vieux jean, grosses chaussures d'ouvrier, chapeau informe, chemise en flanelle et doudoune légère. Mais le docteur Nunley affichait un air satisfait et condescendant qui exprimait ses véritables pensées à mon égard : je n'étais à ses yeux qu'une arnaqueuse à laquelle on ne pouvait qu'accorder du mépris.

Il se planta juste face à moi et me serra la main. Puis il me dévisagea ainsi que mon frère tandis que nous attendions qu'il nous dise ce qu'il attendait de nous.

Proposé sous l'égide du département d'anthropologie de Bingham College, le cours enseigné par le docteur Nunley s'intitulait : « Un esprit ouvert : expériences en dehors de la Boîte. » La nuance d'ironie ne m'avait pas échappé.

— La semaine dernière, nous avons reçu une médium, annonça-t-il.

— À déjeuner ?

J'eus droit à un grognement pour toute réponse.

J'observai Tolliver à la dérobée. Il avait plissé les yeux, signe qu'il s'amusait, mais je lus également dans son regard qu'il me mettait en garde : « Sois gentille. »

Si je n'avais pas été face à ce professeur prétentieux, j'aurais trépigné d'impatience. J'aspirai une grande bouffée d'air et jetai un coup d'œil au-delà du docteur Nunley sur les sépultures érodées par le temps et le climat. Dans ce genre de lieu, je me sentais en phase.

Selon les critères américains, ce cimetière était particulièrement ancien. Les arbres avaient eu presque deux siècles pour y grandir. Quelques-uns d'entre eux n'étaient sans doute que des pousses à l'époque où l'on avait enterré les paroissiens de Sainte Margaret. Aujourd'hui, ils étaient immenses, et ce devait être un délice de se réfugier sous leur ombre en plein été. À présent, leurs grosses branches étaient dénudées et l'herbe décolorée, jonchée de feuilles mortes. Le ciel avait ce gris plombé qui vous rend le cœur lourd.

Les pierres tombales encore debout étaient éparpillées et de couleurs diverses. En dessous, les morts m'attendaient.

Il n'avait pas plu depuis plus d'une semaine, et je portais une paire de baskets plutôt que des bottes. J'aurais préféré les enlever pour avoir un meilleur contact, mais je craignais qu'étudiants et professeur n'interprètent ce geste comme une preuve supplémentaire de mon excentricité. D'ailleurs, il faisait un peu trop froid pour se balader pieds nus.

Les disciples de Nunley étaient venus assister à ma « démonstration ». C'était le but du jeu. Parmi la vingtaine de personnes qui formaient le groupe, j'en remarquai deux plus âgées, dont une femme qui devait avoir la quarantaine. J'aurais volontiers parié qu'elle était

12

arrivée à bord de la fourgonnette mal garée devant un fil de fer tendu entre les deux poteaux blancs qui séparaient le parking de la pelouse. Elle me jaugeait d'un air ouvert et curieux.

L'autre participant « non traditionnel » était un homme d'un peu plus de 30 ans, avec un pantalon de velours côtelé et un pull couleur de bruyère. Son véhicule ne pouvait être que le pick-up Colorado étincelant. Quant à Clyde Nunley, je lui attribuai la vieille Toyota. Les quatre autres voitures, petites et défoncées, appartenaient vraisemblablement aux étudiants composant le gros de l'assistance. Située sur le campus, l'église Sainte Margaret était nichée tout au fond du parc, au-delà du stade, des courts de tennis et du terrain de football. Rien d'étonnant donc à ce que ceux qui le pouvaient soient venus en automobile, surtout par ce temps. La plupart des élèves avaient entre 18 et 20 ans (à peine plus jeunes que moi, constatai-je avec surprise) et arboraient la tenue de rigueur : jean, baskets et anorak – comme Tolliver et moi.

Le blouson de Tolliver, vermeil à doublure bleue, provenait de chez Land's End. Le rouge seyait à ses cheveux noirs, et le vêtement était suffisamment chaud pour affronter la plupart des intempéries dans le Sud. De mon côté, j'avais enfilé ma parka molletonnée bleu canard que Tolliver m'avait offerte et que j'adorais.

Nous formions deux taches de couleur dans un environnement gris. Les arbres qui cernaient l'église, sa cour et son cimetière, nous donnaient l'impression que nous étions totalement isolés au fin fond du campus de Bingham.

— Mademoiselle Connelly, nous sommes pressés de vous voir à l'œuvre, déclara le docteur Nunley.

13

C'était tout juste s'il ne me riait pas au nez. Il balaya l'espace d'un geste ample, indiquant les tombes. Ses étudiants étaient loin de piaffer : ils paraissaient frigorifiés, las ou vaguement intrigués. Qui était le médium invité la semaine précédente ? Les véritables talents se comptent sur les doigts de la main.

Je me tournai vers Tolliver. « Quel goujat ! » lus-je dans son regard. Je souris.

Chacun des participants était muni d'un plan du cimetière sur lequel les tombeaux étaient soigneusement dessinés et étiquetés. Ils ne disposaient pas de ces informations, mais je savais qu'il existait un registre dans lequel étaient consignées les causes de décès de la plupart des gens qui reposaient ici. Dans le respect du travail de son prédécesseur, le curé de la paroisse Sainte Margaret avait méticuleusement rempli le registre pendant ses quarante ans de bons et loyaux services. Toutefois, le docteur Nunley m'avait bien précisé que le dernier enterrement remontait à cinquante ans.

On avait découvert les archives de Sainte Margaret il y a trois mois dans un carton retrouvé par hasard dans une des réserves de la bibliothèque de l'université. Je ne pouvais donc en aucun cas les avoir consultées auparavant. Le docteur Nunley, initiateur du programme de sciences occultes, avait entendu parler de moi. Je n'avais pas été étonnée qu'il refuse de me dire comment. D'un site Web à un autre… Dans ce milieu très fermé, je suis célèbre.

Clyde Nunley me payait pour que je fasse une démonstration de mes facultés lors de son cours intitulé « Un esprit ouvert ». Il était persuadé que je me prenais pour une sorte de prophétesse, voire une Wiccane [1].

_____

1. La Wicca est une religion païenne qui prône la nature. *(N.d.T.)*

14

Bien entendu, c'était grotesque. Je n'avais rien d'une sorcière. Je ne priais pas un dieu quelconque avant d'entrer en contact avec les morts. Je crois en Dieu, mais je ne considère pas mon modeste don comme un cadeau de Sa part.

Ce don, je le dois à un coup de foudre. Si vous pensez que Dieu est à l'origine des catastrophes naturelles, je suppose donc qu'Il est responsable.

Quand j'avais 15 ans, j'ai été foudroyée devant la fenêtre ouverte du taudis dans lequel nous habitions. À cette époque, ma mère était mariée avec le père de Tolliver, Matt Lang, et ils avaient eu deux enfants, Gracie et Mariella. Dans cet espace confiné, en plus de la famille recomposée, s'entassaient aussi ma sœur Cameron, Tolliver, son frère aîné Mark et moi-même. Je ne sais plus combien de temps Mark a tenu le coup. Quoi qu'il en soit, il n'était pas présent cet après-midi-là.

C'est Tolliver qui m'a ranimée en attendant l'arrivée de l'ambulance.

Mon beau-père avait abreuvé d'insultes Cameron pour avoir appelé les secours. Les soins médicaux coûtaient une fortune et, bien entendu, nous n'étions pas assurés. Le médecin qui voulait me garder toute la nuit en observation en avait entendu des vertes et des pas mûres. Je ne l'ai plus jamais revu, pas plus que son confrère. Cependant, d'après un site Internet dédié aux survivants de mon genre, j'ai cru comprendre que ça n'aurait servi à rien.

Je me suis remise de cette mésaventure – plus ou moins. J'ai une drôle de marque en forme de toile d'araignée sur la cuisse droite, et ma jambe se dérobe parfois sous moi. Par moments, ma main droite se met à trembler. Je souffre de migraines épouvantables et

15

de crises d'angoisse. Et je trouve les morts et je suis capable de diagnostiquer la cause de leur décès.

C'était cet aspect qui intéressait le professeur. Il avait en sa possession les fameuses archives de Sainte Margaret auxquelles je n'avais pas eu accès. De là lui était venue l'idée du test parfait, celui qui prouverait mon incompétence. D'un pas désinvolte, il franchit le portail en fer forgé détérioré qui fermait le cimetière depuis tant de décennies.

— Par où voulez-vous que je commence ? demandai-je d'un ton courtois.

J'avais reçu la meilleure éducation jusqu'au jour où mes parents avaient sombré dans la drogue.

Clyde Nunley eut un sourire narquois.

— Pourquoi pas ici ? proposa-t-il en désignant une tombe à sa droite.

L'inscription sur la pierre était illisible, du moins sans l'aide d'une lampe de poche. Mais il se fichait du nom ; ce qu'il voulait savoir, c'était ce que je pourrais lui révéler sur la manière dont la personne était morte.

La vibration que j'avais ressentie dès notre approche du cimetière s'intensifia. J'avais entendu le bourdonnement avant même de pénétrer dans les lieux. À présent, j'avais l'impression d'être tout près d'une ruche.

Je fermai les yeux pour me concentrer. Les ossements étaient juste sous moi, ils m'attendaient.

— Un chariot s'est renversé sur lui. Il s'agit d'un homme d'une trentaine d'années. Ephraim ? Sa jambe a été écrasée, il est tombé en état de choc. Il a succombé à l'hémorragie.

Il y eut un long silence. Je soulevai les paupières. Le professeur ne ricanait plus. Les étudiants prenaient des notes. L'une des jeunes filles me dévisagea, les yeux ronds.

16

— Bien, concéda le docteur Nunley, d'une voix nettement moins dédaigneuse. Passons à la sépulture suivante.

Un point pour moi ! pensai-je.

La pierre était jumelle de celle d'Ephraim, et je n'eus aucun mal à en déduire l'identité de la défunte : son épouse.

— Isabelle, déclarai-je d'un ton assuré. Isabelle. Oh ! Elle est morte en couches.

Ma main vint se plaquer sur mon bas-ventre. Isabelle devait être enceinte quand son mari avait eu ce terrible accident. Quel malheur !

— Attendez une seconde ! ajoutai-je car je venais de détecter un écho lointain.

Au diable les bonnes manières ! J'ôtai mes chaussures, mais gardai mes chaussettes.

— Le bébé est là avec elle. Pauvre petit, murmurai-je.

Il n'avait pas souffert.

Je me tournai légèrement : les étudiants se serraient les uns contre les autres. Ils s'étaient éloignés de moi.

— Ensuite ?

Lèvres pincées, Clyde Nunley m'indiqua une tombe si ancienne que la stèle s'était brisée en deux. Autrefois, le marbre avait dû être blanc.

Tolliver m'accompagna, une main sur mon épaule.

— Il devrait se tenir à l'écart ! intervint quelqu'un. Si ça se trouve, c'est lui qui lui communique les informations.

C'était le trentenaire. Il avait des cheveux châtains striés de quelques mèches blanches, le visage étroit et les épaules larges d'un nageur. Il ne semblait pas remettre en cause mes capacités. Il faisait simplement preuve d'objectivité.

— Excellente remarque, Rick. Monsieur Lang, pourriez-vous vous placer hors du champ de vision de Mlle Connelly ?

Mon estomac se noua, pourtant, je m'obligeai à acquiescer en direction de Tolliver. Il alla s'adosser contre notre voiture, garée le long d'un reste de clôture. Pendant que je le suivais du regard, un autre véhicule surgit, et un jeune Noir muni d'un appareil photo en descendit. L'automobile était dans un état pitoyable, mais propre.

— Salut à tous ! Désolé d'être en retard.

— Mademoiselle Connelly, dit le docteur Nunley, je vous présente Clark. J'ai oublié de vous signaler que le journal de l'université souhaitait prendre quelques photos.

Il n'avait rien oublié du tout. Il voulait me mettre devant le fait accompli au cas où je m'y serais opposée.

Je réfléchis quelques secondes. Quelle importance ? J'étais prête à en découdre avec Clyde Nunley, mais pas pour des détails.

— Cela ne me dérange aucunement, finis-je par répondre en haussant les épaules.

Je me positionnai de nouveau et me plongeai en moi-même. Ici, le cercueil s'était désintégré, les os dispersés. Je sentis à peine les tressaillements dans ma main droite, je ne me rendis pas compte que je tournais la tête d'un côté puis de l'autre. Mes muscles faciaux dansaient sous ma peau.

— Les reins, décrétai-je enfin. Il a eu un problème rénal.

La douleur dans mon dos devint presque insoutenable puis se dissipa brusquement. J'ouvris les yeux et inspirai profondément. Je résistai difficilement au désir de pivoter vers mon frère.

18

L'une des plus jeunes membres du groupe était blême comme un linge. Je l'avais effrayée. Je lui adressai un sourire que j'espérais rassurant. Loupé : elle recula d'un pas. Je poussai un soupir et me remis au travail.

Je tombai ensuite sur une femme qui avait succombé à une pneumonie ; un gosse décédé d'une péritonite ; un bébé souffrant d'une malformation du cœur, un autre d'un problème sanguin (probablement le deuxième enfant d'un couple aux rhésus incompatibles) et un préadolescent emporté par une forte fièvre. De temps en temps, je percevais le cliquetis de l'appareil photo, mais cela ne me gênait pas. Quand je suis en mission, je me soucie peu de mon apparence physique.

Au bout d'une quarantaine de minutes, Nunley parut presque convaincu. Il me montra une sépulture dans un coin reculé. La pierre était partiellement masquée par les branches d'un chêne, et la lumière était de piètre qualité. Je commençais à fatiguer. Au début, je mis la « lecture » extraordinaire que je fis sur le compte de l'épuisement. Je fronçai les sourcils.

— C'est une fille.

— Ha ! s'exclama Nunley, enchanté. Faux !

Allez vous faire cuire un œuf, monsieur J'ai-l'esprit-ouvert.

— Je ne me trompe pas, insistai-je.

Peu importe ce qu'ils pouvaient penser, tous autant qu'ils étaient. Je ne pensais plus qu'à résoudre l'énigme que je venais de repérer.

J'enlevai mes chaussettes et me remis en position. Pour la première fois dans ce cimetière, je remarquai qu'on avait retourné la terre récemment.

Tiens ! Tiens ! Tiens ! Je demeurai immobile, le temps que les informations remontent jusqu'à mon cerveau. J'avais cette sensation fort désagréable qui vous envahit quand vous savez qu'un drame vous attend au détour d'un virage.

Les étudiants bavardaient à voix basse. Je m'accroupis pour lire l'inscription sur la stèle : « Josiah Poundstone, 1839-1858. Repose en paix mon frère bien-aimé. » Nulle mention d'une épouse, d'un jumeau ni…

Bon, d'accord, supposons que le terrain ait bougé au fil des ans et que le cadavre d'à côté se soit rapproché de Josiah.

Une fois de plus, j'entendis le déclic de l'appareil photo sans y prêter attention. Je posai la main sur le sol. Je jetai un coup d'œil vers Tolliver.

— Il y a quelque chose qui cloche, dis-je, assez fort pour qu'il réagisse.

Aussitôt, il vint vers moi.

— Un problème, mademoiselle Connelly ? s'enquit le docteur Nunley, d'un ton méprisant.

Voilà un homme qui aime avoir raison.

— Oui.

Je m'écartai, me secouai, recommençai. Même résultat.

— Je sens *deux* corps.

Comme je m'y attendais, Nunley s'empressa de fournir une explication plausible.

— La bière d'à côté a cédé, répliqua-t-il, agacé. Ou un truc de ce genre.

— Non, le corps du dessous repose dans un cercueil intact, affirmai-je à bout de souffle. Celui du dessus est beaucoup plus récent.

Les étudiants se turent enfin. Nunley consulta ses notes.

— Qui… euh… voyez-vous… à cet endroit ?

— Le corps du dessous, le plus ancien…

20

Je m'efforçai de le voir à travers le premier, un exercice auquel je ne m'étais encore jamais prêtée.

— ... est celui de Josiah, dont vous voyez le nom gravé dans la pierre. Il est mort d'un empoisonnement du sang à la suite d'une coupure.

À l'expression de Nunley, je compris que j'étais sur la bonne voie. Ce que le curé de Sainte Margaret n'avait peut-être pas su, c'était que la blessure lui avait été infligée par un poignard au cours d'une bagarre. Je voyais le couteau s'enfoncer dans la chair du jeune homme. Il avait eu beau arrêter le flot de sang, l'infection l'avait emporté.

— Au-dessus de lui se trouve une jeune fille.

Cette fois, le silence fut absolu, au point que l'on pouvait percevoir le ronronnement de la circulation, au loin.

— À quand remonte son décès ? voulut savoir Tolliver.

— Deux ans tout au plus.

J'inclinai la tête à droite puis à gauche afin de peaufiner ma « lecture ». Pour ce qui concerne l'âge du squelette, je me fie surtout à l'intensité de la vibration. Je n'ai jamais prétendu être une scientifique, mais je ne me trompe jamais.

— Oh, mon Dieu ! chuchota l'une des participantes, comprenant enfin les implications de ce que je venais de découvrir.

— Victime d'un meurtre, enchaînai-je. Elle s'appelait... Tabitha.

Soudain, une sensation d'horreur m'envahit comme si un loup-garou prenait son élan pour me sauter dessus.

Mon frère se précipita vers moi tel un joueur de rugby qui vise la ligne d'essai. Il s'immobilisa à quelques centimètres du tombeau et me prit la main. Désemparés, nous nous regardâmes dans les yeux.

— Dis-moi que tu te trompes, me supplia-t-il.

— C'est bien elle. Nous avons enfin retrouvé Tabitha Morgenstern.

Les membres du groupe s'observèrent les uns les autres jusqu'à ce que Clyde Nunley intervienne :

— Vous voulez dire… la jeune fille enlevée à Nashville ?

— Exactement, répondis-je.

2

J'avais découvert deux victimes de meurtre. L'une avait succombé à ses blessures au XIXᵉ siècle, et l'autre était beaucoup plus récente. En état de choc après avoir retrouvé Tabitha, je décidai de chasser pour l'instant Josiah Poundstone de mes pensées. Personne ne se soucierait de lui aujourd'hui.

— Vous me devez des éclaircissements, me décréta l'inspecteur de police.

Nous étions à la brigade Homicide. Les cloisons tapissées de moquette, les sonneries incessantes des téléphones et le drapeau punaisé au mur évoquaient davantage l'open space d'une PME florissante qu'un commissariat.

Il m'arrive de m'évanouir quand je découvre une personne morte de façon violente. Je regrettais de ne pas être tombée dans les pommes cette fois-ci, mais j'avais tenu bon, consciente des expressions incrédules et outragées des flics en uniforme et en civil rassemblés autour de moi dans le cimetière.

On pouvait prévoir et comprendre le scepticisme et la colère des deux premiers agents qui avaient déboulé sur la scène. Ils n'imaginaient pas un seul instant qu'on

23

puisse rouvrir une tombe vieille de plus d'un siècle sur les seules déclarations d'une lunatique, arnaqueuse professionnelle.

Mais les explications de Clyde Nunley les avaient mis mal à l'aise. Après avoir établi une multitude de comparaisons entre l'état de la terre de la tombe en question et de celles aux alentours, le plus grand des deux policiers avait fini par contacter son supérieur.

Nous avions reconstitué la scène. Ce processus avait pris un temps fou. Tolliver et moi étions adossés à notre voiture, de plus en plus las, de plus en plus transis de froid, tandis que les questions revenaient encore et encore. Tout le monde nous en voulait. Tout le monde nous prenait pour des escrocs. Sur la défensive, Clyde Nunley haussait le ton au fur et à mesure des réactions de stupéfaction des autorités. Oui, il dirigeait un cours dans lequel les étudiants « tentaient des expériences » avec ceux qui prétendaient communiquer avec les morts : chasseurs de fantômes, médiums, voyantes, cartomanciennes et autres adeptes du paranormal. Oui, les parents autorisaient leurs enfants à suivre ce genre de programme et, oui, ils déboursaient une fortune à cet effet. Les archives du vieux cimetière étaient en sécurité, et Harper Connelly n'avait eu aucun moyen de les examiner. Le carton contenant ces précieux documents était bien scellé quand les employés de la bibliothèque l'avaient déniché, et ni Tolliver ni moi n'avions fréquenté cette université. Nous ne pûmes nous empêcher de sourire.

Personne ne s'étonna qu'on nous « invite » à suivre les policiers jusqu'au commissariat. Là, nous subîmes un nouvel interrogatoire interminable, puis on nous laissa végéter dans une salle. La corbeille à papier débordait d'emballages de friandises et de gobelets en

24

polystyrène vides, les murs auraient mérité un bon coup de peinture. Par le passé, quelqu'un avait dû jeter la chaise sur laquelle j'étais assise car l'un des pieds était légèrement arqué. Unique consolation : nous avions pu nous réchauffer. Après une longue attente, on nous conduisit jusqu'au bureau de l'inspecteur qui nous proposa aimablement du café.

— Tu crois qu'ils le prendront mal si je lis ? me demanda Tolliver.

Il a 28 ans et il a l'habitude de se laisser pousser les cheveux jusqu'à ce qu'il n'en puisse plus et les coupe à ras. En ce moment, ils sont suffisamment longs pour qu'il les rassemble en un petit catogan. Il porte la moustache, et ses joues sont marquées par l'acné. Comme moi, il adore courir. Nous passons des heures et des heures en voiture ; la course à pied est un excellent moyen de se défouler.

— Oui, répondis-je.

Il me fusilla des yeux.

— Quoi ? Tu me poses la question, je te réponds !

Nous nous réfugiâmes pendant une ou deux minutes dans un silence lugubre.

— Tu crois que nous devrons revoir les Morgenstern ? m'enquis-je enfin.

— J'en suis sûr. Je parie qu'ils sont déjà en route.

Son portable sonna.

Il consulta l'écran, impassible, et décrocha.

— Bonjour ! Oui, c'est vrai. Oui, nous sommes à Memphis. J'allais téléphoner ce soir. Bien entendu que nous nous verrons. Oui. Oui... Entendu. Au revoir.

Il raccrocha, l'air exaspéré. Je mourais d'envie de savoir qui l'avait appelé, mais demeurai muette. La perspective d'une nouvelle confrontation avec Joel et Diane Morgenstern suffisait à me déprimer.

Quand je m'étais rendu compte à qui appartenaient ces ossements, mon désarroi avait dissipé tout sentiment de victoire. Dix-huit mois plus tôt, j'avais essayé de toutes mes forces de retrouver cette petite, mais en vain. Maintenant que j'avais enfin réussi, mon succès avait un goût amer.

— Comment est-elle morte ? me demanda-t-il tout bas.

Dans un commissariat, la prudence est de mise. Nous sommes méfiants de nature, je suppose.

— Étouffée.

Je marquai une pause.

— Avec un oreiller bleu.

Nous avions vu des dizaines de photos de Tabitha vivante : aux informations télévisées, au mur de sa chambre, entre les mains de ses parents, sans compter les clichés agrandis pour illustrer les tracts que l'on nous avait confiés. Une gamine de 11 ans plutôt banale : chevelure auburn qu'elle n'avait pas encore appris à dompter, grands yeux noisette, appareil dentaire, silhouette d'enfant. Passionnée par la gymnastique et le dessin, elle détestait faire son lit et sortir les poubelles. J'avais appris tous ces détails en discutant avec son père et sa mère – ou plutôt, en écoutant leurs monologues. Joel et Diane semblaient convaincus que plus ils me parleraient d'elle, plus je m'acharnerais à la retrouver.

— Tu crois qu'elle est là depuis le début ? s'enquit Tolliver.

La famille Morgenstern avait sollicité notre aide au printemps de l'année précédente. Tabitha avait disparu depuis un mois. Bredouille, la police avait ralenti sinon arrêté totalement les recherches, et le FBI s'était retiré. Aucune rançon n'avait été réclamée, et on avait supprimé les équipements spéciaux destinés à remonter à la source des appels téléphoniques.

— Non. La terre est trop fraîche. Toutefois, je pense qu'elle a été tuée presque aussitôt. Je l'espère pour elle.

Une enfant assassinée, c'est abominable. Une enfant assassinée après avoir subi tortures et abus sexuels, c'est insoutenable.

— La tâche était impossible pour toi. À l'époque.

— En effet.

Ce n'était pas faute d'avoir tout tenté. Les Morgenstern m'avaient engagée après avoir épuisé toutes les méthodes traditionnelles.

Oui, j'avais échoué, mais je m'étais donnée corps et âme à cette mission. J'avais passé au peigne fin la maison, le jardin, le quartier, la cour de tout individu fiché à la police qui habitait dans les environs. Souvent, je m'y étais aventurée en pleine nuit parce que le propriétaire me refusait toute visite. Non seulement je prenais le risque de me faire arrêter, mais j'aurais pu me blesser. Lors de ma deuxième expédition nocturne, un chien avait failli me mordre.

J'avais exploré décharges, étangs, parcs, terrains vagues et cimetières, découvrant au passage une autre victime dans le coffre d'une voiture abandonnée (un bonus pour la police de Nashville, trop heureuse de profiter de mes services), une personne décédée de cause naturelle, un SDF, mais pas la moindre gamine de 11 ans. Je m'étais entêtée pendant neuf jours, jusqu'au moment où j'avais été obligée d'annoncer mon échec à Joel et à Diane Morgenstern.

Son ravisseur l'avait enlevée dans leur jardin d'une banlieue huppée de Nashville alors qu'elle arrosait les plates-bandes devant la maison par une douce matinée de printemps. Quand Diane était sortie la prévenir

27

qu'elle allait au supermarché, Tabitha s'était volatilisée. L'eau coulait toujours du tuyau.

Fille d'un cadre supérieur dans un cabinet comptable gérant les affaires de nombreux chanteurs et producteurs de disques de Nashville, Tabitha avait joui d'une enfance heureuse et équilibrée dans un cocon douillet où tout était centré sur sa santé et son bonheur – ainsi que celui de Victor, son demi-frère (Joel était veuf lorsqu'il avait rencontré Diane).

Tolliver et moi avions connu tout le contraire, du moins après que nos avocats de parents s'étaient mis à boire et à se droguer avec leurs clients. Au bout d'un certain temps, ils avaient d'ailleurs cessé d'être des clients pour devenir des pairs. Cette spirale infernale nous avait entraînés jusqu'au taudis de Texarkana où la foudre était entrée par la fenêtre ouverte.

Les voyages au pays des souvenirs ne me sont jamais agréables.

Je fus presque soulagée quand l'inspecteur – il s'appelait Corbett Lacey – reparut en nous tendant à chacun une tasse de café. Il avait opté pour une approche en douceur. Tôt ou tard (tard, probablement) un de ses collègues emploierait la tactique du méchant.

— Racontez-moi les circonstances de votre venue parmi nous ce matin, suggéra Corbett Lacey.

C'était un homme de forte carrure aux cheveux blonds épars, au ventre rond et aux yeux bleus, brillants comme des billes.

— Le docteur Nunley nous avait conviés au vieux cimetière. Je devais montrer ce que je fais à ses étudiants.

— Que faites-vous, au juste ?

Il semblait sincère, comme s'il était prêt à me croire.

28

— Je retrouve les morts. On me contacte, et je retrouve les corps de ceux qui sont passés dans l'au-delà.

C'est mon euphémisme préféré : j'en ai tout un répertoire.

— Je parviens aussi, dans certaines circonstances, à discerner la cause du décès. C'est ce que l'on m'avait demandé de faire aujourd'hui.

— Quel est votre taux de succès ?

Alors là, je fus sidérée. Je m'étais attendue à un ricanement.

— Si les proches ou la police peuvent m'indiquer une zone, je retrouve le corps, répliquai-je d'un ton neutre. Quand je le découvre, je décèle les causes du décès. Dans le cas de Tabitha Morgenstern, j'ai échoué. On l'avait enlevée dans son jardin et – j'imagine – emmenée en voiture. Toujours est-il que je ne la « sentais » pas.

— Comment ça marche ?

Encore une question imprévue.

— J'entends une sorte de bourdonnement dans ma tête. Plus je me rapproche, plus il s'intensifie. Quand je me place au-dessus du corps, je devine la cause du décès. Je ne suis ni voyante ni télépathe. Je ne vois pas qui les a tués. Je ne vois que l'instant de la mort quand je suis tout près des ossements.

Vaguement surpris par mon attitude, il se pencha en avant. Il avait complètement oublié son propre café.

— Pourquoi vous croirait-on ? murmura-t-il, médusé.

— Parce que j'ai des résultats.

— N'est-ce pas une drôle de coïncidence ? Les Morgenstern font appel à vous pour rechercher leur petite fille, et aujourd'hui, des mois plus tard, dans une tout autre ville, vous déclarez l'avoir retrouvée ?

Comment ces pauvres gens vont-ils réagir, selon vous, quand on aura creusé cette tombe et qu'il n'y aura rien ? Vous devriez avoir honte.

Il me dévisagea avec un profond dégoût.

Je haussai les épaules.

— Vous verrez. Je n'ai pas honte du tout. Elle est là.

Je consultai ma montre.

— Ils l'ont sûrement récupérée.

Le portable de l'inspecteur Lacey sonna.

— Oui ?

Peu à peu, son visage se transforma, son expression se durcit, il parut prendre dix ans d'un seul coup. Il me contempla de cet air que je connais par cœur : un mélange d'aversion, de peur et d'ébahissement.

— Ils ont un sac-poubelle rempli d'os... trop petits pour appartenir à un adulte, me confia-t-il.

Je m'efforçai de rester impassible.

— Cinquante centimètres en dessous du sac-poubelle, ils ont trouvé des débris de bois. Probablement un cercueil.

Il poussa un profond soupir.

— Aucune trace d'une bière plus récente.

Je hochai la tête. Tolliver me serra le bras.

— S'il s'agit de Tabitha Morgenstern, nous devrions le savoir dans quelques heures. Nashville nous a faxé les dossiers dentaires. Naturellement, pour une confirmation officielle, il faudra attendre les résultats de l'examen complet du corps – enfin ce qu'il en reste. La police de Nashville nous expédie un collègue avec les radios. Le bureau local du FBI nous envoie un agent chargé d'assister à l'autopsie et nous propose son labo pour toutes les analyses supplémentaires. Vous avez l'interdiction absolue d'en parler avec quiconque tant que nous n'aurons pas prévenu la famille.

J'opinai.

— Bien ! souffla Tolliver, histoire de briser le silence.

Corbett Lacey nous gratifia d'un regard glacial.

— Nous avons appelé ses parents. Je n'ose imaginer leur réaction en cas d'erreur. Si vous n'aviez pas prononcé le nom de cette gosse devant le groupe, nous aurions pu taire cette affaire jusqu'à ce que nous ayons du concret. Malheureusement, nous avons dû les avertir car il semble que la télévision a déjà flairé un scoop.

— J'en suis désolée. Je n'ai pas réfléchi.

J'aurais mieux fait de me taire. Il avait raison.

— Pourquoi faites-vous cela ?

Il paraissait vraiment perplexe. Je ne sais pas s'il était sincère, mais moi, je l'étais.

— C'est toujours mieux de savoir. Voilà pourquoi.

— Vous semblez bien gagner votre vie, me fit-il remarquer.

— J'ai besoin de me nourrir et de me loger comme tout un chacun, ripostai-je.

Parfois, je regrette vivement de ne pas travailler comme vendeuse chez Walmart ou serveuse chez Starbucks. Je pourrais laisser les morts reposer en paix.

— Je suppose que Joel et Diane sont en chemin ? intervint Tolliver.

Excellente initiative : il était grand temps de réorienter la conversation.

— Combien de temps leur faudra-t-il pour arriver ?

L'inspecteur Lacey parut décontenancé.

— Les Morgenstern. Combien d'heures de route y a-t-il entre Nashville et Memphis ? demandai-je.

Le regard de Lacey était indéchiffrable.

— Comme si vous ne le saviez pas.

Je n'y comprenais plus rien.

— Comme si nous ne savions pas… ?

Je me tournai vers Tolliver, qui haussa les épaules, aussi perplexe que moi. Une idée me traversa l'esprit.

— Ne me dites pas qu'ils sont morts ! m'exclamai-je.

Je ne m'attache jamais à mes clients, mais je les avais beaucoup appréciés.

Ce fut au tour de Lacey de paraître peu sûr de lui.

— Vous n'étiez pas au courant ? Vraiment ?

— Nous ne savons pas de quoi vous parlez ! tonitrua Tolliver. Expliquez-vous.

— Les Morgenstern ont quitté Nashville environ un an après l'enlèvement de leur fille.

Lacey passa une main dans sa chevelure blonde.

— Ils vivent désormais à Memphis. Lui dirige une filiale de son cabinet comptable, et elle est de nouveau enceinte. Vous ne saviez peut-être pas que Joel et sa première épouse étaient tous deux de Memphis. La famille de Diane vivant outre-Atlantique, c'est ici qu'ils se sont réfugiés.

Je devais avoir la bouche grande ouverte, mais je m'en fichais. J'avais le cerveau en ébullition. La présence des Morgenstern à Memphis changeait tout. Si je me plaignais de notre situation, elle était idéale en comparaison de la leur. Le fait que j'aie retrouvé le corps de leur fille ici les mettait dans une position fort délicate, d'autant qu'ils m'avaient déjà employée auparavant.

Je ne voyais tout simplement pas comment l'on aurait pu ne pas les accuser d'une quelconque implication dans le décès de leur fille.

Mon ahurissement sembla toucher l'inspecteur. Tolliver était tout aussi sidéré. Lacey acquiesça comme s'il avait suivi le fil de mes réflexions.

Après cela, on nous laissa tranquilles. Nous reçûmes l'autorisation de regagner notre motel, un établissement

32

deux étoiles sans âme situé aux abords de l'aéroport, à proximité de l'autoroute et de Bingham College. Sur le chemin du retour nous nous arrêtâmes chez Wendy pour acheter des sandwichs et nous choisîmes chacun un soda dans la glacière posée sur notre banquette arrière. Notre chambre était merveilleusement calme et chaude. J'avalai ma boisson d'un trait parce que j'étais en manque de sucre après notre expérience au cimetière. (À force de tâtonnements, nous avions découvert qu'une dose massive de sucre m'aidait à me remettre après une mission.) Je pus ensuite me restaurer sereinement. Je me sentais nettement mieux. Tolliver se leva et se planta devant la fenêtre.

— Les journalistes se rassemblent déjà, constata-t-il. Dans quelques minutes, ils vont frapper à notre porte.

J'aurais dû y songer.

— Cette affaire va engendrer une énorme publicité, dis-je.

À en juger par l'expression de Tolliver, l'ambiguïté de ma déclaration ne lui avait pas échappé.

— Tu crois qu'on devrait appeler Art ?

Art Barfield était notre conseiller juridique. Il travaillait pour un cabinet d'avocats basé à Atlanta.

— Je pense que ce serait bien, répliquai-je. Ça ne t'ennuie pas ?

— Pas du tout.

Tolliver s'empara de son téléphone portable et composa le numéro pendant que j'allais me rafraîchir la figure. Une fois le robinet arrêté, je l'entendis parler. Je me brossais les cheveux devant la glace (mes cheveux sont presque aussi noirs que ceux de Tolliver) quand il raccrocha.

— Sa secrétaire me dit qu'il est avec un client, mais qu'il nous rappelle au plus vite. Évidemment, si nous lui demandons de venir, il va nous réclamer une fortune. En admettant qu'il puisse se libérer.

— S'il ne peut pas se déplacer, il nous recommandera un confrère de la région. Nous ne l'avons sollicité qu'une seule fois et nous sommes ses clients les plus… macabres, poursuivis-je avec pragmatisme. S'il ne nous donne pas un coup de main, les événements nous dépasseront complètement.

Art nous contacta une heure plus tard. D'après ce que je perçus de la conversation, il était réticent à quitter son domicile – Art n'est plus tout jeune et il aime son petit confort –, mais quand Tolliver lui annonça que la presse s'emparait déjà de l'affaire, il accepta de sauter dans le premier avion.

— Corinne vous communiquera mon heure d'arrivée, conclut-il.

Art a une voix qui porte, un véritable atout dans un tribunal.

Il aimait la publicité presque autant que la télécommande de sa télé et les plats que lui cuisinait sa femme. Il y avait pris goût depuis que nous l'avions engagé et en avait récolté des bénéfices considérables. Sa secrétaire, une quinquagénaire prénommée Corinne, nous rappela quelques minutes plus tard pour nous donner son numéro de vol et son heure d'arrivée.

— Je ne pense pas que ce soit une bonne idée d'aller l'accueillir à l'aéroport, lui dis-je en voyant une autre camionnette se garer sur le parking. Je crois même que nous allons devoir nous mettre à la recherche d'un hôtel où nous serons plus en sécurité.

— Occupez-vous-en tout de suite. Je réserverai une chambre pour M. Barfield au même endroit. Je lui téléphonerai dès qu'il atterrira. Attendez ! J'ai une meilleure

34

solution : je m'en charge. Vous prenez une chambre pour deux ?

L'hôtel serait sûrement coûteux. En général, je préférais partager une chambre avec Tolliver, mais si les reporters étaient à l'affût, mieux valait jouer la prudence.

— Deux chambres adjacentes. Ou une suite, pourquoi pas ?

— C'est noté.

Elle nous rappela peu après pour nous annoncer que nous avions une réservation au Cleveland. Comme je l'avais craint, c'était beaucoup trop cher à mon goût, mais c'était le prix à payer pour un minimum d'intimité.

Je déteste passer à la télévision. La publicité, c'est bon pour les affaires, mais il y a des limites à tout.

Nous quittâmes le motel en nous camouflant autant que possible sans paraître totalement déplacés. Avant de sortir par l'une des portes latérales pour nous précipiter jusqu'au parking, nous nous étions couverts de la tête aux pieds. Nous paraissions si humbles, Tolliver traînant la glacière et moi nos sacs de couchage, que nous parvînmes à échapper à l'attention des requins jusqu'au moment où notre voiture démarrait. Une journaliste aux lèvres scintillantes de gloss se rua littéralement sur notre véhicule et atterrit du côté conducteur. Tolliver n'avait pas une visibilité suffisante pour tourner à gauche comme nous l'avions prévu, nous étions donc plus ou moins pris au piège. Il baissa la vitre et afficha un sourire aimable.

— Shellie Quail, Chaîne 13 ! lança-t-elle.

Elle avait le teint couleur chocolat chaud, ses cheveux noirs étaient lisses et brillants, et sa coiffure faisait penser à un casque. Son maquillage était tout aussi guerrier, tout en couleurs vives et en tracés nets.

Je me demandai combien de temps elle mettait à se préparer avant de partir tous les matins. Elle était vêtue d'un tailleur-pantalon ajusté en tweed brun parsemé de minuscules points orange.

— Monsieur Lang, vous êtes le manager de Mlle Connelly ? C'est bien cela ?

— Exactement.

Je savais que la caméra tournait, mais j'avais confiance en mon frère. Il a un charme fou quand les circonstances l'exigent, surtout en présence d'une jolie femme.

— Qu'avez-vous à dire au sujet des événements qui se sont produits ce matin au cimetière de Sainte Margaret ?

Elle brandit son micro sous le nez de Tolliver d'un geste que je qualifierais de terriblement agressif.

— Nous attendons de savoir si le corps peut être formellement identifié, répliqua-t-il.

J'admirai son flegme.

— Est-il vrai qu'il pourrait s'agir du squelette de Tabitha Morgenstern ?

Ma foi, ils ne perdaient pas une minute.

— Nos pensées et nos prières sont avec les Morgenstern. Bien entendu, comme tout le monde, nous sommes impatients d'avoir des nouvelles.

— Monsieur Lang, selon nos sources, votre sœur aurait affirmé dans le cimetière qu'il s'agit *sans conteste* de la fillette disparue.

Décidément, ils n'en rataient pas une.

— Nous le pensons, biaisa Tolliver.

— Comment expliquez-vous la coïncidence ?

— Quelle coïncidence ?

Là, je me dis que Tolliver exagérait peut-être un peu.

36

Même Shellie Quail parut déstabilisée. Cependant, elle se ressaisit aussitôt.

— On a engagé votre sœur il y a dix-huit mois pour retrouver Tabitha Morgenstern à Nashville. Aujourd'hui, à Memphis, elle a repéré un corps qui pourrait être celui de la petite.

— Et alors ? Nous sommes tout aussi impatients que vous d'avoir une explication, rétorqua-t-il d'un ton sévère.

Déconcertée, en panne d'inspiration, Shellie Quail marqua une pause. Nous en profitâmes pour filer.

3

Le Cleveland était somptueux et discret. Je n'osais pas imaginer la somme qui serait débitée de notre compte le mois prochain.

Un voiturier gara notre véhicule, et nous pénétrâmes dans le hall avec nos bagages, anxieux de fuir les reporters qui n'avaient pas hésité à nous pourchasser jusqu'à notre nouvel hôtel. Les membres du personnel se montrèrent d'une courtoisie exemplaire, comme si nous descendions chez eux quatre fois par an. En un clin d'œil, nous fûmes dans les étages, loin des rapaces de la presse. J'étais si soulagée de pouvoir profiter du calme qu'offrait ce cadre relativement sécurisé pour me ressaisir que j'en aurais volontiers pleuré.

La suite se composait d'un salon flanqué de deux chambres. Je me précipitai dans celle de droite, ôtai mes chaussures, me jetai sur l'énorme lit et m'entourai d'une muraille d'oreillers. C'est ce que j'adore dans les hôtels de luxe : l'abondance de coussins. Une fois installée, calée, bien au chaud, je fermai les yeux et laissai vagabonder mes pensées. Bien entendu, elles m'entraînèrent immédiatement vers la fillette que j'avais découverte dans le cimetière.

J'étais partie du principe que Tabitha était morte dès que j'avais lu un article sur sa disparition, quatre semaines avant que les Morgenstern ne sollicitent mon aide. D'après les informations prodiguées dans les journaux et ma propre expérience, c'était la conclusion la plus logique. J'avais même la certitude que l'enfant était morte quelques heures à peine après son enlèvement.

Cela ne signifie pas pour autant que j'étais satisfaite d'avoir eu raison. J'ai du cœur, du moins je le crois, mais je suis quelqu'un de… pragmatique. J'avais été témoin de la détresse des Morgenstern. Ma sympathie envers eux m'avait incitée à poursuivre mes recherches beaucoup plus longtemps que prévu, en tout cas, suffisamment pour rogner sur nos bénéfices, d'autant que Tolliver leur avait accordé une remise. Il ne m'en avait rien dit, mais je m'en étais rendu compte peu après.

Tabitha était morte depuis tout ce temps, et j'estimais normal que Joel et Diane sachent ce qui était arrivé à leur fille.

Il ne me restait plus qu'à prier pour qu'ils en éprouvent un certain soulagement. Au moins, ils sauraient que Tabitha n'était pas en train de souffrir le martyre aux mains d'un cinglé.

Je regrettais de ne pas avoir pu rester plus longtemps auprès du corps. J'avais été tellement surprise par l'identité de l'occupante clandestine de cette tombe que je ne m'étais pas concentrée sur les derniers instants de la fillette. Je n'avais vu qu'un coussin bleu, puis une image de Tabitha qui glissait dans l'inconscience et dans la mort.

Je ne crois pas que la vie et la mort soient les deux faces de la même médaille. C'est grotesque. Je ne peux pas dire pas que Tabitha est en paix avec Dieu parce qu'Il ne m'a rien précisé sur ce point, mais j'avais éprouvé une sensation étrange, rare. J'essayai de l'analyser, en vain. Cela me tracasserait jusqu'à ce que je résolve le mystère.

Je connais bien la mort. *Très bien*. Je la connais comme la plupart des gens connaissent le sommeil ou l'acte de se nourrir. La mort est une nécessité humaine fondamentale, un passage solitaire dans l'inconnu, mais Tabitha était partie beaucoup trop jeune, à la suite d'une épreuve pénible et terrifiante. J'en étais triste. La façon dont elle avait succombé semblait l'avoir choquée d'une manière que je ne saisissais pas encore. Je décidai d'y réfléchir plus tard. Une deuxième visite au cimetière me serait peut-être utile bien que j'aie peu de chances d'entrer de nouveau en contact avec le corps.

Je me tournai sur le côté et étirai le bras pour attraper un oreiller et le calcr sous mes omoplates. Mes réflexions empruntèrent un chemin si familier qu'il était creusé de nids-de-poule. Cette voie me mena à ma sœur Cameron. Son visage était devenu flou au fil du temps, ou alors, il prenait les contours de son ultime photo de classe, que je conservais toujours dans mon portefeuille.

Au fond, le fait d'avoir découvert Tabitha d'une manière aussi indirecte me redonnait courage : un jour, je finirais bien par retrouver les restes de Cameron.

Déjà six ans qu'elle n'était plus là. Comme Tabitha, elle s'était volatilisée, laissant derrière elle son sac à dos comme unique témoin de son départ. Lorsqu'elle avait tardé à rentrer à la maison ce jour-là, j'étais partie à sa recherche. J'avais réveillé ma mère afin qu'elle veille sur Mariella et Gracie et, par une chaleur accablante, j'avais suivi la route que Cameron prenait pour rentrer du lycée. Le crépuscule tombait. Cameron était restée à l'école plus tard que moi parce qu'elle aidait ses camarades à décorer le gymnase pour le bal de fin d'année.

J'avais récupéré son sac rempli de manuels, de cahiers, de bouts de papier portant des messages transmis par ses copines pendant les cours, de crayons cassés et de petite monnaie. C'était tout ce qu'il restait de Cameron. Les policiers l'avaient conservé long-temps, en avaient inspecté toutes les pochettes. Un jour, ils avaient fini par nous le rendre. Tolliver et moi l'emportions partout avec nous dans le coffre de la voiture.

Quand Tolliver surgit dans ma chambre, j'étais encore couchée. Sur le dos, le regard rivé au plafond, je pensais à ma sœur.

— L'hôtel envoie un chauffeur chercher Art à l'aéro-port. J'ai tout arrangé.

— Merci.

Je me décalai pour lui laisser de la place. Il se déchaussa et s'étendit sur l'autre moitié du lit. Je lui cédai un oreiller, puis un deuxième.

— Je repense à l'épisode de ce matin…

Il m'accorda un instant pour fixer mon attention sur le passé proche.

— Oui, murmurai-je, signe que j'étais prête à l'entendre.

— As-tu remarqué ce jeune homme parmi les étudiants ?

— Le trentenaire ?

42

— Cheveux châtain foncé, un mètre soixante-quinze, carrure moyenne.

— Naturellement. Il ne se fondait guère dans la foule.

— Tu ne l'as pas trouvé louche ?

— Il y avait une autre personne plus âgée.

— Oui, mais elle, elle semblait normale. Ce type était bizarre. On aurait dit qu'il se trouvait là dans un but précis. Tu crois qu'il pourrait être une sorte de démystificateur professionnel ? Envoyé pour nous observer puis nous ridiculiser ?

— À mon avis, c'est l'objectif du cours de Clyde Nunley. Son intention n'est pas d'inciter ses étudiants à prendre au sérieux le spiritualisme et ceux qui le pratiquent, mais bien de prouver que c'est de la foutaise.

— Je ne sais pas, ce type semblait avoir un... un projet.

— Je comprends ce que tu veux dire.

— Tu crois qu'on nous a tendu un piège ?

— J'en ai la certitude, affirmai-je. À moins que ce ne soit la plus incroyable des coïncidences de l'histoire des coïncidences.

— Mais pourquoi ? s'enquit Tolliver en tournant la tête vers moi.

— Et qui ? renchéris-je.

Son inquiétude faisait écho à la mienne.

Sans le bouche-à-oreille, mon activité se réduirait vite à une peau de chagrin, mais la discrétion était malgré tout un impératif. Si je traînais toujours derrière moi une ribambelle de journalistes et de présentateurs de télé, la moitié des gens qui faisaient appel à mes services prendraient la poudre d'escampette. Quelques-uns se réjouiraient de la présence de ces requins, mais très peu. La plupart des clients étaient de manière générale embarrassés de devoir me solliciter parce qu'ils craignaient de passer pour des naïfs. Certains étaient tellement désespérés qu'ils n'avaient plus peur de ce qu'on pensait d'eux, cependant, rares étaient ceux qui acceptaient d'être envahis.

Par conséquent, une couverture restreinte et occasionnelle présentait des avantages. Un jour, un excellent journaliste avait écrit un papier sur moi pour un magazine destiné aux personnes travaillant dans les forces de l'ordre. Grâce à lui, je continuais à décrocher des contrats. De nombreux policiers avaient découpé et mis de côté cet article ; en l'absence de toute autre solution, ils prenaient contact avec moi par le biais de mon site Web. Mes tarifs pouvaient parfois effrayer certaines personnes, mais je n'étais pas avocat, on ne me demandait jamais de travailler pour rien.

Enfin si, mais je refuse.

Toutefois, j'ai toujours signalé les corps que je retrouvais. Si j'en découvrais un qui n'était pas le but de ma mission, je communiquais l'information sans jamais demander un supplément.

— Qui a pu l'engager ? murmurai-je. Quelqu'un que j'aurais déçu ?

— Nous n'avons jamais failli depuis Tabitha.

En effet, les succès s'étaient succédé grâce à ma persistance et à la qualité des informations que l'on avait pu me fournir. J'avais trouvé des corps, confirmé des causes de décès. Mis de l'argent à la banque.

— Ce pourrait être une personne qui a un lien avec l'université, chargée de veiller sur le déroulement des cours du docteur Nunley ? proposai-je.

— Possible. Ou un paroissien qui craignait que l'on désacralise le cimetière.

44

Nous nous réfugiâmes tous deux dans un silence morose.

— En tout cas, je suis heureuse de l'avoir retrouvée.

— Oui, approuva mon frère, qui, comme la plupart du temps, avait suivi le fil de mes pensées.

— Ils sont gentils.

— Tu n'as jamais pensé que les soupçons des policiers étaient fondés ?

— Non. Je n'ai jamais cru que c'était Joel. De nos jours, on s'en prend toujours au papa. L'a-t-il molestée ? enchaînai-je en prenant ma voix de présentatrice de télé... Cette maison en apparence banale cachait-elle de terribles secrets ?

Je tordis ma bouche en une sorte de sourire. Les gens adoraient les secrets. Ils se réjouissaient quand ils apprenaient qu'une famille en apparence normale et heureuse était en vérité tout, sauf normale et heureuse. Certes, les secrets restent le plus souvent dans l'ombre, mais en Joel et Diane Morgenstern, je n'avais vu que des parents dévoués et, croyez-en mon expérience, je m'y connaissais.

— Je ne l'ai jamais cru, insistai-je. Seulement... voilà qu'ils sont à Memphis.

Nous nous dévisageâmes.

— Comment expliquer que ses restes soient ici, dans la ville où habitent désormais ses parents ? À moins qu'il y ait un lien.

On frappa à notre porte.

— Les troupes sont là, annonça Tolliver.

— Oui, enfin... *la* troupe.

Art n'avait plus beaucoup de cheveux. Ceux qui tenaient bon étaient blancs et bouclés. Il était replet, mais s'habillait avec goût. Il avait l'allure d'un grand-père éminemment respectable et charmant – ce qui

45

prouvait combien les apparences pouvaient être trompeuses.

Art se prenait pour mon père de substitution.

— Harper ! s'écria-t-il en ouvrant les bras.

J'acceptai son étreinte, mais m'écartai aussitôt. Tolliver eut droit à une tape sur l'épaule et une poignée de main.

Nous lui demandâmes des nouvelles de son épouse, et il nous raconta ce que (mais pas *comment*) faisait Johanna : elle suivait des cours de dessin, s'occupait des petits-enfants et de plusieurs œuvres de charité.

Nous ne l'avions jamais rencontrée.

Je vis Art puiser dans son inspiration pour nous questionner en retour. Il ne pouvait guère nous faire parler de nos parents : ma mère est morte du SIDA il y a plus d'un an, en prison ; celle de Tolliver a succombé de longues années auparavant d'un cancer du sein, avant même que nous nous rencontrions. Le père de Tolliver, mon beau-père, était dans la nature après avoir purgé une peine pour possession de drogue. Le mien était toujours derrière les barreaux et y resterait encore cinq ans. Nous ne voyions jamais nos demi-sœurs, Gracie et Mariella, parce que la tante Iona, la sœur de mon beau-père, les avait montées contre nous. Quant au frère de Tolliver, Mark, il menait sa vie et désapprouvait la nôtre et, malgré cela, nous lui téléphonions au moins une fois par mois.

Bien entendu, nous n'avions jamais eu la moindre nouvelle de Cameron.

— Je suis heureux de vous voir en aussi bonne santé, tous les deux ! décréta Art d'une voix chaleureuse. Bien ! Si nous commandions un repas au *room service* ? Vous allez me raconter tout ça.

46

Art adorait manger avec nous. D'une part, il pouvait en profiter pour mettre la note sur le compte de sa société ; d'autre part, cela le rassurait de savoir que Tolliver et moi étions des gens normaux et non des sortes de vampires. Après tout, nous nous nourrissions et nous buvions comme tout le monde.

— Ça ne devrait pas tarder, promit Tolliver, et Art s'empressa de le féliciter d'avoir prévu le coup.

À vrai dire, je n'en revenais pas moi-même.

Art prit des notes au fur et à mesure que nous lui relations notre premier échec dans l'affaire Tabitha Morgenstern. Mon frère sortit son ordinateur portable afin de vérifier la somme exacte que nous avaient versée ses parents pour notre quête infructueuse. Nous rassurâmes notre avocat en lui disant qu'il n'était pas question pour nous de leur demander un supplément pour avoir enfin abouti aujourd'hui – cette seule idée me donnait la nausée. Art parut soulagé.

— Il n'existe aucun moyen pour nous de filer d'ici sans rencontrer les Morgenstern et répondre aux questions de la police ? murmurai-je, honteuse de ma lâcheté.

— Aucun, confirma-t-il d'un ton sans appel. Au contraire, plus vite vous parlerez avec eux, mieux ce sera. Par ailleurs, il va falloir songer à diffuser un communiqué de presse.

— Pourquoi ? voulut savoir Tolliver.

— Parce que le silence éveille les soupçons. Vous devez expliquer très clairement que vous ne vous attendiez pas à découvrir le corps de Tabitha, que cet événement vous a choqués et attristés et que vous priez pour la famille.

— Nous l'avons déjà dit à la journaliste de la Chaîne 13.

— Ce n'est pas suffisant.

— Pouvez-vous nous aider ?

— Volontiers. Pour commencer, il faut rédiger une déclaration. Je la lirai à votre place devant les caméras. J'accepterai de répondre à quelques questions, histoire de préciser votre rôle, mais je ne prolongerai pas l'exercice afin d'éviter les pièges éventuels.

J'observai Art avec une pointe de scepticisme. Il m'adressa un regard de chien battu.

— Harper, loin de moi le désir de compliquer votre situation, et vous le savez, mais nous devons absolument mettre les points sur les *i* pendant qu'il en est encore temps.

— Vous croyez qu'on va nous arrêter ?

— Pas forcément. Pardon, nuance : c'est peu probable. En revanche, nous devons saisir cette chance d'amadouer le public.

Tolliver le dévisagea longuement.

— Bien, finit-il par répliquer. Art, restez ici. Harper et moi allons nous enfermer à côté pour pondre le texte. Nous vous le soumettrons ensuite.

Sur ce, sans lui laisser le loisir de protester, nous nous retirâmes dans la chambre de Tolliver avec son ordinateur.

Tolliver s'installa au bureau tandis que je me vautrai sur le lit.

— Le docteur Nunley n'a jamais évoqué Tabitha quand il nous a invités, n'est-ce pas ?

— Jamais. Je te l'aurais dit, riposta Tolliver. Il n'a parlé que du vieux cimetière, ajoutant que ce serait un véritable test dans la mesure où tu ne savais pas qui y était enterré et n'avais aucun moyen de le savoir. Bien entendu, il était persuadé que j'allais inventer un prétexte pour refuser. Il a été très surpris par mon mail

48

quand j'ai accepté. Il venait de recevoir Xylda Bernardo, la médium. Elle habite la région, rappelle-toi.

J'avais eu l'occasion de croiser Xylda à une ou deux reprises dans un contexte professionnel.

— Comment s'en est-elle sortie ? m'enquis-je par pure curiosité.

Xylda, une quinquagénaire extravagante, avait un faible pour le style bohémien – bijoux clinquants, foulards multicolores, longs cheveux mal coiffés –, ce qui avait tendance à inspirer la méfiance, mais elle avait un véritable don. Malheureusement, comme la plupart des voyantes qui vivaient de leur don, elle s'obligeait à enjoliver ce talent de gesticulations théâtrales et de petites touches totalement inventées dans l'espoir de gagner en crédibilité.

Les médiums honnêtes percevaient toutes sortes d'informations valables lorsqu'ils touchaient un objet ayant appartenu à la victime d'un crime. Toutefois, ces éléments étaient tellement vagues qu'ils étaient pratiquement inutiles (« le corps est enterré au milieu d'un champ ») à moins d'avoir dès le départ une idée de l'endroit où démarrer les recherches. Certes, certains d'entre eux parvenaient à visionner, disons, la maison dans laquelle un enfant était retenu en otage, mais s'ils étaient incapables de trouver l'adresse, et si la police n'avait aucune piste, la description du bâtiment n'apportait rien de plus. Quant à ceux qui obtenaient une image limpide, il leur restait ensuite à convaincre les flics. Or, à ce jour, je n'avais jamais connu un médium qui ait réussi cette prouesse.

— D'après Nunley, elle s'est montrée fidèle à elle-même. Des propos flous qui font bonne impression, du genre : « Votre grand-mère me dit que vous devez rechercher quelque chose d'inattendu dans votre

grenier, quelque chose qui vous apportera du bonheur » ou encore « Méfiez-vous du grand brun téné-
breux qui surgit à l'improviste car il n'est pas ce qu'il
prétend être »... Bref, de quoi couvrir toutes sortes de
possibilités. Elle a beaucoup impressionné les étudiants car elle insiste pour avoir un contact tactile avec
ses clients. Ils ne voulaient pas qu'elle leur tienne les
mains. Pourtant, c'est ainsi qu'elle travaille. Pour
Xylda, tout est dans le toucher. Tu crois en elle ?

— Selon moi, elle raconte des conneries, mais je
pense qu'il lui arrive d'avoir des éclairs de génie.

De temps en temps, je m'interrogeais : si la foudre
m'avait frappée un peu plus fort, si j'avais reçu quelques volts de plus, serais-je capable de voir qui était à
l'origine de la mort de ceux que je retrouvais ? Parfois,
je me disais que ce serait merveilleux. Parfois, il me
semblait que ce serait un cauchemar.

Et si la foudre m'avait frappée directement au lieu de
sauter du lavabo à l'appareil électrique que je tenais
dans mes mains... que se serait-il passé ? Je ne serais
sans doute plus là. Mon cœur se serait arrêté pour de
bon. Les secouristes ne m'auraient jamais ranimée.

Tolliver aurait peut-être épousé une gentille fille qui
s'épanouirait dans la maternité et fréquenterait les
réunions Tupperware.

Je poussai cette réflexion à son extrême – si j'étais
morte ce jour-là, peut-être Cameron ne se serait-elle
pas trouvée sur la route à cette heure précise, peut-être
n'aurait-elle pas été enlevée.

S'abandonner à de telles suppositions est évidemment aussi stupide qu'inutile. Je ne me l'autorisais pas
souvent. Il était donc temps pour moi de me secouer.
Au lieu de rêvasser, je décidai d'aider Tolliver à rédiger
le communiqué de presse. Ce qu'il avait dit à Shellie

50

Quail représentait les grandes lignes de notre politique publicitaire. Nous nous mîmes à broder autour de ce thème. Nous avions du mal à imaginer qu'on nous croirait. Comment expliquer que celle-là même qui avait échoué à Nashville avait réussi à Memphis ? Mais nous devions tenter le coup.

Nous imprimions notre déclaration quand je dus répondre au téléphone.

— Mademoiselle Connelly, m'annonça le directeur de l'hôtel, on demande à vous rencontrer, vous et M. Lang.

— De qui s'agit-il, s'il vous plaît ?

— M. et Mme Morgenstern. Ainsi qu'une autre dame.

Diane et Joel. Mon cœur se serra, mais je n'avais pas le choix.

— Faites-les monter, je vous prie.

Tolliver rejoignit Art dans le salon pour lui montrer notre texte. Art le lut et y apporta quelques menues modifications. Trois minutes plus tard, on frappait.

J'inhalai profondément, ouvris la porte, et reçus un nouveau choc, comme si je n'en avais pas déjà eu assez au cours de la journée. L'inspecteur Lacey nous avait signalé que Diane attendait un enfant, mais j'avais éludé ce détail. En effet, c'était incontestable. Diane Morgenstern était bel et bien enceinte, de sept mois au minimum.

Elle était toujours aussi belle. Ses cheveux châtain foncé étaient courts et lisses, ses yeux noisette, immenses et brillants. Elle avait une petite bouche et un petit nez. Elle avait l'air d'un adorable lémurien. En revanche, elle était blême.

Joel, son mari, un mètre soixante-dix environ, était imposant. Il avait pratiqué la boxe à l'université. Je me rappelai tous les trophées exposés dans le bureau de leur demeure à Nashville. Il avait les cheveux roux clair, les yeux d'un bleu vif, le teint rougeaud, le visage carré et le nez fin comme la lame d'un couteau. Comment s'y prenait-il pour séduire les femmes ? Je n'en avais aucune idée. Joel Morgenstern était de ces hommes qui accordaient toute leur attention à leur interlocutrice, et c'était peut-être là le secret de son magnétisme. Il faut ajouter en sa faveur qu'il n'en semblait pas conscient ; ou alors, il était tellement sûr de lui qu'il ne se rendait pas compte de l'effet qu'il avait sur les membres du sexe opposé.

À Nashville, j'avais été frappée par la manière dont les journalistes féminines se pressaient autour de lui. Peut-être se disaient-elles que le père est toujours un suspect plausible, peut-être essayaient-elles de repérer des failles dans son histoire ? Ce qui est sûr, c'est qu'elles tournaient autour de lui comme des oiseaux-mouches autour d'une grosse fleur rouge. Les policiers avaient pensé qu'il entretenait une liaison clandestine. Ils avaient eu beau vérifier et revérifier, leurs soupçons s'étaient avérés sans fondement. Au contraire, tout le monde s'émerveillait du dévouement de Joel envers son épouse. Et de l'abnégation dont il avait fait preuve lors de la maladie de sa première femme.

Était-ce parce que la foudre m'avait grillé le cerveau, ou parce que j'avais d'autres critères de jugement ? Joel m'était indifférent.

Felicia Hart, la sœur de Whitney, première épouse de Joel, était derrière eux. Je l'avais vue lors de ma première rencontre avec la famille. Elle s'occupait de son mieux de son neveu, Victor. Sans doute craignait-elle que Joel et Diane, angoissés par la disparition de leur fille, ne soient pas à la hauteur.

52

— Vous l'avez trouvée ! s'exclama Joel en me serrant vigoureusement la main. Dieu vous bénisse, vous l'avez trouvée. Le médecin légiste dit qu'il reste de nombreux examens à réaliser pour avoir la confirmation officielle, mais les radios dentaires correspondent. Le docteur Fierson a eu la gentillesse de nous confier cette information, tout en nous disant de garder cela pour nous. Le ciel soit loué, nous allons enfin pouvoir dormir en paix.

J'étais tellement suffoquée par sa réaction que je fus incapable de réagir. Heureusement, Tolliver avait la tête sur les épaules.

— Je vous en prie, asseyez-vous.

Tolliver était toujours très prévenant envers les femmes enceintes.

Diane avait toujours paru l'élément le plus fragile du couple, même en temps normal.

— Laissez-moi d'abord vous embrasser, répondit-elle d'une voix douce avant de m'étreindre.

Elle pressa son ventre distendu contre le mien, et je sentis un mouvement. Au bout d'une seconde, je me rendis compte que c'était le bébé qui gigotait. Un sentiment d'horreur et d'envie mêlées me submergea. Je m'écartai et m'efforçai de lui sourire.

À mon grand soulagement, Felicia Hart n'était pas une adepte des étreintes. Elle me gratifia d'une poignée de main ferme, puis enlaça Tolliver et lui chuchota quelques mots à l'oreille. Je clignai des yeux, sidérée.

— Heureuse de vous revoir ! lança-t-elle un peu trop fort.

Felicia était célibataire. Je lui donnais 30, 34 ans. Ses longs cheveux bruns tombaient sur ses épaules, et sa frange impeccablement coupée ne bougeait jamais.

C'était une femme seule et indépendante, et elle pouvait dépenser tout ce qu'elle voulait en vêtements et en maquillage. D'après mes souvenirs, elle exerçait le métier de conseiller financier dans une entreprise nationale. Je n'avais jamais beaucoup discuté avec elle, mais je savais que c'était une fille à la fois intelligente et suffisamment audacieuse pour mener une carrière brillante.

Une fois que nous fûmes installés, Joel et Diane sur le canapé deux places, Felicia perchée sur l'accoudoir aux côtés de Diane, Tolliver et moi dans les fauteuils en face, Art sur une chaise légèrement à l'écart, je m'aperçus que c'était à moi de lancer la conversation.

— Je suis désolée, attaquai-je, car c'était la vérité. Je suis désolée d'avoir mis tant de temps à la retrouver et que les circonstances de cette découverte vous compliquent la vie.

Elles compliquaient sérieusement la nôtre aussi, mais le moment me semblait mal venu pour aborder cet aspect du problème.

— Vous avez raison, cela nous met en mauvaise posture, concéda Joel en prenant la main de Diane. Nous étions déjà l'objet de toutes les défiances. Pas Felicia, mais Diane et moi et même Victor. Maintenant que... Maintenant qu'on a récupéré ses restes, je crains que les policiers ne nous soupçonnent de nouveau. J'ai presque du mal à leur en vouloir. Les apparences sont trompeuses. Si vous saviez combien nous aimions notre petite Tabitha...

Il poussa un profond soupir.

— Ils vont penser que nous avons tué notre fille. Ils sont payés pour envisager toutes les éventualités. Ils ne peuvent pas savoir que nous en sommes incapables.

54

Seulement, pendant qu'ils se focalisent sur nous, ils ne recherchent pas le salopard qui l'a kidnappée.

— Exactement, renchérit Diane, qui faisait des mouvements circulaires de la main sur son ventre.

Je détournai mon regard.

— Depuis quand la police vous soupçonne-t-elle ? demanda Tolliver.

Lors de notre séjour chez eux, Tabitha avait disparu depuis un mois, et les flics avaient plus ou moins laissé tomber l'affaire. Cependant, la cordialité de la relation qu'ils avaient établie avec l'inspecteur Haines nous avait impressionnés. Ses collègues avaient peut-être eu des doutes. Mais Haines avait appris à connaître les Morgenstern beaucoup mieux qu'eux.

— Dès le départ, avoua Joel d'un ton résigné. Après avoir tourné quelque temps autour de Victor, ils ont décidé que Diane était coupable.

Je pouvais comprendre qu'on se méfie de Joel, voire de Victor, mais de Diane ?

— Comment est-ce possible ? m'écriai-je. Pardonnez-moi, loin de moi le désir de raviver de mauvais souvenirs, mais j'ai toujours eu la certitude que vous et Joel disiez la vérité.

— Tabitha et moi nous étions disputées ce matin-là, expliqua Diane, tandis que deux grosses larmes roulaient sur ses joues. J'étais furieuse car nous venions de lui offrir un téléphone portable pour son anniversaire, et elle avait déjà explosé son forfait. Je lui ai confisqué l'appareil, puis je lui ai donné l'ordre d'aller arroser les plates-bandes devant la maison. C'était un prétexte pour la faire sortir car j'étais hors de moi. Elle aussi, d'ailleurs. Nous étions en pleines vacances scolaires, et elle n'avait plus aucun moyen de communiquer avec ses trois cents meilleures amies. Elle nageait en pleine phase : « Ma-MAN ! ce que tu peux m'énerver ! »

Diane s'essuya la figure avec le mouchoir que lui tendait Joel.

— Elle n'avait que 11 ans et elle se comportait comme une adolescente capricieuse de 15 ans.

Elle esquissa un sourire humide.

— Je ne tenais pas à raconter cette anecdote sans importance aux policiers, mais une de nos voisines nous avait entendues crier. J'ai donc été forcée de relater cet incident. Aussitôt, ils se sont retournés contre moi comme si je leur avais caché un indice d'une portée capitale.

Bien entendu, aux yeux des flics, ça l'était. Le fait que Diane ne le comprenne pas prouvait ce que j'avais pressenti dès le départ : Diane Morgenstern n'était pas une lumière. J'aurais parié par ailleurs qu'elle n'avait jamais lu un roman policier. Sans quoi, elle aurait su qu'une telle révélation ne pouvait qu'interpeller les policiers.

En fait, cette péripétie démontrait simplement que Diane était en dehors du coup en matière de culture populaire.

— Quand avez-vous emménagé à Memphis ? intervint Tolliver.

— Il y a un an environ, répliqua Joel. Nous ne pouvions plus rester dans notre maison.

Il se redressa comme s'il s'apprêtait à réciter un *credo*.

— Nous devions accepter une fois pour toutes l'absence de notre fille. Rester là à nous morfondre n'aurait servi à rien, et c'eût été injuste envers notre futur enfant. J'ai grandi à Memphis, j'étais donc heureux d'y revenir. Mes parents habitent ici. Il y a aussi

56

Felicia et mes premiers beaux-parents. Felicia et Victor sont très proches. Nous avons pensé que ce serait bien pour lui. Il a traversé une période douloureuse.

Ils étaient donc tous enchantés d'être à Memphis, sauf peut-être Diane. Pas de retrouvailles familiales pour elle. Elle avait atterri dans une ville qu'elle ne connaissait pas et où elle était entourée de souvenirs du passé de son mari.

— Nous avons suivi une thérapie, tous ensemble, dit Diane.

— Diane, Victor et moi, souligna Joel. Même Felicia a fait l'effort de venir jusqu'à Nashville assister à quelques séances.

Moi aussi, j'ai suivi une thérapie.

À la disparition de Cameron, la psychologue du lycée a été horrifiée de découvrir les conditions dans lesquelles nous vivions. « Pourquoi n'es-tu jamais venue m'en parler ? » m'a-t-elle souvent répété par la suite. Un jour, en hochant la tête, elle m'a dit : « J'aurais dû m'en rendre compte. » Je ne lui en voulais pas : nous faisions des efforts colossaux pour dissimuler nos difficultés par peur qu'on nous sépare. En mon for intérieur, j'avais espéré qu'on nous enlèverait nos parents pour les remplacer ; espoir vain.

— Pour quand la naissance est-elle prévue ? demanda Art de cette voix enjouée qu'utilisent ceux qui n'auront eux-mêmes plus jamais de bébé.

— Dans cinq semaines, murmura Diane avec l'ébauche d'un sourire. D'après le médecin, c'est un garçon en excellente santé.

— Épatant ! approuva Tolliver, plus ou moins à l'unisson avec moi.

Je contemplai Felicia Hart, qui s'était levée pour se poster derrière le canapé. Elle paraissait morose, presque excédée. Peut-être était-elle convaincue que l'arrivée du nouveau-né creuserait davantage le fossé entre Victor et ses parents. Peut-être aussi, n'ayant jamais eu d'enfant, était-elle encore plus terrifiée par les femmes enceintes que moi.

— Aujourd'hui, c'est sur Tabitha que nous devons nous concentrer, déclara Diane. Comment... vous savez comment elle est morte ?

— On l'a étouffée.

De quelle autre manière le formuler ? Sévèrement privée d'air ? Fatalement non oxygénée ? Je me racontai des blagues, mais les termes en la matière sont limités, surtout lorsqu'on annonce à une mère de quoi est décédée sa fillette.

Le couple fit de son mieux pour encaisser cette information, mais Diane ne put réprimer un gémissement d'horreur. Felicia regardait ailleurs, le visage figé en un masque qui dissimulait une émotion profonde.

Il existait des morts infiniment plus pénibles, mais ce n'était pas une consolation.

— Cela n'a duré que quelques secondes, ajoutai-je avec autant de douceur que possible. Elle a dû sombrer très vite dans l'inconscience.

C'était une exagération, mais il me semblait que, vu son état, Diane méritait d'être ménagée. Je n'avais qu'une peur : qu'elle accouche prématurément sous notre nez.

Art me dévisagea avec une expression étrange. Comme s'il ne m'avait jamais vue. Comme s'il venait de réaliser qui j'étais et ce que je faisais réellement.

— Nous devrions appeler Vic, dit Joel. Excusez-moi un instant.

Il s'essuya les yeux et chercha à tâtons son portable dans la poche de sa veste. À l'époque de la disparition

58

de Tabitha, Vic, le fils issu de son premier mariage, était un ado renfrogné de 15 ans. J'avais admiré malgré moi ses efforts pour paraître stoïque dans une situation qui le dépassait complètement.

Diane, qui m'avait semblé très affectueuse avec cet enfant qu'elle avait pratiquement élevé (il était tout jeune quand elle avait épousé Joel), rassura son mari :

— S'il souhaite me parler, c'est avec plaisir.

Joel s'éloigna de quelques mètres, le dos tourné, et composa le numéro.

— Comment Vic s'adapte-t-il à Memphis ?

Je m'adressai à Felicia dans le seul but de combler le silence. À Nashville, Victor et moi avions partagé un moment étrange. Il était entré dans le salon des Morgenstern en débitant un torrent de grossièretés, sans doute persuadé qu'il était seul. Quand j'avais manifesté ma présence, il s'était accroché à moi et avait éclaté en sanglots sur mon épaule. Ce geste m'avait prise de court car la plupart des gens rechignent à me toucher, mais je savais ce que c'était que d'éprouver un chagrin incommensurable et je l'avais serré contre moi jusqu'à ce qu'il se calme. Lorsqu'il s'était arrêté (mon chemisier était trempé), il avait reculé d'un pas, atterré. Je n'avais pas les mots pour le rassurer, aussi m'étais-je contentée de le saluer d'un signe de tête. Il avait opiné en retour et s'était enfui.

Felicia me fixa avec stupéfaction. Sans doute était-elle étonnée que je me souvienne de lui.

— Il... couci-couça, admit-elle. Diane et Joel l'ont inscrit dans une école privée. Je les aide un peu. C'est un garçon si fragile, en équilibre précaire. À cet âge-là, on peut basculer très vite. Et avec la venue d'un petit frère...

Elle n'acheva pas sa réponse, comme si elle hésitait à terminer une phrase critiquant la fertilité mal programmée de Joel et de Diane.

Joel revint s'asseoir auprès de sa femme, les sourcils froncés.

— Victor n'est pas en grande forme, déclara-t-il.

Diane paraissait épuisée, comme si elle n'avait pas l'énergie de remonter le moral des autres alors qu'elle-même frisait la crise de nerfs.

— Nous avons prévenu le directeur de son établissement, et il est rentré à la maison. Nous ne voulions pas qu'un externe apprenne la nouvelle à la télévision à l'heure du déjeuner et la lui rapporte à son retour.

Nous acquiesçâmes solennellement, mais j'avais l'esprit ailleurs.

— Nous ignorions que vous aviez déménagé. Nous avons donc été surpris quand la police nous a dit que vous viviez ici. Vous n'avez aucun lien avec l'université, n'est-ce pas ? Diane, vous n'êtes pas diplômée de cette faculté ?

— Non, j'ai suivi mes études supérieures à Vanderbilt. Joel aussi. Felicia, tu es allée à Bingham, non ? Avec David ?

— C'était il y a des lustres. En effet, David était de ma promotion. Je ne pense pas que vous l'ayez rencontré à Nashville, Harper. David est le frère de Joel.

— Les parents de Felicia vivent ici aussi. Tous deux étaient étudiants à Bingham. De même que ceux de Joel. Quand il leur a révélé son intention de s'inscrire à Vanderbilt, il a provoqué un véritable scandale. Pourquoi ?

— Je cherche une connexion entre vous et Bingham College. Quelqu'un y a... enterré Tabitha et quelqu'un

60

a fait en sorte que l'on m'engage pour cette mission qui m'a permis de découvrir son corps.

Joel et Diane me contemplèrent avec des yeux ronds. Une fois de plus, je comparai la jeune femme à un lémurien. Si elle paraissait sur le point de s'enfuir, Joel était en état d'alerte. Il bouillonnait littéralement d'énergie. Derrière eux, Felicia me fixait avec incrédulité.

— C'est sûrement une coïncidence, bredouilla-t-elle enfin. Vous n'imaginez tout de même pas que... qu'on ait pu échafauder un plan aussi diabolique ? On aurait enterré Tabitha à cet endroit, puis on vous aurait dénichée quelque part, tendu une perche pour que vous veniez et... Je n'y crois pas une minute.

Quelques secondes s'écoulèrent, durant lesquelles nous nous fixâmes les uns les autres. Art portait son regard de moi à Felicia comme si nous jouions une partie de ping-pong.

— Je suis d'accord. Toutefois, je ne vois pas d'autre scénario plausible. Le mien ne l'est pas vraiment, d'ailleurs.

— Nous devons à tout prix diffuser un communiqué à la presse, déclara Art. Tout en finesse. Nous ne pouvons pas éliminer la moindre hypothèse comme vient de le faire Diane. Nous ne pouvons pas émettre des suppositions saugrenues comme l'a proposé Harper. Nous devons exprimer nos regrets et taire nos sentiments personnels.

Tolliver fut le seul à opiner.

— Notre avocat est en bas, signala Diane.

Au même instant, Joel explosa :

— Non ! hurla-t-il. Non ! Nous devons condamner sans détour celui qui a tué notre fille !

Diane et Felicia approuvèrent d'un signe de tête.

— Bien entendu, concéda Art. Ça aussi, bien entendu.

4

Nous allumâmes la télévision dans le salon de notre suite pour regarder la prestation d'Art face aux caméras. Memphis comptait trois chaînes locales, et chacune d'elles avait envoyé des journalistes à la conférence de presse, qui se tenait sur le trottoir devant le Cleveland. Blythe Benson, l'avocate de la famille Morgenstern, une femme très chic d'une quarantaine d'années, s'en était mêlée. Joel et Diane nous avaient avoué que Benson tenait absolument à ce qu'ils fassent une déclaration séparée de la nôtre. Elle et Art formaient un duo impressionnant. Art respirait la sagesse et l'expérience, Blythe était blonde, froide et tirée à quatre épingles.

Diane expliqua que l'avocate s'était rendue préalablement à leur domicile pour les consulter au sujet du contenu du texte à communiquer à la presse. Felicia me jeta un coup d'œil, et je me demandai à quoi m'attendre ensuite. Comme je l'ai déjà dit, Felicia Hart me paraissait nettement plus brillante que Diane. Du coup, je m'interrogeai sur l'intelligence de Whitney, la sœur de Felicia, première épouse de Joel.

Dehors, Blythe Benson s'apprêtait à prendre la parole. Nous étions tous tombés d'accord : la famille d'abord.

— Diane et Joel Morgenstern sont accablés d'apprendre que le corps retrouvé aujourd'hui dans le cimetière de Sainte Margaret pourrait être celui de leur fille, Tabitha. Pendant des mois et des mois, Joel et Diane Morgenstern ont prié pour qu'elle leur revienne vivante et en bonne santé. Au lieu de quoi, on a récupéré son cadavre.

Elle marqua une pause pour plus d'effet. Les journalistes brûlaient d'envie de poser des questions, mais elle enchaîna :

— La famille Morgenstern encourage toute personne pouvant nous fournir le moindre renseignement sur la disparition de Tabitha à se manifester au plus vite. S'il n'est plus question d'une récompense pour la découverte du corps, nous maintenons celle-ci en échange de toute information pertinente sur l'enlèvement de Tabitha.

Je ne savais pas au juste ce que cela signifiait. Je n'étais pas au courant de cette histoire car nous n'avions maintenu aucun contact avec les Morgenstern (normal !) après notre échec à Nashville.

Persuadée qu'elle allait s'arrêter là, je pivotai vers Tolliver en quête de sa réaction, quand j'entendis la voix précise et posée de Blythe Benson qui poursuivait :

— Quant à ce que la police qualifie d'une « incroyable coïncidence » – le fait que la voyante engagée il y a plusieurs mois par Diane et Joel Morgenstern pour retrouver le corps de Tabitha ait enfin réussi, même si c'est dans un endroit différent...

Elle perd pied, pensai-je.

— Certes, les coïncidences existent, mais ce n'en est pas une. Diane et Joel Morgenstern n'ont pas demandé à Harper Connelly de venir à Memphis. Ils n'ont pas vu Mlle Connelly, pas plus que son manager, depuis leur

64

arrivée dans notre ville. Ils ignoraient que Mlle Connelly devait faire une démonstration de ses talents dans le vieux cimetière de Sainte Margaret ce matin. Ni Joel ni Diane n'ont suivi leurs études à Bingham College. Ni l'un ni l'autre ne connaissent le professeur qui a organisé cette séance. Sachez qu'aucun membre de la famille Morgenstern n'a été en contact avec Harper Connelly ni avec son manager, Tolliver Lang, depuis plus de dix-huit mois. Je vous remercie.

Art n'avait pas bougé, pourtant, les caméras le surprirent à observer Blythe Benson comme s'il venait de lui pousser des cornes. Je comprenais sa réaction.

Pour commencer, Benson avait accentué les termes « voyante » ct « faire une démonstration » comme si elle proférait des jurons. Puis elle s'était attachée à opposer ses clients à nous de toutes les façons possibles. C'est tout juste si elle n'avait pas déclaré que nous étions impliqués d'une manière ou d'une autre dans le décès de la fillette.

Nous étions fichus.

Comme un seul homme, Tolliver et moi nous tournâmes vers le couple assis sur le canapé. Les Morgenstern semblaient indifférents aux sous-entendus de Blythe Benson. Ils fixaient le poste, guettant l'intervention d'Art dans un silence engourdi. Derrière eux, Felicia nous gratifia d'un regard qui signifiait : « Ah ! Je vous l'avais bien dit ! » Je dévisageai Tolliver, abasourdie. Il entrouvrit la bouche, et je me penchai pour lui saisir le bras.

— Pas maintenant, chuchotai-je.

Je ne savais pas ce qui me poussait à adopter cette attitude plutôt que de confronter Joel et Diane. Dieu m'en était témoin, même Diane était assez futée pour comprendre qu'ils venaient de nous jeter dans la fosse aux lions tout en regardant la télévision dans *notre* salon (certes, provisoire). Ce qu'ils proclamaient, en résumé, c'était : « Quoi que ces gens prétendent, nous ne sommes responsables de rien. Nous ne les connaissons pas, nous ne les avons pas vus, nous n'avons jamais collaboré avec eux et ils ont échoué la première fois que nous leur avons demandé de retrouver notre enfant. »

Art prit place devant les micros. Je suis toujours médusée de voir à l'image une personne que je connais, bien que cela ne me soit pas arrivé souvent. Le fait que l'avocat qui venait de quitter la pièce se retrouve de l'autre côté de l'objectif dans la peau d'une icône éphémère me déconcerta. L'écran semblait le transformer en un tout autre individu – sans défauts, plus lisse, plus intelligent.

Art tenait à la main le texte que Tolliver et moi avions rédigé, mais je vis tout de suite qu'il était en train de le remanier mentalement. En toute hâte, au vu et au su de tous.

— Ma cliente, Harper Connelly, est stupéfiée et atterrée par la tournure qu'ont prise les événements aujourd'hui. À cet instant, Mlle Connelly se trouve avec les parents de Tabitha, venus remercier Harper, du fond du cœur, d'avoir découvert le corps de leur fille disparue.

Ah, la balle est dans votre camp, Blythe !

— Mlle Connelly est fort attristée par ce dénouement tragique. Si elle n'a eu aucun contact avec la famille depuis dix-huit mois, et si elle ignorait que les Morgenstern étaient venus s'installer à Memphis, Mlle Connelly est malgré tout heureuse que les circonstances l'aient amenée à retrouver enfin la petite Tabitha. Peut-être, grâce à ma cliente, la « longue incertitude » des Morgenstern a-t-elle enfin pris fin.

66

— Quand Harper viendra-t-elle à notre rencontre ? demanda une journaliste d'un ton strident.

Art lui coula un regard à la fois réprobateur et résigné.

— Mlle Connelly ne s'adresse jamais à la presse, rétorqua-t-il comme si c'était un fait connu de tous. Mlle Connelly mène une existence très discrète.

— Est-il vrai... intervint une voix familière.

La caméra se braqua sur Shellie Quail.

— Pour l'amour du ciel ! m'écriai-je. Elle est partout, celle-là !

Tolliver eut un sourire. L'aplomb de cette femme le fascinait.

— ... que Mlle Connelly exige une rétribution pour ses services ?

— Mlle Connelly est une professionnelle douée d'un talent rare. Elle déteste être sous le feu des projecteurs et l'évite le plus possible.

Pas faux, songeai-je. Évasif, mais pas faux.

— Est-il vrai que votre cliente a l'intention de réclamer la récompense prévue pour avoir retrouvé le corps de Tabitha ? insista Shellie Quail.

Le sourire de Tolliver s'effaça. Art répliqua du tac au tac :

— C'est un sujet que nous n'avons pas abordé. Je n'ai rien de plus à vous dire pour le moment. Merci d'être venus.

Art fit demi-tour pour rentrer dans le hall du Cleveland. L'avocate des Morgenstern était invisible. Apparemment, Blythe Benson avait filé à l'anglaise.

Pourvu qu'elle ne monte pas nous rejoindre dans la suite !

Brièvement interrompue pour le flash spécial, l'émission en cours reprit, et bientôt, Art reparut en chair et en os dans notre suite. De nouveau, j'éprouvai une drôle de sensation.

— Tout s'est bien passé, commenta Joel sans une once d'ironie.

Tolliver et moi avions un mal fou à demeurer impassibles.

— Bien entendu, vous recevrez la récompense prévue, ajouta Joel, qui se leva et consulta sa montre. Diane, nous devons rentrer à la maison. Nous avons des coups de fil à passer. Je me demande combien de temps nous devrons patienter avant de pouvoir… récupérer la dépouille de Tabitha.

Felicia ramassa son sac et celui de Diane, prête à la soutenir jusqu'à la voiture.

Diane se mit debout en soufflant comme un bœuf. Elle se frottait distraitement l'abdomen comme pour en calmer le contenu. Je repensai à ma propre mère lorsqu'elle attendait Mariella et Gracie. Je ne pus m'empêcher non plus de repenser au film *Rosemary's Baby*. Tolliver et moi l'avions vu la semaine précédente sur une chaîne cinéma.

— Merci, Felicia, dit Diane.

— Donnez-nous des nouvelles de Victor ! lança tout à coup Tolliver.

— Pardon ?

Felicia se tourna vers lui et le fusilla du regard.

— Ah, oui, bien entendu, répliqua-t-elle d'un ton mordant qui me décontenança.

— C'est Victor qui souffre le plus, admit Joel. Les enfants sont parfois si cruels entre eux.

— Quel âge a-t-il maintenant ? 16 ans ? intervins-je dans l'espoir d'alléger l'atmosphère.

Je ne savais pas pourquoi j'avais dit tout ça. J'aurais mieux fait de me taire jusqu'à ce qu'ils soient partis.

68

— Il vient de fêter ses 17 ans, me précisa Diane.

Soudain, son visage perdit toute sa douceur angélique.

— J'adore ce garçon, mais tout ce que l'on raconte à propos des adolescents est vrai, du moins en ce qui concerne Victor. Depuis trois ans, il est devenu complètement renfermé et maussade. Quand Tabitha a commencé à présenter les mêmes symptômes, j'ai craqué.

J'avais de Victor le souvenir d'un jeune garçon boutonneux –, mais beau et athlétique. Il évoluait toujours en marge des adultes, les traits tendus comme s'il retenait avec peine ses émotions. Était-il rongé par la rage ? La peur ? J'espérais pour lui qu'il s'était ressaisi. J'étais prête à croire que Victor avait des sentiments et des pensées complexes et qu'il s'occupait d'autre chose que de son nombril, mais uniquement parce que je le croyais de tout le monde.

— Comment peux-tu dire cela, Diane ? s'insurgea Felicia, mais sans grande conviction. Tu l'élèves depuis sa plus tendre enfance. Tu l'aimes forcément. Comme moi.

— Bien sûr ! assura Diane. Je l'ai toujours aimé, au début par compassion parce qu'il avait perdu sa maman, mais ensuite parce que je m'en suis occupée comme de mon propre fils. Tu le sais mieux que quiconque. Quand bien même il serait mon enfant biologique, j'aurais des problèmes avec lui en ce moment. Ce n'est pas lui, c'est l'adolescence.

— Il n'est pas très heureux dans sa nouvelle école, avoua Joel, aussi las que sa femme, comme si leurs différends avec Victor l'épuisaient. En revanche, il fait les beaux jours de l'équipe de tennis.

— Pauvre Victor ! dit mon frère, à mon étonnement.

— Oui, il a terriblement souffert, convint Joel. Évidemment, quand les policiers ont commencé à le harceler, il s'est mis dans la tête qu'on allait l'arrêter et l'exécuter immédiatement.

— Les flics s'imaginaient qu'il en voulait à sa petite sœur du fait de l'attention qu'on lui prodiguait en tant qu'enfant issue d'un second lit.

À ces mots, Diane se figea, et j'éprouvai un élan de panique, persuadée que c'était le bébé, mais ce n'était qu'un de ces instants où le désespoir vous tombe dessus comme un aigle plonge sur sa proie.

— Oh, Tabitha, susurra-t-elle d'une voix empreinte de chagrin. Ma petite fille.

Elle se mit à pleurer. Son mari l'entoura d'un bras réconfortant et, ensemble, ils s'en allèrent. Felicia les suivit, malheureuse.

Je fixais la porte fermée plusieurs minutes après leur départ. Avaient-ils déjà préparé la nursery ? Qu'avaient-ils fait de toutes les affaires de Tabitha ?

L'atmosphère s'était apaisée. Art, Tolliver et moi nous regardâmes avec soulagement.

— Excellente nouvelle, cette histoire de récompense. La dernière fois que j'en ai entendu parler, elle se montait à vingt-cinq mille dollars. Avant impôts, bien sûr.

Art se remémorait son après-midi ; je le compris à la façon dont il pianotait ici et là sur les tables.

— Je suis content d'être passé en second. La réputation de Blythe Benson la précède partout. Elle a prononcé quelques paroles qui m'ont énervé.

— Nous nous en sommes aperçus, répondit Tolliver.

Il sortit un magazine de mots croisés de l'étui de son ordinateur et se mit en quête d'un crayon.

Art parut irrité.

70

— Si vous pensez que j'aurais pu réagir autrement, ne vous gênez pas pour me le dire.

Tolliver le dévisagea d'un air surpris.

— Pas du tout, Art. Je n'ai rien à vous reprocher. Et toi, Harper ?

— Vous avez évité de préciser que Tolliver est aussi votre client.

Art fit de son mieux pour paraître surpris.

— Je ne voyais aucune raison de le mêler à cette affaire, vu le contexte. Vous voulez que j'appelle tous les journalistes pour rectifier ?

— Non, Art, ne vous inquiétez pas. Simplement, à l'avenir, je vous serais reconnaissante d'inclure ce détail dans vos déclarations.

— Message reçu ! Mes enfants, la journée a été longue pour un vieil homme comme moi. Je vais dans ma chambre. Il faut que j'appelle le cabinet.

— Bien sûr, Art, marmonna Tolliver, concentré sur ses mots croisés. Si vous ne retournez pas à Atlanta avant demain matin, pourquoi ne pas vous joindre à nous pour le dîner ?

— C'est gentil. Tout dépend du travail que j'aurai à accomplir ce soir. Je me contenterai peut-être de faire monter un plat. Toutefois, prévenez-moi quand vous serez prêts à sortir.

— À plus tard, conclus-je. Qu'est-ce qu'il nous cache ? demandai-je à Tolliver dès qu'Art eut disparu.

— Justement, c'est la question que je me pose. Peut-être la police pense-t-elle que j'ai conservé le corps de Tabitha pendant tout ce temps et que je l'ai enterré dans ce cimetière afin de prouver l'authenticité de ton talent ?

J'eus une hésitation puis j'éclatai de rire. C'était ridicule.

Tolliver posa son crayon et me dévisagea.

— Ben, voyons... Et où diable aurais-je conservé ce corps pendant dix-huit mois ?

— Dans le coffre de la voiture, rétorquai-je, impassible.

Au bout d'une seconde, il m'adressa un sourire, un vrai. Tolliver n'a pas été frappé par la foudre, et sa mère ne l'a pas vendu à ses copains drogués, c'est vrai, mais il a ses propres plaies à panser et il rechigne comme moi à en parler.

— Tabitha gisait quelque part pendant dix-huit mois, me fit-il remarquer. Soit dans cette tombe, soit dans une autre cachette.

— Je ne crois pas qu'on l'ait amenée ici tout de suite, murmurai-je, réfléchissant à voix haute. La terre n'était pas lisse sous mes pieds, et il n'y a pas d'herbe à cet endroit.

— En tout cas, nous savons qu'elle a été ensevelie quelque part pendant dix-huit mois.

— Non, elle a peut-être continué à vivre un certain temps après l'enlèvement. Ou bien, on l'a dissimulée dans un congélateur, une chambre froide, une morgue. Ou encore..., mais non. Je demeure convaincue qu'elle a été tuée presque tout de suite. Ce que je ne comprends pas, c'est pourquoi on l'a déplacée jusqu'au cimetière de Sainte Margaret et comment se fait-il que ça soit moi qui l'y ai trouvée. C'est tellement bizarre...

— Je dirais même plus, c'est... incroyable, conclut Tolliver d'un ton songeur.

5

La matinée ne démarra pas sur une note plus positive. Je mis la chaîne CNN pendant que je buvais mon café, le journal offert par la maison devant moi ouvert à la page où on pouvait voir une vieille photo de Tabitha, une deuxième, plus récente, de ses parents et une troisième de ma personne sur une scène de crime deux ans auparavant.

Le reportage télévisé mettait en avant cette affaire de la même manière que l'article de presse l'avait fait. Le FBI avait participé à l'enquête lors de l'enlèvement de Tabitha. Désormais, l'agence mettait son expertise au service de la police de Memphis ainsi que les ressources de son laboratoire.

— Nous sommes confiants en la capacité de la police de Memphis à mener cette investigation, déclara un agent qui devait manger des clous pour son petit-déjeuner. Nous mettons à sa disposition un de nos hommes ayant participé avec les autorités locales aux recherches initiales. Tout ce que nous voulons, c'est rendre justice à cette fillette et à sa famille.

Je me demandai si nous serions autorisés à regagner notre appartement à Saint Louis – encore que j'eusse préféré m'éclipser en douce pour une destination imprévue, histoire de brouiller les pistes. Nous occupions rarement ce logement, mais c'était notre adresse officielle ; les médias ne tarderaient pas à nous y contacter.

Je ne me rappelais plus quelle était notre prochaine mission, ni même si nous en avions une. C'était Tolliver qui gérait cet aspect de notre existence. J'avais terminé mon bouquin et je commençais déjà à tourner en rond. En temps normal, je serais allée courir.

Inutile de tenter le coup aujourd'hui. Malgré mon épuisement après ma découverte de la veille, j'étais pourtant d'humeur à parcourir cinq ou six kilomètres, mais si je m'aventurais dehors maintenant, on me poursuivrait, et j'avais horreur de cela.

Tolliver frappa à la porte de ma chambre, et je l'invitai à entrer. Il se séchait les cheveux avec une serviette.

— J'ai profité du tapis de course de la salle de gym, m'expliqua-t-il, répondant à ma question silencieuse. C'est mieux que rien.

Je détestais ces machines. Je me sentais ridicule, à me démener pour aller nulle part. Cependant, je décidai de surmonter ma réticence car j'avais besoin de me défouler. Tandis que Tolliver se servait un café, je me précipitai dans l'ascenseur en baskets, short et tee-shirt.

Il y avait plusieurs appareils. L'un d'entre eux était déjà pris par un homme d'une quarantaine d'années aux cheveux noirs, légèrement grisonnants au niveau des tempes. Le visage fermé, il se concentrait entièrement sur son effort. Il me gratifia d'un salut distrait, que je lui rendis à peine.

J'examinai le panneau de contrôle et lus attentivement les instructions car je n'imaginais rien de pire que de me casser la figure sur un tapis de course.

74

Lorsque je fus à peu près sûre d'en avoir compris le fonctionnement, je démarrai lentement, le temps de m'habituer à la sensation du caoutchouc sous mes pieds. Je ne pensai à rien d'autre et, bientôt, j'appuyai sur le bouton pour augmenter la vitesse. Je ne tardai pas à atteindre mon rythme de croisière. J'étais à l'intérieur et je n'allais nulle part, mais je me sentais bien. Je me mis à transpirer et, au fur et à mesure de la séance, une délicieuse fatigue me submergea. Je ralentis par paliers et terminai par cinq minutes de marche.

Du coin de l'œil, j'avais vu M. Tempes Argentées passer d'une station de musculation à une autre, une serviette au logo de l'hôtel autour du cou. Dès que j'eus fini, je me dirigeai vers la table sur laquelle elles étaient empilées.

— C'est bon de courir le matin, n'est-ce pas ? Ça vous aide à partir du bon pied.

Je me tournai vers l'inconnu.

— FBI ? devinai-je.

Il ne put dissimuler un tressaillement de surprise.

— Vous avez un vrai don de voyance, proféra-t-il d'une voix aimable, après un bref silence.

— Non. Du moins, le mien est-il fort limité. Vous avez aussi surveillé Tolliver ?

Il me dévisagea de ses yeux bleu foncé. J'étais exaspérée. Il avait eu tout le temps de m'examiner pendant que je courais. Il n'était pas en train de m'admirer ; il avait une idée précise derrière la tête.

— J'ai pensé que vous seriez plus facile à aborder, répliqua-t-il. De vous deux, vous êtes la plus intéressante.

— Sur ce point, vous vous trompez.

Il fixait ma jambe droite. Le haut de ma cuisse était marqué d'une sorte de toile d'araignée rouge. C'était la jambe qui me lâchait de temps en temps. Raison de plus pour la muscler jour après jour.

— Que vous est-il arrivé ? Je n'ai jamais vu une cicatrice comme celle-là.

— J'ai été frappée par la foudre.

Il eut un mouvement d'impatience, comme s'il avait lu ce détail quelque part et l'avait oublié. Ou alors parce qu'il ne me croyait pas.

— Pas possible ! Comment cela s'est-il passé ?

— J'utilisais un fer à friser. J'avais un rendez-vous galant. Naturellement, je ne suis jamais sortie avec ce pauvre garçon. L'impact a été tel que j'en ai perdu une chaussure et que mon cœur s'est arrêté de battre.

— Comment vous en êtes-vous sortie ?

— Mon frère Tolliver m'a ranimée.

— C'est la première fois que je rencontre quelqu'un ayant survécu à un accident de ce genre.

— Nous sommes plusieurs, rétorquai-je avant de pousser la porte en verre, ma serviette à la main.

— Attendez ! lança-t-il derrière moi. J'aimerais bavarder avec vous, si vous le permettez.

Je pivotai vers lui. Une femme nous croisa, en tenue de sport. Elle nous observa d'un air inquiet. J'étais soulagée d'avoir un témoin.

— De quoi ?

— J'ai participé à la première enquête à Nashville. C'est la raison pour laquelle on m'a assigné cette mission.

Je restai silencieuse.

— Je suis curieux de savoir comment vous avez su à l'avance que Tabitha se trouvait dans ce cimetière.

— Je n'en savais rien.

— Bien sûr que si.

76

— Si vous n'êtes pas le responsable de cette investigation, rien ne m'oblige à parler avec vous, n'est-ce pas ? D'ailleurs, je n'y tiens pas.

— Je suis l'agent Seth Koenig, décréta-t-il comme si son nom était connu de tous.

— Je m'en fiche.

Je me ruai dans l'ascenseur, appuyai sur la touche de fermeture des portes et le gratifiai d'un sourire.

Après m'être douchée, j'allai rejoindre Tolliver et lui racontai l'incident.

— Le salaud. Il t'a tendu une embuscade.

— N'exagérons rien. Je songe plutôt à une approche stratégique.

Je lui décrivis le personnage, et Tolliver me confirma que Seth Koenig s'était bel et bien trouvé dans la salle en même temps que lui.

— Il semblait persuadé que son nom te dirait quelque chose ? murmura Tolliver, songeur. Voyons...

Son ordinateur portable était branché. Il lança Google et obtint plusieurs réponses. Seth Koenig était cité dans un certain nombre d'affaires concernant des serial killers. Il avait été un poids lourd dans ce domaine.

— Mais tout cela est du passé, fis-je remarquer quand je découvris les dates. Il semble n'avoir rien fait depuis environ deux ans.

— En effet, concéda Tolliver. Je me demande ce qu'est devenue sa carrière.

— Et moi, je me demande ce qu'il fiche ici. Je n'ai jamais entendu dire que l'on soupçonnait un tueur en série d'être à l'origine de l'enlèvement et de la mort de Tabitha. Si une autre jeune fille avait reparu, ensevelie à des dizaines de kilomètres de l'endroit où on l'avait kidnappée, je m'en souviendrais, non ?

Je réfléchis.

— À vrai dire, hormis la manière dont elle a été enterrée, l'histoire de Tabitha est plutôt banale. Remarque, en soi, c'est abominable.

Tolliver n'était pas d'humeur à élucubrer sur la déchéance de la société américaine dont la meilleure illustration était la multiplication des serial killers. Il se contenta de hocher la tête.

— Il est différent, murmurai-je. Seth Koenig.

— À savoir ?

Je poussai un soupir.

— Ce n'est pas un flic comme les autres. Il dégage une certaine intensité, une profondeur…

— Tu en pinces pour lui ?

Je m'esclaffai.

— Certainement pas ! Il est trop vieux pour moi.

— Quel âge ?

— La quarantaine.

— Mais séduisant.

J'ai parfois du mal à supporter les taquineries de Tolliver.

— Il ne m'intéresse pas sur le plan physique, mais sur le plan psychologique.

— Tu peux développer ?

J'hésitai un long moment, ne sachant trop comment formuler mes pensées.

— Je crois… j'ai l'impression que son intérêt tend à l'obsession.

— C'est toi qui l'obsèdes, dit Tolliver d'un ton neutre.

— Non, c'est Tabitha. Pas d'un point de vue personnel, enchaînai-je en cherchant mes mots. C'est l'énigme. Tu sais, comme tous ces gens qui ressassent sans cesse le cas de Lizzie Borden. C'est tellement futile maintenant que tous les individus impliqués dans cette affaire sont morts. Pourtant, on continue de publier des ouvrages sur ce thème. Selon moi, Seth Koenig réagit de la même manière vis-à-vis de Tabitha Morgenstern. Regarde son curriculum vitæ. Il n'a rien fait de remarquable depuis cette enquête. Et voilà qu'il ressurgit. Pas par attachement envers Tabitha ou ses parents, mais parce qu'il voit là un mystère. Il se comporte comme ces membres des forces de l'ordre du Colorado à propos de la gamine assassinée à son domicile.

— La petite reine de beauté, JonBenet Ramsey. Tu crois que Seth est fasciné par Tabitha comme eux l'ont été par cette gosse ?

— Cela me paraît plausible. Et dangereux.

Je m'assis à côté de lui sur le lit et me surpris à contempler la photo qu'il avait glissée dans le cadre du miroir, une photo qu'il emportait partout avec lui. Nous y étions tous les quatre : Cameron, Mark, Tolliver et moi. Nos sourires étaient figés. Mark baissait les yeux. Contrairement à nous, il était trapu et il avait la figure ronde. À ma gauche, Cameron montrait son profil. Ses cheveux clairs étaient rassemblés en une queue-de-cheval. Tolliver et moi étions au milieu, son bras sur mes épaules. Au premier coup d'œil, on nous prenait facilement pour frère et sœur avec nos cheveux noirs, notre teint pâle et notre silhouette élancée, mais à y regarder de plus près, on s'apercevait que mon visage était plus long et plus étroit que celui de Tolliver. Il avait la bouche fine et les lèvres minces alors que les miennes étaient pulpeuses. Ayant souffert d'acné dans son adolescence, il en portait encore les cicatrices. J'avais la peau lisse, presque transparente. Tolliver avait le don d'attirer les membres du sexe opposé. Pas moi.

— Tu leur fais peur, murmura-t-il.

— J'ai parlé tout haut ?

— Non, j'ai suivi le fil de tes réflexions. Tu es la seule médium de la famille, ajouta-t-il en m'étreignant.

— Je ne supporte pas que l'on me traite de médium, tu le sais, lui reprochai-je, mais je n'étais pas fâchée.

— Pourtant, il y a un peu de cela.

Nous avions déjà eu cette discussion.

— Je suis une découvreuse de morts, décrétai-je avec une arrogance feinte. Je suis le compteur Geiger humain.

— Il ne te manque plus que le costume de la super-héroïne. Je t'imagine volontiers en rouge et gris. Un collant, une cape, des gants et des cuissardes, pour-quoi pas ?

Je ne pus m'empêcher de sourire.

— Une fois l'excitation des journalistes dissipée, nous pourrons nous réfugier chez nous pendant une semaine. Nous en profiterons pour rattraper nos les-sives et notre sommeil en retard.

L'appartement de Saint Louis n'avait rien de specta-culaire, mais nous y étions plus à l'aise que dans n'importe quel hôtel, si chic soit-il. Nous pouvions y ouvrir notre courrier (le peu que nous recevions), laver nos vêtements et cuisiner en toute tranquillité.

Nous étions perpétuellement sur la route depuis bientôt cinq ans, et cela commençait à me peser. Au début, nous ne gagnions pratiquement rien, nous accumulions les dettes. Cependant, au cours des trois dernières années, grâce surtout au bouche-à-oreille, les contrats avaient déferlé au point que nous avions dû en refuser un ou deux. Nous avions remboursé tout ce que nous devions et réussi à mettre de l'argent de côté.

80

Un jour, nous achèterions une maison, au Texas, peut-être, afin de nous rapprocher de nos petites sœurs – même si tante Iona et son mari nous empêchaient de les voir régulièrement, mais nous serions dans les parages, nous ferions tout pour les rencontrer de temps en temps dans l'espoir de les amadouer.

Je nous offrirais une tondeuse et j'entretiendrais la pelouse toutes les semaines. J'aurais un énorme bac, un de ces tonneaux coupés en deux, que je remplirais de fleurs. Ce serait un paradis pour les papillons et les abeilles. J'aurais aussi...

— Harper ?

— Quoi ?

— Tu es dans la lune. Qu'est-ce qui te tracasse ?

— Je rêvais de notre future maison.

— L'année prochaine, peut-être.

— Vraiment ?

— Notre compte épargne se porte à merveille. À moins d'une catastrophe...

Je retombai brutalement sur terre. Pour des gens comme nous, il était presque impossible de s'assurer. Nous n'étions pas salariés, et le fait d'avoir été frappée par la foudre avait toujours été considéré comme un état préexistant. Cela signifiait que je ne pouvais en aucun cas réclamer des dommages et intérêts pour un événement que les assureurs cataloguaient dans la catégorie des « conséquences » de mon accident. Nous payions un montant exorbitant pour une convention de base. Chaque fois que j'y songeais, cela me mettait en colère. Je ne reculais devant aucun sacrifice pour ménager ma santé.

— D'accord, nous ne défoncerons pas la voiture, nous ne nous fracturerons pas le bras, nous ne nous laisserons pas traîner devant les tribunaux.

Nos petits bobos, nous nous les soignions réciproquement et nous avions séjourné une semaine entière dans un motel du Montana quand Tolliver avait eu la grippe, mais c'était surtout les séquelles de ma mésaventure qui me posaient problème.

On pourrait croire qu'après s'être remis du choc, ce n'était plus qu'un mauvais souvenir. C'était l'avis de la plupart des médecins. Malheureusement, il n'en était rien. Je discutais souvent sur Internet avec des victimes de la foudre. Pertes de mémoire, migraines sévères, dépression, sensation de brûlures dans les pieds, bourdonnements dans les oreilles, déficit de mobilité et une multitude d'autres malaises pouvaient se manifester plusieurs années après. Quant à savoir si ces désagréments étaient le résultat de notre névrose – ce que prétendaient la majorité des spécialistes – ou celui d'une réaction mystérieuse du corps à une décharge électrique d'une force inimaginable... les opinions étaient diverses et variées.

J'ai mes propres problèmes et, par chance, ils étaient relativement prévisibles.

À ma connaissance, aucun autre survivant à la foudre n'était capable de retrouver les morts.

J'avais eu tout le temps de me préparer et de m'interroger sur la manière dont nous allions occuper notre journée quand le sort en décida pour moi : la police revint nous poser encore des questions.

L'inspecteur Lacey était accompagné cette fois-ci d'un autre inspecteur, Brittany Young. Âgée d'une trentaine d'années, celle-ci avait un visage fin, des cheveux courts et ébouriffés. Elle portait des lunettes, un énorme sac, des chaussures confortables, un tailleur modeste et une alliance. Elle examina la suite avant de me toiser de bas en haut.

— Vous fréquentez toujours des établissements aussi luxueux ? s'enquit-elle.

Lacey discutait avec Tolliver, et je me dis que les deux policiers avaient échafaudé un plan. Quelle surprise !

— Jamais, répondis-je. Nous sommes plutôt du genre Holiday Inn ou Motel 6. Si nous sommes ici, c'est uniquement pour une question de sécurité.

Elle acquiesça comme si elle comprenait la situation et ne nous prenait pas pour des prétentieux. L'inspecteur Brittany Young cherchait à établir un contact avec moi. Elle m'adressa un sourire. Je le lui rendis. Je connaissais la ritournelle par cœur.

— Nous avons besoin de toutes les informations que vous pouvez nous soumettre, m'expliqua-t-elle d'un ton encourageant, sans se départir de sa bonne humeur. Il est très important pour notre enquête de comprendre comment ce corps est arrivé là et comment vous l'avez découvert.

Sans blague ! Je m'efforçai de dissimuler mon agacement.

— C'est avec plaisir que je vous raconterai tout ce que je sais. Toutefois, il me semble avoir tout dit hier... Je suis vraiment désolée pour les Morgenstern, précisai-je avec plus de sincérité.

— Avez-vous, vous et votre frère, des convictions religieuses ?

Tiens ! Je ne m'attendais pas à celle-là.

— Ce que vous me demandez est d'ordre personnel et je ne peux pas répondre pour Tolliver.

— Mais vous êtes chrétiens ?

— Nous avons été élevés dans la tradition chrétienne, confirmai-je.

Du moins, Cameron et moi. Je ne savais pas ce qu'il en était de la famille Lang. À l'époque où le père de Tolliver avait épousé ma mère, l'éducation religieuse n'était déjà pas une priorité. À vrai dire, sur la fin, ma mère était incapable de distinguer le dimanche d'un autre jour. Nous avions envisagé d'inscrire Gracie et Mariella au catéchisme (malgré leur jeune âge), mais nous y avions renoncé par peur des regards noirs des paroissiennes. Nous avions tout fait pour rester ensemble. En vain.

— Vos parents avaient-ils des raisons d'en vouloir aux juifs ?

— *Pardon ?*

Où voulait-elle en venir ?

— Certains chrétiens détestent les juifs.

Comme si je ne le savais pas ! Brittany Young s'obligeait à conserver une attitude neutre, probablement par crainte que je ne me renferme et refuse de lui exposer ma véritable opinion, au cas où je serais une antisémite convaincue.

— J'en suis consciente, répondis-je aussi calmement que possible. Cependant, je me fiche de…

Tout à coup, j'eus un éclair de génie.

— Les Morgenstern sont donc juifs ? m'exclamai-je.

Je n'y avais tout simplement pas songé, mais à présent, je me rappelais avoir remarqué un de ces chandeliers à sept branches dans leur demeure de Nashville. J'avais sûrement ignoré d'autres symboles : je ne connais pas grand-chose au judaïsme. Dans notre région de la Bible Belt [1], les quelques camarades juifs

---

1. Littéralement, la ceinture de la Bible, zone géographique et sociologique des États-Unis dans laquelle vivent un pourcentage élevé de fondamentalistes chrétiens. *(N.d.T.)*

que j'avais connus au lycée évitaient d'étaler leurs différences.

L'inspecteur Young me gratifia d'un regard dubitatif.

— Oui, riposta-t-elle comme si elle me soupçonnait de me moquer d'elle. Vous le savez pertinemment.

— Je devais être trop occupée à chercher leur fille pour me soucier de leur religion. Mes valeurs devaient être sens dessus dessous.

Bon, d'accord, j'y allais un peu fort ou alors je montrais une certaine arrogance. L'inspecteur Young me dévisagea avec mépris.

Je cherchai Tolliver des yeux et constatai que l'inspecteur Lacey l'avait entraîné à l'autre bout de la pièce.

— Hé ! Tolliver ! Il paraît que les Morgenstern sont juifs ! Tu étais au courant ?

— Je l'ai supposé, répondit-il en s'approchant de nous. L'un des hommes que j'ai rencontrés à leur domicile de Nashville – je ne sais pas si tu as eu l'occasion de le rencontrer, tu n'étais pas avec moi ce jour-là – il s'appelait Feldman, je crois… Bref, Feldman m'a déclaré qu'il était le rabbin des Morgenstern. J'en ai donc déduit qu'ils étaient juifs.

— Je ne me souviens pas de lui.

Je ne mentais pas. Je ne voyais toujours pas en quoi la religion des Morgenstern pouvait avoir la moindre importance. Une idée me traversa l'esprit.

— Aïe ! Est-ce une catastrophe supplémentaire ? Qu'on l'ait enterrée dans un cimetière chrétien ? Si je ne m'abuse, Sainte Margaret est une paroisse catholique ou épiscopalienne, non ?

Tout ce que je savais concernant les obsèques juives, c'était qu'ils enterraient leurs morts beaucoup plus vite que chez les chrétiens. Je n'en connaissais pas la raison.

Les deux officiers parurent étonnés, comme si j'avais mal interprété la raison qui motivait leur interrogatoire.

— Le fait que ce soit vraiment Tabitha devrait effacer toute considération dogmatique, grommela Tolliver. Apparemment, ce n'est pas le cas. Tout dépend des gens, je suppose. Les Morgenstern sont-ils très pratiquants ? Jamais ils n'ont évoqué cet aspect de leur vie. N'est-ce pas, Harper ?

— En effet. Tout ce qu'ils m'ont dit, c'est : « Je vous en supplie, retrouvez notre enfant. » Ils ne m'ont jamais dit : « Je vous en prie, retrouvez notre enfant *juif*. »

Tolliver me rejoignit sur le canapé à deux places afin que nous puissions présenter un front uni à nos visiteurs.

— Notre avocat est dans la chambre voisine, prévins-je. Nous devrions peut-être l'appeler, Tolliver ?

— Vous sentez-vous menacés ? s'empressa d'intervenir l'inspecteur Lacey. Avez-vous reçu des messages ou des coups de fil anonymes ?

Les sourcils froncés, je me tournai vers mon frère.

— Tu as peur, Tolliver ?

— Non, non. Sérieusement, reprit-il à l'intention de l'inspecteur Young, les Morgenstern ont-ils été l'objet d'attaques antisémites ? C'est curieux, je croyais que la société avait dépassé ce stade. Ne vous méprenez pas : j'adore le Sud, mais il faut bien avouer que ses habitants sont parfois réactionnaires. Naturellement, je peux me tromper.

Nous attendîmes sa réponse, mais elle se contenta de nous observer avec un mélange de dégoût et de scepticisme. Lacey paraissait carrément écœuré.

J'en avais par-dessus la tête de tourner autour du pot.

— Inspecteur Young, inspecteur Lacey, les Morgenstern m'ont engagée alors que leur fille avait disparu depuis plusieurs semaines. J'avais lu des articles dans la presse sur ce drame, mais je n'avais jamais rencontré Diane, ni Joel ni un quelconque membre de la famille. Je n'imaginais pas une seconde qu'ils feraient appel à moi. Il va de soi que je n'étais pour rien dans l'enlèvement de Tabitha.

J'eus l'impression que l'atmosphère s'allégeait. L'inspecteur Lacey reprit l'interrogatoire.

— Qui vous a contactés ? Felicia Hart ? Le frère de Joel Morgenstern, David ? Ou encore le père de Joel ? Tous trois nient vous avoir contactés.

— Tolliver ? murmurai-je.

Je ne discutais jamais avec les clients avant d'atteindre le site de mes recherches. Tolliver affirmait que cela conférait une touche de mystère à mon personnage. Moi, ça m'angoissait.

— C'était il y a longtemps.

Il disparut dans sa chambre et revint avec un épais classeur. Depuis un moment, il passait ses soirées à faire des fiches afin de donner forme à notre entreprise. Il s'était donné la peine de rédiger des comptes rendus de toutes nos missions passées. Dans ce « Dossier affaires 2004 » la page de garde (verte) de chaque chapitre était intitulée « Premier contact ».

Il la parcourut pour se rafraîchir la mémoire.

— Bien. M. Morgenstern senior nous a téléphoné à la demande de son épouse, Hannah Morgenstern. M. Morgenstern…

Tolliver continua de lire quelques instants en silence puis releva la tête.

— Donc, M. Morgenstern senior m'a parlé de la disparition de sa petite-fille. Il souhaitait savoir si ma sœur pouvait leur venir en aide… Je lui ai décrit le don de Harper, il s'est fâché et a raccroché. Le lendemain, j'ai reçu un coup de fil de la belle-sœur.

— Felicia Hart ?

Tolliver vérifia son nom, une précaution parfaitement inutile.

— C'est bien elle… Elle m'a dit que personne ne voulait affronter la vérité, mais qu'elle avait la certitude que sa nièce était morte. Elle voulait que Harper retrouve son corps de manière à ce que la famille puisse enfin faire son deuil.

— Qu'avez-vous pensé de cela ?

— Qu'elle avait sans doute raison.

— D'après votre expérience, les gens admettent-ils volontiers qu'ils sont persuadés que leur proche est décédé ?

C'est à moi que l'inspecteur Young posait la question, apparemment par simple curiosité.

— Au risque de vous surprendre, oui. Quand ils se résolvent à solliciter mes services, ils sont à bout. Il faut avoir atteint un certain stade pour envisager de m'engager. Car mon métier, c'est de retrouver les morts. Inutile de me convoquer si vous pensez que votre proche est encore vivant. Dans ce cas, c'est une meute de chiens ou un détective privé qu'il vous faut, pas moi.

Je haussai les épaules.

— C'est une affaire de bon sens, conclus-je.

Ils ne parurent pas horrifiés : il en faut plus que cela pour choquer des inspecteurs de la brigade criminelle, mais leurs regards se durcirent.

— Bien entendu, intervint Tolliver, en de telles circonstances, ces personnes naviguent souvent à vue.

— Bien entendu, renchéris-je.

88

— Cela ne vous gêne pas ? s'indigna l'inspecteur Young.

Elle se pencha en avant, les mains croisées, les coudes sur les genoux.

La question n'était pas simple.

— J'éprouve toute une palette de sensations en ce qui concerne mon talent, dis-je. Je suis toujours heureuse de retrouver le corps que je recherche car c'est l'accomplissement d'une mission.

— Après quoi, vous empochez l'argent, grogna l'inspecteur Lacey.

— Je n'en ai pas honte. Je propose un service en échange d'une rémunération. Et je soulage les morts.

Ils me fixèrent, ahuris.

— Ils veulent qu'on les retrouve, vous savez.

Cela me semblait évident. À en juger par leur expression, Lacey et Young n'étaient guère convaincus.

— Vous paraissez si normale et, brusquement, vous sortez un truc complètement fou, s'étonna l'inspecteur Young.

Son partenaire la fusilla du regard, et elle se ressaisit.

— Excusez-moi, reprit-elle. Je n'ai encore jamais abordé ce sujet et je… je suis décontenancée.

— Vous n'êtes pas la première, inspecteur, la rassurai-je.

— Je suppose que non.

— Nous allons vous laisser, dit Lacey en passant une main dans ses cheveux… Ah ! Une dernière chose.

Tolliver et moi le regardâmes. Tolliver leva une main et me pressa brièvement l'épaule. Ce n'était pas nécessaire : j'avais compris que la question était cruciale.

— Avez-vous eu le moindre contact avec un membre de la famille Morgenstern depuis votre départ de Nashville ?

Je n'eus pas à réfléchir.

— Moi, non.

Je pivotai vers Tolliver, sûre qu'il répondrait de même.

— J'ai parlé avec Felicia Hart à une ou deux reprises.

Au prix d'un effort surhumain, je parvins à rester imperturbable.

— Vous avez donc eu d'autres conversations avec Felicia Hart que celle au cours de laquelle elle vous demandait de venir à Nashville rechercher sa nièce.

— C'est exact.

Je l'aurais volontiers étranglé. Il ne perdait rien pour attendre.

— Quelle était la nature de ces échanges ?

— Personnelle, répliqua Tolliver sans ciller.

— Est-il vrai que vous et Felicia avez eu une liaison ?

— Non.

— Alors, pourquoi ces coups de fil ?

— Nous avons couché ensemble. Elle m'a joint par téléphone deux ou trois fois alors que ma sœur et moi étions sur la route.

Je crispai les poings, mes ongles s'enfonçant dans la chair de mes paumes, et m'obligeai à conserver une expression neutre. Si celle-ci était figée, je n'y pouvais rien. C'était plus fort que moi.

Tolliver avait un charme fou, et bien que nous n'en ayons jamais discuté, je le soupçonnais d'aimer le sexe dans la mesure où il cherchait toutes les occasions de séduire des femmes. Moi aussi, j'aimais faire l'amour, mais j'étais *beaucoup* plus difficile que Tolliver quant au choix de mes partenaires. D'après moi, Tolliver considérait le sexe comme un sport qu'il maîtrisait à la perfection, peu importait la coéquipière. Je fonctionnais différemment. Au cours de l'acte, on se dévoilait

90

énormément. Je n'étais pas prête à me mettre à nu devant une multitude de personnes, au propre comme au figuré.

Peut-être s'agissait-il des comportements mâle-femelle typiques.

— Qu'avait-elle à vous raconter ? demanda l'inspecteur Young.

Je n'appréciais pas du tout la façon dont elle observait Tolliver, comme si elle venait de lui faire avouer un secret coupable.

— Elle cherchait à se défouler. Elle ne supportait plus la situation familiale, l'absence de Tabitha, le stress qui affectait Victor.

Tu mens, pensai-je. Je baissai le nez.

J'aurais volontiers déstabilisé les policiers afin qu'ils partent sur-le-champ, mais j'étais furieuse contre Tolliver. Qu'il se débrouille tout seul.

— Pouvez-vous nous donner davantage de détails ?

— Je ne me rappelle rien de spécial. Plusieurs mois s'étaient écoulés depuis notre rencontre – dont je ne gardais pas un souvenir impérissable... Je n'imaginais pas que je devrais un jour rapporter ces conversations. Elle s'inquiétait, mais pas seulement au sujet de Victor. Elle se faisait du souci pour Diane et Joel et pour ses propres parents. Après tout, ce sont les grands-parents de Victor, même s'ils ne sont plus les beaux-parents de Joel. Et puis... voyons... D'après elle, les camarades de classe de Victor l'accusaient d'être à l'origine de la disparition de Tabitha. Il s'était plaint de ce que son père lui préférait Tabitha parce qu'elle était la fille de Diane alors que lui n'était pas son fils.

— Comment avez-vous réagi ?

— Comment voulez-vous que je réagisse ? Je n'étais pas sur place, je connaissais à peine les protagonistes.

J'ai eu la sensation qu'elle éprouvait le besoin de se confier à un tiers.

— Vous a-t-elle demandé de revenir à Nashville ?

— C'était impossible. Harper et moi avions un programme chargé et, dès que nous le pouvons, nous nous réfugions dans notre appartement de Saint-Louis. Nous sommes constamment en déplacement.

— Vous avez tant d'affaires que ça ? s'étonna l'inspecteur Young.

— Nous avons largement de quoi nous occuper, répondis-je.

Tolliver avait réussi à éluder la question initiale, mais je me gardai de le leur faire remarquer. J'étais pressée de me débarrasser d'eux.

Lacey et Young échangèrent un regard complice. Le quinquagénaire et la jeune femme formaient une bonne équipe. Jusqu'ici, j'avais toujours cru que Tolliver et moi étions sur la même longueur d'onde, comme ces deux-là.

— Nous devrons peut-être vous revoir, déclara l'inspecteur Lacey d'un ton aimable, comme s'il voulait nous rassurer – n'ayez crainte, aucun problème, la vie est belle.

— Vous serez toujours là ? demanda Young.

Sous-entendu : interdiction de quitter la ville.

— Probablement, dis-je.

— Vous voulez assister aux obsèques…

— Non.

Elle inclina la tête comme si elle m'avait mal entendue.

— Pardon ?

— Les funérailles, ce n'est pas mon truc.

— Jamais ?

— Jamais.

— Et l'enterrement de votre mère ? Il paraît qu'elle est décédée l'an dernier.

Ils étaient bien renseignés.

— Je ne m'y suis pas rendue... Au revoir, ajoutai-je avec un sourire.

Gagné ! Je les avais déstabilisés.

— Vous resterez donc à Memphis jusqu'à ce que nous vous donnions le feu vert, dit l'inspecteur Young en glissant une mèche de ses cheveux derrière son oreille.

— Cela va de soi, promis-je d'une voix doucereuse.

— Vous pouvez compter sur nous, compléta Tolliver sans une trace d'ironie.

6

Après le départ des inspecteurs, un silence nous enveloppa, le silence le plus assourdissant que nous ayons jamais partagé. Je n'avais aucune envie de regarder Tolliver, encore moins d'entamer une discussion avec lui. Nous restâmes immobiles. Pour finir, je levai les bras, émis un grognement féroce, fonçai dans ma chambre et claquai la porte. Elle se rouvrit aussitôt, et Tolliver entra.

— Quoi ? Que voulais-tu que je leur dise ? Tu aurais préféré que je mente ?

Je m'étais jetéc sur le lit, et Tolliver se tenait debout, les mains sur les hanches.

— J'aurais préféré que tu te taises, répondis-je d'un ton aussi neutre que possible.

Puis je me redressai d'un bond et le fusillai du regard.

— Ce que j'aurais aimé, c'est que tu aies fait preuve d'un minimum de discrétion et d'un zeste de bon sens, il y a dix-huit mois. Qu'est-ce qui t'a pris ? Tu n'as pas réfléchi une seconde aux conséquences éventuelles de tes actes !

— Tu es simplement… Si tu me lâchais les baskets, pour une fois ?

— Non ! Non ! Une serveuse par-ci ou par-là, beurk, mais d'accord. Que tu couches avec une fille rencontrée dans un bar, pourquoi pas ? Nous avons tous des besoins à assouvir, mais avoir une aventure avec une cliente, une personne impliquée dans une affaire… Enfin, Tolliver ! Un peu de tenue !

Parfaitement conscient d'être dans son tort, Tolliver s'emporta :

— Ce n'était qu'une femme comme une autre. Elle n'appartient à cette famille que par alliance !

— Une femme comme une autre. Je commence à y voir plus clair. Un simple objet de consommation, en d'autres termes ? Tu ne te poses donc jamais la question de savoir si c'est la femme avec laquelle tu voudrais avoir un enfant ? Parce que c'est le fond du problème, Tolliver !

— Est-ce à cela que tu as pensé quand tu as couché avec ce flic à Sarne ? Que tu rêvais de faire un bébé avec lui ?

Il y eut de nouveau un silence, chargé d'électricité.

— Excuse-moi, soupira-t-il enfin.

— Je ne sais pas si je regrette ou non cet épisode. Toi, tu sais que tu as commis une bêtise. Pourquoi ne pas l'avouer, tout bêtement ? Es-tu obligé de te justifier ?

— Es-tu obligée de me le demander ?

— Oui. Parce que ce n'était pas uniquement une relation personnelle, mais aussi professionnelle. Jusqu'ici, tu n'avais jamais mêlé le plaisir et le boulot.

Du moins, pas à ma connaissance.

— Ce n'est pas Felicia qui nous payait. Elle n'est pas vraiment un membre de la famille.

96

— Tout de même.

— Oui, oui, d'accord, grommela-t-il. Tu as raison. Elle était dans le coup. Je n'aurais jamais dû..., mais elle m'a fait des avances, ajouta-t-il avec un de ces sourires qui me liquéfiaient, et j'ai eu la faiblesse de lui céder. Elle s'offrait à moi, elle était jolie, pourquoi pas ?

Je cherchai en vain une riposte adéquate. Après tout, pourquoi pas ? Justement ! Parce que, cette fois-ci, les frasques sexuelles de Tolliver nous retombaient dessus. Nous étions dans un sale pétrin.

Tolliver m'étreignit.

— Je suis désolé, murmura-t-il avec sincérité.

Je me blottis contre lui, inhalant son odeur, et posai la joue sur son torse musclé. Nous demeurâmes ainsi un long moment. Lorsqu'il relâcha son étreinte, je m'écartai.

— Qui t'a contacté pour cette visite du cimetière Sainte Margaret ?

— Le docteur Nunley. À la décharge de Lacey, il m'avait interrogé sur ce point au commissariat.

— Nunley t'a-t-il précisé comment il avait eu nos coordonnées ? Lui avait-on recommandé nos services ou as-tu eu l'impression que c'était son idée à lui ?

Je retournai dans le salon chercher une boisson fraîche dans le réfrigérateur. Tolliver me suivit, perdu dans ses réflexions.

— J'ai pensé qu'on lui avait parlé de toi car il m'a assailli de questions. Si l'initiative était venue de lui, il se serait renseigné au préalable. Selon moi.

— Bien. Nous devons absolument lui parler.

Tolliver grimaça, suscitant ma sympathie :

— Je comprends ta réticence : ce type est un goujat.

Tolliver sortit son téléphone portable et vérifia à qui était le numéro gribouillé sur le bout de papier qu'il venait de sortir de son jean. Il en avait toujours des dizaines sur lui, et s'il ne lavait pas lui-même son linge, je passerais ma vie à fouiller ses poches de pantalon. Apparemment, il était tombé du premier coup sur le bon : il pianota sur le clavier. Au silence qui s'éternisait, je compris que personne ne décrochait à l'autre bout de la ligne. Pour finir, la messagerie vocale prit le relais, et il dicta son message :

— Docteur Nunley, ici Tolliver Lang. Harper et moi souhaitons vous rencontrer. Nous avons plusieurs éléments à éclaircir, suite à la découverte inattendue d'hier. Vous avez mes coordonnées.

— Il va croire qu'on veut lui réclamer ce qu'il nous doit.

Tolliver réfléchit à ce commentaire.

— Oui, et cela l'incitera d'autant plus à nous rappeler. S'il ne nous paie pas, nous repartirons bredouilles. Heureusement, nous aurons la récompense des Morgenstern.

— Je regrette de l'avoir méritée.

Il me tapota l'épaule comme s'il comprenait exactement ce que je voulais dire. Nous accepterions cette somme, bien sûr. Nous l'avions gagnée.

— J'ai la désagréable sensation qu'on nous a tendu un piège. Je crains qu'on ne devienne des boucs émissaires.

— Pas si je peux l'empêcher, assura Tolliver. Je reconnais volontiers mon faux pas, mais sache que je ferai tout à partir de maintenant pour que personne ne puisse établir un lien entre nous et le marasme Morgenstern. D'autre part, nous ne sommes en rien responsables de

98

l'enlèvement de Tabitha et nous pouvons le prouver. Tiens ! Quel jour a-t-elle été kidnappée ?

Nous lançâmes une recherche sur Internet, puis Tolliver contrôla notre agenda de l'année précédente. Vive l'informatique !

— Ce jour-là, nous étions à Schenectady, annonça-t-il, et j'éclatai de rire.

— À des centaines de kilomètres de Nashville. Je te félicite de la manière dont tu tiens nos archives. Je suppose que tu as des récépissés ?

— Oui. À l'appartement.

Je le saisis par le menton et l'embrassai sur la joue. Toutefois, mon instant de bonheur ne dura pas plus de quelques secondes.

— Tolliver, qui a pu faire ça ? Tuer cette gosse et l'enterrer ici ? Est-il possible que ce soit une incroyable coïncidence ?

Il secoua la tête.

— Pas d'après moi.

— Tout de même, j'ai du mal à imaginer une conspiration aussi élaborée.

— Moi aussi.

À notre stupéfaction, ce fut Xylda Bernardo qui se manifesta avant le professeur Nunley.

Nous finissions de déjeuner. Le repas s'était déroulé dans une ambiance pénible. Art avait mangé avec nous ; comme il avait commandé un repas complet (alors que nous avions opté pour un en-cas) et parlé affaires, je n'avais guère profité de ce moment. Art s'apprêtait à reprendre l'avion pour Atlanta car il ne voyait pas ce qui pouvait le retenir davantage à Memphis. Après avoir passé des dizaines de coups de fil à toutes ses accointances évoluant dans le système judiciaire local, il en était arrivé à la conclusion que les

flics n'avaient aucun prétexte valable pour nous arrêter. En somme, nous avions déboursé une fortune
pour qu'il vienne jusqu'ici en première classe, dorme
dans un bel hôtel, téléphone à droite et à gauche et dif-
fuse notre communiqué de presse. Tant pis. Nous
savions dès le départ que nous jouions quitte ou
double.

Notre avocat avait englouti une énorme salade, du
pain à l'ail et une côte de veau accompagnée de raviolis
tandis que nous nous étions contentés d'un potage et
d'une assiette de crudités.

— On vous demandera probablement de fournir les
reçus de vos frais de déplacement lors de votre séjour à
Nashville.

Je jetai un coup d'œil vers Tolliver, qui opina. Sur ce
plan, nous étions blindés.

Au fil de nos périples, nous avions appris à conserver
chaque facture, chaque quittance, chaque document
qui nous tombait dans les mains. Durant l'année qui
venait de s'écouler, nous avions été particulièrement
vigilants. Nous avions acquis un classeur en accordéon
que nous emportions partout avec nous et l'ordinateur
portable. Nos archives étaient impeccablement tenues.
Nous envoyions régulièrement un pli à notre comptable, Sandy Dierdoff, basée à Saint-Louis. C'était une
blonde aux courbes sensuelles d'une quarantaine
d'années. Quand nous lui avions expliqué en quoi
consistait notre fonds de commerce, elle avait haussé
un sourcil et ri aux éclats. Notre style de vie original
semblait l'amuser. Pour être franche, elle nous avait
prodigué beaucoup plus de conseils judicieux qu'Art.

Sandy nous avait déjà adressé un courrier électroni-
que pour convenir de notre rendez-vous annuel :
l'hiver approchait à grands pas.

100

Je pensais à Sandy et, par extension, à notre appartement de Saint-Louis quand je saluai Art. Son départ nous soulageait mutuellement. Il était fier de nous avoir comme clients (il nous considérait un peu comme des artistes du show-business), mais il n'était jamais totalement à l'aise en notre présence.

Une fois la table débarrassée par le personnel de l'hôtel, je demandai à Tolliver si nous pouvions sortir faire un tour. Je ne lui avais toujours pas pardonné sa monumentale erreur de jugement, mais j'étais prête à l'oublier, le temps de me calmer. Une bonne marche nous aiderait peut-être à retrouver nos marques.

Tolliver secoua la tête avec vigueur avant la fin de ma phrase.

— Nous avons couru ce matin dans la salle de gym. Je sais que tu souffres de rester enfermée dans une chambre d'hôtel, mais si nous la quittons, on nous sautera dessus pour nous interroger.

Je téléphonai à la réception pour savoir s'il restait des journalistes devant l'entrée. Le concierge me répondit qu'il ne pouvait pas en être certain, mais qu'il soupçonnait certains individus qui traînaient dans le café d'en face d'appartenir à la presse. Je raccrochai.

— Merde !

— J'ai une idée. Mets un chapeau et des lunettes noires, je t'emmène au cinéma, proposa Tolliver.

Il ramassa le journal que l'on nous avait apporté ce matin-là avec notre petit-déjeuner et l'ouvrit pour consulter les horaires. En première page, je découvris une photo de moi : mince, les cheveux noirs, les yeux foncés, le dos droit, les bras croisés sur la poitrine. Je me dis que je paraissais plus âgée que mes 24 ans et en fus légèrement contrariée. À mes côtés, Tolliver semblait plus solide.

Nous affichions tous deux une expression de désarroi extrême. On aurait dit des réfugiés de l'Europe de l'Est qui avaient tout abandonné pour fuir les persécutions dans leur pays.

— Tu veux parcourir l'article ?

Tolliver me tendit le journal. Il sait pertinemment que j'ai horreur de lire les papiers nous concernant.

— Non.

Il me confia la page « Loisirs », et j'entrepris de consulter les programmes. Nous apprécions les films d'action et d'aventures dans l'espace, les histoires de familles heureuses. Si elles étaient menacées d'un danger, nous aimions qu'elles s'en sortent plus ou moins intactes, quand bien même cela les obligeait à buter un ou deux méchants en cours de route. Nous détestions les chroniques sur les pauvres qui sombraient dans la misère et les nanas en mal d'amour. Nous ne supportions pas le cinéma étranger. Pas davantage les documentaires.

Je dénichai enfin un film qui correspondait à notre envie. J'enfilai ma doudoune, chaussai mes lunettes, mis mon bonnet. Tolliver en fit autant. Plutôt que de prendre la voiture, nous priâmes le portier de nous héler un taxi. À ma grande joie, le chauffeur n'était pas un bavard. Il conduisait à merveille et nous déposa juste à l'heure devant le complexe multisalles.

Je raffolais de ces structures anonymes où tout était permis. J'adorais les adolescents en tee-shirt et casquette de couleurs vives chargés de l'entretien et de l'accueil. Tolliver avait eu un petit boulot dans un établissement de ce genre à Texarcana : il avait pris l'habitude de me faire entrer en douce afin que je puisse oublier un temps ce qui m'attendait à la maison.

102

Je regardai les bandes-annonces des films à venir dans un état de béatitude. Assis côte à côte, nous nous partagions un gobelet géant de pop-corn (sans beurre, juste une pincée de sel).

Nous suivîmes avec plaisir les déboires de la jolie doctoresse en danger, sachant que tout se terminerait pour le mieux (plus ou moins). Nous échangeâmes des coups de coude pendant la scène où elle avait des difficultés à déterminer la cause du décès d'un très beau garçon.

— Tu aurais pu le deviner en un clin d'œil, me chuchota Tolliver.

C'était un après-midi en pleine semaine : la salle n'était pas vide, mais presque. Nous n'étions dérangés par personne.

Lorsque le générique se mit à défiler, nous sortîmes tranquillement en discutant des effets spéciaux et de l'avenir probable des personnages principaux. C'était notre jeu favori. Que deviendraient-ils par la suite ?

— Elle a eu beau affirmer le contraire, elle reprendra son poste, dis-je à Tolliver. Elle va s'ennuyer chez elle, après toutes ces poursuites. N'oublie pas qu'elle a défoncé le crâne de ce type avec son tisonnier.

— Je ne suis pas d'accord. D'après moi, elle va épouser le flic, prendre le rôle de ménagère et se consacrer entièrement à préparer chaque soir les recettes favorites de sa famille. Elle n'achètera plus jamais de plats chez le traiteur asiatique. Rappelle-toi : elle a déchiré le menu punaisé sur le mur, près du téléphone.

— Tu te trompes : elle commandera des pizzas.

Il s'esclaffa et chercha le reçu du taxi dans sa poche afin d'appeler la compagnie.

Tout à coup, on m'agrippa le bras gauche. Vous dire que j'ai eu peur serait un euphémisme. Je me retournai vivement vers la femme qui me retenait. Elle était habillée d'un manteau volumineux en tissu à gros carreaux. Ses cheveux teints en rouge étaient tirés d'un côté de sa tête, les boucles tombant en cascade sur son épaule. Son rouge à lèvres était mal appliqué et ses boucles d'oreilles clinquantes scintillaient.

Tolliver avait pivoté et porté sa main libre à la gorge de l'inconnue.

— Il faut absolument que je vous parle, murmura-t-elle.

— Bonjour, Xylda, dis-je de cette voix posée que l'on utilise face à un être au bord de la crise de nerfs.

— Xylda, gronda Tolliver.

Il s'était immobilisé en plein élan. D'un geste furieux, il rangea son portable.

— En quoi pouvons-nous vous être utiles ? Quel heureux hasard vous amène ? ironisa-t-il.

— Vous êtes en danger. En grand danger. Je devais vous prévenir. Vous êtes si jeune, ma chère. Vous n'imaginez pas combien ce monde est cruel.

Au contraire, j'en savais quelque chose.

— Tolliver et moi avons de l'expérience, Xylda, ripostai-je sans hausser le ton. Tenez ! Si nous allions boire un café ou un chocolat chaud dans cette brasserie ? Ils ont peut-être du thé ?

— Volontiers.

Xylda était petite, replète, elle avait au moins trente ans de plus que moi. Elle s'était lancée dans la voyance après avoir renoncé à la prostitution, son premier métier. Son mari Robert avait été son manager, et son décès l'année précédente l'avait bouleversée. De toute évidence, elle se remettait difficilement de ce traumatisme. Si j'étais en quête d'une voyante, j'hésiterais à m'adresser à elle, mais je surestimais peut-être le

104

public. Certains clients considéraient que son attitude et ses tenues excentriques renforçaient son image.

Je n'étais pas de cet avis. Je connaissais de nombreux médiums, vrais et faux, qui étaient instables, voire complètement cinglés. Quand on naissait avec ce don, on en payait le prix. C'était un cadeau empoisonné.

Seuls deux voyants que j'avais eu l'occasion de croiser me semblaient vivre une vie normale. Des exceptions. Xylda n'en était pas.

Morose, mais résigné, Tolliver précéda Xylda dans le restaurant et l'aida à se débarrasser de son manteau hideux. Il nous abandonna pour commander nos boissons au comptoir, et nous nous installâmes à une petite table tout au fond. J'inspirai profondément et affichai un sourire indulgent.

Xylda me saisit la main, et je dus me mordre la lèvre pour résister à la tentation de l'arracher à son étreinte. Les contacts tactiles m'étaient pénibles, et c'était la deuxième fois qu'elle me touchait. Cependant, je me dis qu'elle devait avoir une raison. Lors d'une rencontre précédente, du temps où Robert vivait encore, elle m'avait expliqué qu'elle était « bombardée d'images ».

— C'est comme si je visionnais un film en accéléré. Je vois des scènes de la vie de la personne que je touche, des moments du passé, du futur et d'autres, de…

Elle s'était tue et avait hoché la tête.

— Elles se réalisent ? lui avais-je demandé.

— Je n'ai aucun moyen de le savoir. Je sais qu'elles *pourraient* se réaliser.

À présent, Xylda me dévisageait de ses yeux bleus.

— À l'ère de la glace, vous seriez si heureuse…

— Tant mieux.

Je ne comprenais rien du tout à son délire, mais c'est ainsi que se déroulaient les conversations avec Xylda –

si tant est que l'on puisse employer le terme de conversation.

— Vous ne pouvez pas continuer à mentir, reprit-elle. Vous devez cesser. Vous ne ferez de mal à personne.

— Je dis la vérité ! protestai-je, sidérée.

On pouvait m'accuser de tous les maux, mais pas de celui-là.

— Sur des choses sans importance.

— Quelqu'un vous a accompagnée jusqu'ici, Xylda ?

— Oui. Je suis avec Manfred.

— Où est-il ?

Je n'étais pas sûre de savoir qui était ce Manfred, mais j'étais soulagée d'apprendre qu'elle n'était pas seule.

— Il gare la voiture. Il n'y a pas de place.

— Ah ! marmonnai-je, rassurée par cette explication prosaïque.

Tolliver nous rejoignit avec nos boissons. Le café de Xylda sentait la vanille et le sucre ; elle le mélangea fébrilement à l'aide d'un bâtonnet en plastique marron. J'avais devant moi un expresso et Tolliver, un chocolat chaud.

— Tolliver, Xylda me dit qu'elle est ici avec Manfred.

Il fronça les sourcils. Il n'était donc pas au courant, lui non plus.

— Il essaie de se garer.

Tolliver se leva et alla se planter devant la vitrine puis se mit à agiter la main.

— Je crois l'avoir aperçu, déclara-t-il en revenant s'asseoir. Il ne va pas tarder.

Le visage de Tolliver était fendu d'un large sourire.

— C'est un bon garçon, affirma Xylda, puis elle passa du coq à l'âne : Il paraît que vous avez retrouvé la petite Morgenstern.

106

— En effet.

— Ils avaient fait appel à mes services, vous savez.

— Vraiment ?

— Ce n'est pas son frère. C'est un drame passionnel, mais elle n'a pas été abusée sexuellement.

— Pourquoi l'a-t-on tuée, alors ?

— Je n'en ai aucune idée, avoua Xylda en fixant sa tasse.

Quand je vous dis que les voyants nagent dans le flou... !

— Mais je sais que vous allez le découvrir, ajouta-t-elle, et elle releva le nez. Je ne serai pas là pour le voir, mais vous réussirez.

— On vous attend dans une autre ville ?

— Oui.

Un jeune homme élancé surgit devant nous. Manfred, sans doute.

— J'ai vu qu'elle vous avait fait peur, attaqua-t-il d'un ton enjoué. Désolé. Vous êtes ses amis ? Elle m'a dit qu'elle avait rendez-vous ici avec des amis.

Incroyable ! Le don de voyance de Xylda l'avait menée à nous. À peine sorti de l'adolescence, Manfred devait avoir entre 18 et 22 ans. La carrure étroite, il portait ses cheveux blonds décolorés lissés en arrière, une barbichette et au moins un tatouage visible au bas du cou. Il arborait une multitude de piercings, et ses doigts disparaissaient sous des bagues en argent.

Au fond, il était en harmonie avec Xylda.

— Je suis Tolliver Lang, et voici Harper Connelly. Vous êtes un proche de Xylda ? s'enquit mon frère.

— Manfred est mon petit-fils, décréta fièrement Xylda.

Je suis prête à parier que peu de grands-mères accepteraient sans frémir les excentricités de Manfred.

Xylda, en revanche, le contemplait avec une fierté non dissimulée. Les apparences sont le plus souvent trompeuses : Xylda était suffisamment fine pour déceler les qualités profondes du jeune homme.

Nous lui certifiâmes que nous étions heureux de faire sa connaissance et lui expliquâmes comment nous avions eu l'occasion de rencontrer sa grand-mère à diverses reprises.

— Ce matin, elle a bondi de la table du petit déjeuner en annonçant qu'on devait partir pour Memphis. Nous sommes donc montés dans la voiture, et nous voici.

De toute évidence, il était enchanté de l'avoir prise au sérieux et d'avoir réussi à l'amener jusqu'ici en temps et en heure.

— Vous savez que j'ai retrouvé le corps, dis-je à Xylda, qui avait déjà vidé sa tasse et s'était emparé de la mienne.

— Oui. Et je savais que vous le retrouveriez dans un cimetière, mais lequel ? Mystère. Je suis heureuse que vous l'ayez découverte. Elle est morte depuis longtemps.

— Depuis le jour de son enlèvement ?

— Elle a survécu quelques heures. Pas davantage.

J'en fus soulagée.

— C'est ce que j'ai pensé. Merci de me le confirmer.

Devais-je relayer cette information à la police ou à la famille de Tabitha ? Non. Ce serait absurde. Si les flics avaient eu tant de mal à me croire, ils feraient encore moins confiance à Xylda, l'ex-prostituée devenue voyante professionnelle.

— J'ai tout vu, insista Xylda.

Manfred la gratifia d'un large sourire. Il se fichait éperdument qu'une grande partie des personnes présentes dans la salle se soient retournées pour nous

108

observer à la dérobée. Je jugeai cela extraordinaire de la part d'un garçon aussi jeune. Soudain, je songeai que la différence d'âge entre Manfred et Victor était réduite. Que penseraient-ils l'un de l'autre ? Je les imaginais mal entretenir une conversation.

— Xylda, avez-vous vu celui qui l'a kidnappée ? demanda tout bas Tolliver car les murs avaient des oreilles.

— C'était par amour, répondit Xylda. Par amour !

Elle posa son regard sur chacun d'entre nous, l'un après l'autre, le visage éclairé d'un sourire. Puis elle dit à Manfred que c'était l'heure de sa sieste.

— Bien sûr, grand-mère.

Il se mit debout et lui tira sa chaise pour qu'elle puisse se lever. Je fus sidérée par ce geste de galanterie. Tandis que Xylda ramassait son sac et se dirigeait à petits pas vers la sortie, des dizaines de paires d'yeux fascinés suivant la progression de l'énorme manteau, Manfred se pencha pour me prendre la main.

— Ce fut un plaisir de vous rencontrer. Si vous avez besoin d'un copain, Harper, je suis à votre disposition.

Je compris alors que sur le plan biologique Manfred était un mâle parfaitement développé. Je me sentis subitement à la fois mal à l'aise et très flattée.

— C'est noté, répliquai-je.

Manfred me baisa la main. Avec tous ces piercings, c'était un peu bizarre. La pointe de sa barbichette m'effleura en même temps que le métal froid du clou qui ornait sa lèvre inférieure. Je ne savais plus si je devais rire, hurler ou haleter.

— Pensez aux enfants que nous pourrions avoir, susurra-t-il.

J'optai pour le sourire.

— Vous allez un peu vite en besogne, mon cher.

— Je m'en souviendrai.

Quand ils eurent disparu, je me tournai vers Tolliver pour lui demander ce qu'il pensait des révélations embrouillées de Xylda.

— Ne fais pas cette tête, mon vieux ! Il est beaucoup trop jeune pour moi.

— Il a quoi, trois ans de moins ? En tout cas, il ne manque pas de culot. Et si je m'offrais un tatouage et un anneau dans le sourcil ?

— Préviens-moi car j'ai la ferme intention d'assister à la séance. Je suis curieuse de savoir quel dessin tu choisirais… et quel endroit.

— Le creux des reins. Comme ça, il serait presque toujours caché.

— Tu as déjà envisagé cette possibilité ?

— Oui.

— Tiens ! Tiens ! Et tu sais ce que tu demanderais ?

— Oui.

— Quoi ?

— Un éclair.

Je n'aurais su dire s'il plaisantait ou non.

7

J'eus tout le temps de réfléchir pendant que le chauffeur de taxi nous conduisait à notre hôtel au cœur de
la ville. Xylda était frappadingue, mais elle avait un
véritable don de voyance. Elle prétendait que Tabitha
avait survécu plusieurs heures après l'enlèvement, et je
la croyais. Je regrettai de ne pas lui avoir posé davantage de questions. J'aurais dû lui demander *pourquoi*
son ravisseur l'avait gardée en vie si longtemps. Pour la
violer ? Pour une autre raison ?

Tolliver savait lire dans mes pensées au point que
cela me glaçait parfois le sang.

— As-tu trouvé Xylda encore plus folle que
d'habitude ?

— Oui. Quel âge peut-elle avoir ?

— Plus de 60 ans, d'après moi.

— Je lui en aurais donné moins, mais aujourd'hui...

— Certes, elle a l'air d'avoir pris un coup de vieux,
pourtant, elle se déplace sans difficulté.

— Sur le plan mental, elle m'a semblé à côté de la
plaque... terriblement vague. « À l'ère de la glace, vous
seriez si heureuse. » Qu'a-t-elle voulu dire, au juste ?

— C'est vrai que c'est bizarre.

— L'ère de la glace, répétai-je, songeuse. Elle aurait pu être plus précise. Peut-être est-ce le décès de Robert qui l'a déboussolée ? Remarque, elle n'a jamais été la reine de la stabilité. Enfin ! Manfred prend soin d'elle et respecte son talent, c'est déjà ça.

— Tu crois que nous devrions parler aux Morgenstern de Tom, ce type que nous avons rencontré à San Francisco ?

— Non, répliquai-je sans hésiter. S'il n'a pas une vision claire des événements, Tom risque d'inventer n'importe quoi.

— Xylda aussi.

— Uniquement quand ça n'a aucune importance.

Il me dévisagea comme s'il ne comprenait pas la nuance.

— Imagine, par exemple, une adolescente qui la consulte pour savoir ce que lui réserve l'avenir. Xylda s'arrangera pour qu'elle reparte le cœur joyeux et plein d'espoir. Dans ce cas-là, elle ne fait de mal à personne, mais si c'est grave, si la cliente la prend au sérieux, Xylda ne lui décrétera jamais : « Oh, oui, votre fils disparu est vivant et en bonne santé » si elle n'en a pas la certitude. Tom, en revanche, racontera ce qui lui passe par la tête, que les images lui viennent ou non.

— Parfait, je ne dirai rien, déclara Tolliver d'un ton un peu sec. Je cherche un moyen de les aider à surmonter cette épreuve. À mes yeux, ils ne parviendront à faire leur deuil que lorsqu'ils connaîtront l'identité de l'assassin de Tabitha. À condition que ce ne soit pas un membre du clan.

— En effet, concédai-je, étonnée par son irritation.

— Qu'as-tu ressenti hier ? Quand tu étais sur la tombe.

Je n'avais aucune envie de revenir sur ce moment. Puis je me remémorai les expressions de Diane et de Joel Morgenstern, les doutes qui planaient au-dessus d'eux et je compris que je devais retourner sur le lieu où Tabitha avait reposé.

— On pourrait peut-être aller sur le site, proposai-je. Il ne reste plus rien, mais on ne sait jamais.

Tolliver ne remettait jamais en cause mes jugements professionnels.

— Allons-y. Cependant, il vaudrait mieux attendre ce soir afin que personne ne puisse nous suivre. Nous prendrons notre voiture.

J'acquiesçai, d'autant que le chauffeur de taxi nous observait d'un œil méfiant dans son rétroviseur.

— Tu veux qu'il nous dépose rue Beale ? s'enquit Tolliver. On pourrait aller écouter un peu de musique avant de dîner.

Je consultai ma montre. Nous avions peu de chances d'entendre du bon blues à 5 heures de l'après-midi.

— Vas-y si tu veux. Je préfère rentrer à l'hôtel faire une petite sieste.

Tolliver descendit donc devant le célèbre club B.B. King Blues.

— Emmenez mademoiselle au Cleveland, ordonna-t-il au conducteur.

Ce dernier grimaça.

— C'est bon, j'avais pas oublié ! Il est drôlement protecteur, fit-il remarquer tandis que je payais la course, une fois arrivée à destination. Votre homme semble être un angoissé.

— Oui. Mon frère.

— Votre *frère* ? s'exclama-t-il avec un sourire en coin, persuadé que je me moquais de lui.

113

Je lui dis de garder la monnaie et me précipitai vers l'entrée de l'hôtel sans regarder autour de moi, ce qui était stupide.

Pour la deuxième fois ce jour-là, on m'agrippa par le bras. C'était un homme, un homme en colère. Il me poussa jusqu'à un fauteuil dans le hall.

Le docteur Clyde Nunley était un peu mieux habillé que la veille. En pantalon sombre et veste de sport, il avait l'allure typique d'un professeur d'université. Ses chaussures auraient mérité un coup de cirage.

— Comment avez-vous fait ? me demanda-t-il sans me relâcher.

— Quoi ?

— Vous m'avez humilié. J'étais là, à côté de vous. Ces archives étaient scellées. J'ai veillé à ce qu'elles le restent. Personne d'autre que moi ne les avait consultées. Comment avez-vous fait ? Je suis passé pour un imbécile devant mes étudiants, et ensuite, votre fichu maquereau de manager m'a téléphoné pour me réclamer du fric.

Révulsée, je constatai que le docteur Nunley avait bu.

Je tentai de me libérer. Il m'avait effrayée, et ma fureur n'en était que plus intense.

— Écartez-vous !

Du coin de l'œil je vis que trois des (très jeunes) employés derrière le comptoir s'agitaient nerveusement, ne sachant trop comment réagir. Mon soulagement fut intense quand un autre individu surgit tout à coup et plaqua une main sur l'épaule du docteur Nunley.

— Laissez-la tranquille ! commanda une voix masculine, et je reconnus le trentenaire qui avait assisté à la séance de la veille au cimetière.

— Hein ?

114

Clyde Nunley était visiblement décontenancé par cette interruption. Il resserra son étreinte, et je dus me retenir pour ne pas me jeter vers M. l'Étudiant. Nous devions avoir l'air ridicule.

— Docteur Nunley, si vous ne me lâchez pas immédiatement, je vous brise les doigts.

Miracle ! Il parut sidéré, comme si j'étais soudain devenue un véritable être humain. M. l'Étudiant soutint le professeur qui titubait et ébaucha un sourire.

Entre-temps, l'un des réceptionnistes avait contourné le comptoir et se dirigeait vers nous en faisant mine de ne pas se presser. C'était le sympathique garçon d'une vingtaine d'années qui nous avait accueillis le premier jour.

— Un souci, mademoiselle Connelly ?

— Pas un mot, susurra Clyde Nunley.

Il pouvait toujours rêver. Il avait sûrement l'habitude de traiter avec les enfants bien élevés de milieux privilégiés.

— Oui, j'ai un souci, répondis-je, et le visage de Nunley se déforma en une grimace de stupéfaction.

Comment ? J'osais me plaindre de lui ? Il n'en croyait pas ses oreilles. Je me demandai pourquoi.

— Ce monsieur m'a agrippée à mon arrivée dans le hall et refuse de me laisser tranquille. Si ce jeune homme n'était pas intervenu, il m'aurait sans doute frappée.

Rien ne le prouvait, mais le docteur Nunley cherchait visiblement la confrontation. Il avait traité mon frère de maquereau, et je n'étais pas près de le lui pardonner.

— Le connaissez-vous, mademoiselle Connelly ?

— Non, rétorquai-je d'un ton ferme.

En un sens, c'était vrai. Nous connaissions-nous vraiment les uns les autres ? Si le personnel pensait que le docteur Nunley était un étranger, il prendrait ma défense. Dès l'instant où je prononcerais les mots « docteur » ou Bingham College, je perdrais toute crédibilité.

Mon sauveur, M. l'Étudiant se tourna vers lui.

— Vous feriez mieux de vous en aller, professeur. Et vu votre état d'ébriété, je vous conseille de prendre un taxi.

L'employé désigna la sortie d'un geste courtois, comme si le docteur Nunley était un client respecté.

— Notre portier va vous en arrêter un. Par ici, je vous prie.

Sans laisser à Nunley le loisir de se ressaisir, il l'escorta jusque sur le trottoir.

— Merci, murmurai-je à M. l'Étudiant. Pardonnez-moi, je n'ai pas retenu votre nom, hier.

— Rick Goldman.

— Harper Connelly.

Je lui serrai la main.

— Comment vous êtes-vous débrouillé pour surgir au bon endroit au bon moment, monsieur Goldman ?

— Rick. Voulez-vous vous asseoir et bavarder quelques minutes ?

J'aperçus deux imposants fauteuils dans un coin discret. J'hésitai, tentée. J'étais moins calme que je ne le laissais paraître. Intérieurement, je tremblais encore.

— Juste quelques minutes, acceptai-je enfin.

Je m'installai le plus gracieusement possible. Je ne tenais pas à ce que Rick Goldman devine combien j'avais été ébranlée.

Il prit place en face de moi, impassible.

— Je suis un ancien élève de Bingham.

Et alors ? m'interrogeai-je.

116

— Un parmi beaucoup d'autres. Où voulez-vous en venir ?

— J'ai été flic pendant des années, au département de police de Memphis. Aujourd'hui, je suis détective privé.

— Ah.

Si seulement il pouvait cesser de tourner autour du pot !

— Le conseil d'administration de l'université est très divisé en ce moment, expliqua Rick Goldman.

Vous allez accoucher, oui ? Je haussai un sourcil et opinai vigoureusement du chef.

— Il se compose désormais d'une majorité libérale et d'une minorité conservatrice. Cette dernière se préoccupe tout particulièrement de l'image de l'établissement. Lorsqu'elle a appris en quoi consistaient les cours du docteur Nunley, elle m'a sollicité pour surveiller les intervenants.

— Pour prendre le pouls.

— Ouvrir les yeux et les oreilles, confirma-t-il.

Il paraissait grave. Je me dis que Rick Goldman était un homme sérieux.

— Clyde ne vous a pas soupçonné ?

— Je me suis inscrit à ce programme et j'ai payé mon dû. Il ne pouvait rien me reprocher de ce côté-là.

— Et l'autre femme plus âgée, c'est une espionne, elle aussi ?

— Non, elle est passionnée par l'anthropologie.
Je réfléchis.

— En somme, vous vous trouviez dans ce hall par le plus grand des hasards ?

— Pas exactement.

— Vous filiez Clyde, n'est-ce pas ?

— Non. Il m'ennuie. Vous êtes nettement plus intéressante.

Je ne savais pas au juste ce qu'il entendait par là.

— Donc, vous nous avez suivis, mon frère et moi ?

— Non. Je vous guettais. Je voulais vous poser des
questions après vous avoir observée hier.

Il venait de me tirer d'un mauvais pas : je lui devais
bien cela.

— Je vous écoute.

— Comment avez-vous fait ?

Il se pencha vers moi, le regard rivé sur mon visage.
En d'autres circonstances, j'aurais pu en être flattée,
mais je décelais chez lui une méfiance qui était loin
d'être flatteuse.

Je le dévisageai avec gravité.

— Vous savez que je n'ai jamais eu accès aux
archives, n'est-ce pas ? demandai-je.

— Vous étiez de mèche avec Nunley et vous vous
êtes disputés ?

— Non, monsieur Goldman. Je ne suis de mèche avec
personne. D'ailleurs, personne n'a jamais osé porter une
telle accusation contre moi, du moins à voix haute.

Je détournai la tête, poussai un soupir.

— Je suis comme je suis. Que vous y croyiez ou non,
au bout du compte, vous n'aurez pas le choix. Merci
encore de votre aide.

Je me levai et me dirigeai prudemment vers les
ascenseurs. Ma jambe était parcourue de tressaillements, et il n'était pas question pour moi d'ajouter à
mon embarras en effectuant un vol plané.

J'appuyai sur le bouton d'appel. Les portes s'ouvri-
rent aussitôt, je pénétrai dans la cabine et enfonçai la
touche de notre étage en restant face à la paroi du
fond.

J'avais honte de ne pas avoir pu m'en sortir toute seule. Si j'avais été plus athlétique, j'aurais jeté Clyde Nunley au sol et je lui aurais flanqué des coups de pied. Oui, bon, n'exagérons rien. Malgré moi, j'ébauchai un sourire. Je supposais que j'étais le genre de femme qui souriait quand elle s'imaginait en train de tabasser un homme à terre – surtout celui-là.

Je me secouai mentalement. Après tout, je n'avais pas grand-chose à me reprocher. Je n'avais ni hurlé ni fondu en larmes ni perdu ma dignité. Je ne suis pas faible, me rassurai-je, je me laisse parfois submerger par mes émotions, voilà tout. Et puis, je souffrais des séquelles de mon accident. Cette migraine féroce qui me taraudait tout à coup, par exemple, avec une telle violence que j'eus un mal fou à insérer ma carte-clé dans la fente pour entrer dans la suite.

J'ouvris ma trousse de toilette et pris une poignée d'antalgiques, puis j'enlevai mes chaussures. Le lit était excellent, d'ici dix minutes, je me sentirais mieux. À vrai dire, mon mal de tête dura encore une petite demi-heure avant de devenir supportable. Couchée sur le dos, je contemplai le plafond en pensant au docteur Nunley et à son courroux jusqu'à ce que le sommeil me gagne.

Tolliver me réveilla deux heures plus tard.

— Coucou ! murmura-t-il. Comment vas-tu ? On m'a dit que tu avais eu maille à partir avec un inconnu dans le hall et qu'un chevalier en pantalon de velours côtelé avait volé à ton secours.

— Oui.

Je mis quelques instants à recouvrer mes esprits. Tolliver s'assit sur le bord du lit, sa silhouette se découpant dans la lumière de la salle de bains.

119

— Nunley m'a littéralement sauté dessus, il était fou de rage : « Comment avez-vous pu, espèce d'envoyée de Satan ? » J'en passe et des meilleures. Je rectifie : il m'a surtout accusée de malhonnêteté. Et ton message l'avait mis dans une colère noire.

— Il t'a fait mal ?

— Non, il m'a attrapée par le bras. Tu te rappelles l'homme un peu plus âgé qui nous a intrigués hier ? Lui aussi m'attendait dans le hall. Il a calmé Nunley, et un réceptionniste l'a poussé dehors. Ensuite, il – il s'appelle Rick Goldman – m'a communiqué une information intéressante. Le hic, c'est que, après ça, j'ai eu une migraine abominable et je me suis endormie.

— Et ta jambe ?

Un problème en engendrait souvent un autre. Nous avions consulté une dizaine de médecins, et tous avaient affirmé que mes ennuis étaient d'ordre psychologique – que nous leur ayons avoué ou non mon activité.

— Quand vous quittez l'hôpital après avoir été frappé par la foudre, c'est que tout va bien, nous avait décrété un imbécile encore plus pompeux que les autres. Aucun effet à long terme n'a été recensé.

Malheureusement, mes différends avec le corps médical étaient le lot commun de la plupart des gens comme moi. Rares étaient les spécialistes qui acceptaient de nous venir en aide. Pour certains d'entre nous, c'était encore plus dur – ceux qui ne pouvaient pas reprendre leur travail et qui essayaient en vain d'obtenir une allocation handicap, par exemple.

J'avais la chance de ne pas souffrir d'acouphènes, un désagrément qui affectait nombre de personnes victimes de la foudre qui avaient survécu, et de ne pas avoir perdu mon sens du goût – autre séquelle fréquente.

— Elle est faible, avouai-je.

J'essayai de soulever les deux jambes. Seule la gauche m'obéit. La droite se contenta de tressauter sous l'effort. Tolliver entreprit de la masser.

— Si tu me disais ce que t'a confié l'étudiant ?

— En fait, il est détective privé.

Les mains de Tolliver s'immobilisèrent une seconde.

— Mauvaise nouvelle, marmonna-t-il. Enfin, tout dépend de sa mission.

Je m'obligeai à me rappeler tout ce que m'avait dit Rick Goldman, et Tolliver m'écouta avec attention.

— Je ne pense pas que cela nous concerne, déclara-t-il quand j'eus terminé. Il ne croit pas en ton talent, et alors ? Il n'est pas le premier, il ne sera sûrement pas le dernier. Simplement, il n'a pas eu besoin de tes services. Pour ce qui est du conseil d'administration de l'université, l'établissement avait payé une avance. Une somme minime. Si nous avons accepté ce contrat, c'est davantage dans un but publicitaire.

— Alors, selon toi, Goldman ne nous veut aucun mal.

— Non. Pourquoi ?

— En effet, il n'a paru ni fâché ni contrarié, mais il nous soupçonne peut-être d'arnaquer la faculté.

— Que veux-tu qu'il y fasse ? Ce n'est pas lui qui signe les chèques. On nous a engagés pour un travail, nous l'avons accompli.

Cet échange me rassura légèrement, et je décidai de chasser complètement Clyde Nunley de mes pensées, tout en sachant que Tolliver ne lui pardonnerait jamais cette agression. Pourvu qu'il ne croise plus notre

121

chemin ! Pour changer de sujet, je demandai à Tolliver comment s'était passée son expédition rue Beale.

Tandis que ses doigts experts s'acharnaient à décontracter les muscles de ma jambe, il me rapporta sa conversation avec un barman qui lui avait fièrement énuméré les noms de tous les gens célèbres ayant défilé chez lui. Petit à petit, je me détendis. Je riais même aux éclats lorsqu'on frappa à notre porte. Tolliver me dévisagea d'un air inquisiteur, et je haussai les épaules. Je n'attendais personne.

Un valet de chambre apparut avec un énorme vase rempli de fleurs.

— Pour vous, mademoiselle Connelly.

Qui n'aime pas recevoir un bouquet somptueux ?

— Posez-les sur la table, s'il vous plaît.

Je jetai un coup d'œil vers Tolliver pour m'assurer qu'il avait de la monnaie. Il s'empara de son portefeuille et tendit un billet au jeune homme. Je m'étonnai : des mufliers ? On ne m'en avait jamais offert. Pour être franche, on ne m'avait jamais offert de fleurs hormis un œillet pour le bal du lycée. Je le signifiai à Tolliver. Il détacha l'enveloppe fixée au feuillage et me la tendit, impassible.

— « Vous nous avez apporté la paix. Joel et Diane Morgenstern », lus-je à voix haute... Elles sont superbes, murmurai-je.

— C'est gentil à Diane d'y avoir pensé.

— C'est une idée de Joel.

— Pourquoi dis-tu cela ?

— Il appartient à cette catégorie d'hommes qui envoient des fleurs, assénai-je. Diane appartient à la catégorie des femmes qui ne le font jamais.

Tolliver me traita de folle.

122

— Crois-moi, Tolliver, j'ai raison. Joel est de ces hommes qui *pensent* aux femmes.

— Moi aussi. Tout le temps.

— Ce n'est pas ce que j'ai voulu dire. Comment t'expliquer ? enchaînai-je en cherchant mes mots. Quand il voit une femme, il ne pense pas à la mettre dans son lit. Il n'en est pas gay pour autant, ajoutai-je précipitamment face à l'expression ahurie de mon frère. Il est sensible à ce que les femmes aiment. Il cherche à leur faire plaisir.

Le téléphone sonna, et Tolliver décrocha.

— Oui ? Bonjour, Diane. Harper vient de recevoir le bouquet ; elle est enchantée. Vous n'auriez pas dû. Ah, c'est lui ? Eh bien, remerciez-le de notre part...

Il grimaça, et je souris.

— Demain ? Non, merci, nous ne voulons surtout pas vous déranger...

Il parut soudain fort mal à l'aise.

— C'est trop... Bon, d'accord, nous y serons, finit-il par dire, à contrecœur.

Il replaça le combiné et me dévisagea d'un air penaud.

— Les Morgenstern nous invitent à déjeuner demain. Apparemment, ils ne pourront jamais manger tout ce que leur entourage a apporté et ils se sentent coupables car c'est à cause d'eux que nous sommes coincés à Memphis... Il y aura d'autres invités, précisa-t-il en me voyant me décomposer. Nous ne serons pas le centre de toutes les attentions.

— Tant mieux. Je ne voudrais pas qu'ils en fassent trop, question gratitude. Après tout, c'était un accident. Et nous allons recevoir une récompense. Joel nous l'a dit. Tu aurais dû me consulter avant d'accepter. Je n'ai aucune envie d'y aller.

— Nous n'avons guère le choix.

— Je sais, grommelai-je.

J'étais agacée car j'avais la sensation que Tolliver avait envie de revoir Felicia Hart.

J'aurais volontiers continué à geindre, mais il avait raison. Inutile d'insister.

— Tu es prête à retourner au cimetière ?

— Oui. Il fait froid dehors ?

Je me levai, étirai ma jambe. Elle allait mieux.

— La température a chuté.

Dès que nous fûmes habillés, je téléphonai à la réception pour que l'on avance notre voiture. Quelques minutes plus tard, nous roulions sur la route de Sainte Margaret. À cette heure-ci, en pleine semaine, la circulation était fluide. Aucune manifestation ne se tenait à la pyramide et l'auditorium Ellis était dans le noir. Nous poursuivîmes vers l'est, traversant quartiers pauvres, zones commerciales et rues résidentielles jusqu'aux avenues paisibles qui entouraient Bingham College. Les rares passants étaient emmitouflés et ressemblaient à des momies citadines.

Je reconnus quelques repères ici et là. Contrairement à la veille, nous n'empruntâmes pas l'allée principale de l'université, et Tolliver contourna le campus pour atteindre une rue située à l'autre extrémité du parc. Elle était fermée par une de ces barrières blanches coulissantes. Tolliver constata qu'elle était fermée, mais pas verrouillée.

Rick Goldman aurait dû signaler au conseil d'administration que leur système de sécurité comportait des failles.

Nous franchîmes l'entrée, les pneus crissant sur les graviers. Au-delà d'une étendue de pelouse impeccablement entretenue s'érigeait un bois. La ville s'étendait

124

tout autour de nous, pourtant, nous avions l'impression d'être au milieu de nulle part. Nous roulâmes lentement jusqu'au cimetière, les faisceaux de nos phares éclairaient branchages et troncs des arbres sur notre passage. Rien ne bougeait. Nous atteignîmes la clairière au milieu de laquelle se dressait l'église et nous garâmes sur le petit parking. Deux lampadaires éclairaient respectivement l'arrière et le côté du bâtiment. Ils diffusaient juste assez de lumière pour nous permettre de discerner la grille en fer forgé du cimetière.

— Si nous étions dans un film d'horreur, l'un d'entre nous serait condamné, commentai-je.

Tolliver ne répondit pas, mais il ne semblait pas au mieux de sa forme.

— Je croyais que l'éclairage serait meilleur que ça, avoua-t-il.

Nous remontâmes la fermeture Éclair de nos doudounes, enfilâmes nos gants et nous emparâmes de nos lampes électriques. Tolliver prit la précaution d'empocher quelques piles supplémentaires en cas d'urgence.

Les claquements de nos portières résonnèrent comme des coups de feu. Tolliver éclaira la chaîne qui séparait l'aire de stationnement de la pelouse afin que je puisse l'enjamber, puis je fis de même pour lui. Le portail grinça, ce qui nous fit frissonner, comme dans toute scène d'épouvante digne de ce nom.

— Génial, marmotta Tolliver.

Je souris malgré moi.

Le terrain était irrégulier. Je marchai lentement, craignant que ma jambe ne se dérobe sous moi, mais il n'était pas question pour moi de demander à Tolliver de me soutenir. Je me débrouillerais toute seule comme une grande.

Il ne nous restait plus qu'à nous diriger vers le sud-est pour atteindre le coin reculé où se trouvait la tombe de Josiah Poundstone. Bien entendu, c'était l'endroit le plus obscur du site.

— C'est curieux, tout me paraît plus grand.

Je faillis interroger Tolliver pour savoir pourquoi il chuchotait. Puis je me rendis compte que j'en aurais fait autant. Comme nous nous rapprochions de notre but, une pensée me vint à l'esprit : avait-on exhumé ce pauvre Josiah par la même occasion ? Si oui, qu'avait-on fait de lui ? La vibration familière se fit sentir.

— C'est la première fois que nous visitons un cimetière en pleine nuit ?

J'éprouvais une sorte de picotement dans les épaules. Je n'avais aucune raison d'avoir peur. En général, ces expéditions dans l'univers des morts me ravivaient.

— Tu oublies l'épisode de ce couple dans le Wisconsin qui voulait absolument que tu te recueilles sur la tombe de leur fils au douzième coup de minuit.

Tolliver avait mis si longtemps à me répondre que j'en avais presque oublié ma question.

Je regrettais vivement qu'il me rappelle cet incident. Je m'efforçais de l'effacer de ma mémoire, de l'enfouir au fond de ma malle aux horreurs. La requête de ce couple nous avait d'autant plus surpris qu'ils avaient insisté pour que nous venions le soir de la fête de Halloween. Cerise sur le gâteau, ils avaient invité une trentaine de leurs meilleurs amis pour profiter au maximum de la situation. Je n'avais en aucune manière tenté de les mener en bateau, mais ils n'avaient pas compris mon travail. Là, devant tous leurs copains, j'avais raconté ce qui était arrivé à l'enfant. Je frémis à ce souvenir. Puis je me ressaisis.

126

Concentre-toi sur cette nuit, cette fille, ce tombeau. J'inspirai profondément, j'expirai. Encore. Et encore.

— Le corps n'est plus là. Or, c'est toujours avec lui que j'établis le lien. Je vais devoir essayer de retrouver ce que j'ai ressenti hier.

— Nous sommes dans un cimetière isolé en plein milieu de la nuit, argua Tolliver. Dieu merci, tu n'es pas en chemise de nuit blanche. Nous sommes ensemble, et la batterie de mon portable est chargée à bloc.

Je faillis sourire. Ce soir, j'étais mal à l'aise. Les cimetières, surtout les plus anciens, sont souvent semés d'embûches. Je trébuchai sur un fragment de pierre niché dans l'herbe. On n'imaginait pas ce que les vivants pouvaient abandonner au-dessus des défunts – bris de verre, canettes de bière écrasées, préservatifs, différents emballages, sans compter les caleçons et les slips ! Un jour, j'ai même vu un chapeau haut de forme perché sur une stèle.

Rien de cette sorte, ici. On avait tondu la pelouse à la fin de l'été. Les faisceaux de nos lampes de poche rebondissaient comme des vers luisants espiègles, se croisaient parfois puis s'éloignaient.

L'air était glacial, et je frissonnais. J'avais mis un bonnet de laine et une écharpe, mais mon nez était gelé. Tolliver, qui me devançait de quelques pas sur ma gauche, fit danser sa torche électrique tandis qu'il se frottait les mains.

L'atmosphère était pesante, une sensation qui me donnait la chair de poule. Je tendis l'oreille dans l'espoir de percevoir le ronronnement de la circulation sur la route de l'autre côté du bois, mais le silence était absolu. Je pris peur. De l'endroit où j'étais, j'aurais dû pouvoir entrevoir les phares de toutes ces voitures, même à travers les arbres, non ? Je ralentis, soudain désorientée. La lumière de nos lampes semblait avoir faibli. J'étais tout près du but, mais curieusement, j'hésitais. La vibration se faisait de plus en plus forte, d'une netteté incroyable étant donné l'ancienneté des sépultures. Je voulus appeler mon frère, mais aucun son ne sortit de ma bouche. Brusquement, il m'attrapa l'avant-bras des deux mains et me força à m'arrêter.

— Là. Attention ! me prévint-il d'une voix bizarre.

J'abaissai ma torche.

Quelques centimètres de plus et je serais tombée la tête la première dans une tombe fraîchement creusée.

— Oh, mon Dieu ! Merci. Est-ce que tu entends quelque chose ?

Il laissa glisser sa main jusqu'à la mienne, la serra brièvement. Je fus frappée par sa maigreur squelettique.

C'est alors que je me rendis compte que Tolliver m'éclairait depuis l'autre côté du trou.

Mon cœur battait à toute allure. J'eus l'impression que les vibrations allaient me déchiqueter la poitrine. Je m'affaissai sur mes genoux dans la terre molle.

— Vous voyez ? s'enquit une voix sortie de je ne sais où.

Avec un sentiment d'effroi, je pointai ma lampe vers le fond de la fosse.

Un autre corps y gisait.

8

Tolliver semblait cloué sur place.

— Par chance, je ne suis pas tombée dedans, parvins-je à murmurer d'une voix rauque qui sonnait bizarrement à mes propres oreilles.

— Il t'a retenue.

— Tu l'as vu ? Clairement ?

— Juste une silhouette, admit Tolliver, le souffle coupé, lui aussi. Un homme de petite taille. Avec une barbe.

C'était la première fois qu'un tel incident se produisait. Je me sentis l'âme d'une fille qui serait comptable depuis cinq ans, et à qui l'on tendrait une feuille noircie de chiffres à décrypter en moins de cinq minutes et qui n'y comprendrait rien.

Tolliver vint s'agenouiller à mes côtés. Il m'entoura des deux bras, et nous nous étreignîmes avec force. Nous frissonnions, nous tremblions – non pas à cause du froid, mais de cette situation étrange. Je laissai échapper un son qui ressemblait à un gémissement.

— N'aie pas peur, me dit Tolliver.

Je tournai la tête pour lui dire que je n'étais pas plus émue que lui – alors qu'il était blême. Il m'embrassa sur la joue, et j'accueillis ce geste avec bonheur.

— C'est un endroit très perméable.

— Hein ?

— Notre monde et celui de l'au-delà ne sont séparés que par une fine membrane.

— Tu t'es encore plongée dans un Stephen King.

— J'ai eu une drôle de sensation dès notre arrivée.

— Tu n'as pas eu les mêmes impressions que lors de notre visite d'hier ?

— Entre les morts anciennes et les morts récentes, il y a une différence.

Je me blottis contre lui. Maintenant que j'étais remise du choc initial, j'avais d'autres angoisses à surmonter. Nous étions dans un sacré pétrin.

— Qu'allons-nous faire, Tolliver ? Nous ne pouvons pas alerter la police. Elle nous a déjà dans le collimateur.

Mes sentiments à l'égard des représentants de la loi étaient pour le moins ambigus. Je ne pouvais guère en vouloir aux policiers de Texarkana d'avoir tout ignoré de ce qui se passait chez nous quand j'étais adolescente. Après tout, nous avions tout fait pour le dissimuler. Je ne pouvais pas leur reprocher de ne jamais avoir retrouvé Cameron : j'étais bien placée pour savoir à quel point il était difficile de localiser un mort, mais aujourd'hui, parvenue à l'âge adulte, j'avais à cœur de mener ma vie comme bon me semblait. Les flics pourraient me priver de cette liberté en un tournemain.

— On ne saura jamais que nous sommes venus, argua Tolliver qui réfléchissait tout haut. Il n'y a personne dans les parages depuis notre arrivée. Je parie que personne ne nous verra repartir, mais il faut que

130

quelqu'un sorte ce pauvre homme de là. Nous ne pouvons pas l'abandonner.

J'étais un peu plus calme.

— Qui est-ce ?

Ma voix était plus assurée. Les cadavres, c'était mon domaine d'expertise. Ce qui m'inquiétait, ce n'était pas d'être tout près d'un mort. C'était le fait que les flics risquaient de m'accuser du crime.

— Je n'en suis pas certain, murmura Tolliver, avec un soupçon d'étonnement, comme s'il aurait dû pouvoir l'identifier au premier coup d'œil.

— Examinons-le de nouveau, proposai-je, pragmatique.

J'étais redevenue moi-même. Nous nous écartâmes et dirigeâmes nos lampes sur la dépouille.

Mon estomac se noua. L'individu était sur le ventre, je ne distinguais donc pas son visage, mais j'avais déjà vu ces vêtements quelque part.

— Merde ! C'est le docteur Nunley. Il était habillé comme ça quand il m'a abordée dans le hall de l'hôtel.

Je pressai sur un minuscule bouton de ma montre, et l'écran s'illumina.

— Trois heures se sont écoulées depuis cet épisode. Trois heures seulement. Un réceptionniste l'a escorté jusqu'à la sortie, il va se souvenir de l'incident. On ne pouvait pas imaginer pire scénario.

— Pas pour lui, en tout cas, fit sèchement remarquer mon frère.

Il affichait un petit sourire. Je l'aurais volontiers gratifié d'un coup de poing dans le biceps, mais je n'étais pas certaine de pouvoir contrôler mes muscles.

— Tu as raison ; pour nous, c'est une catastrophe, concéda-t-il.

— Avons-nous laissé des traces de pas ? A-t-il plu depuis notre première visite ?

— Non, mais la terre autour de cette tombe est fraîche, je suis certain que nos empreintes sont quelque part. D'un autre côté, une foule de curieux a défilé ici depuis que tu as retrouvé Tabitha… et nous portons les mêmes baskets qu'hier.

— Mais le sol n'était pas dans cet état. Comment expliquer notre escapade de ce soir ? Oh ! là, là ! Je suis désolée, tout ça, c'est à cause de moi.

— Ne dis pas de bêtises. Nous faisons ce que nous avions à faire. Tu étais à l'affût d'informations supplémentaires. De ce côté-là, nous sommes gâtés, ironisa-t-il. Cependant, tu n'y es pour rien.

Il marqua une pause.

— Tu veux essayer de parler avec le… le fantôme ? Tenter une « lecture » du corps ?

Cette suggestion eut sur moi l'effet de la gifle que le héros inflige à l'héroïne hystérique dans les films.

— Oui. Bien entendu.

J'aurais dû y penser toute seule. Je devais d'abord me concentrer. Pas facile, car le bourdonnement était assourdissant.

Je me rapprochai le plus possible de Clyde Nunley sans toutefois descendre dans la tombe – au risque de parasiter la scène. Je me couchai et rampai jusqu'au bord de la fosse. Tolliver me retenait par les jambes. Le trou n'était pas très profond, et je parvins à effleurer la chemise du docteur Nunley.

— Frappé à la tête, marmonnai-je. Par-derrière.

Sa surprise était encore palpable. Il ne s'était pas attendu à l'attaque.

— Ici ?

— Oui.

Je m'efforçai de voir défiler les images de la fin de sa vie. Tout s'était passé si vite. Je vis l'obscurité autour

132

de lui, les sépultures, la terre fraîchement retournée. « Aïe ! J'ai mal ! J'ai mal ! Ma tête ! Je n'ai pas eu le temps de réagir pour atténuer l'impact de la chute... Tout est gris, tout est noir. »

J'étais sur le point de m'évanouir quand Tolliver me tira vers lui et me serra dans ses bras.

— Tiens ! Ouvre la bouche... Ouvre ! répéta-t-il.

J'écartai les lèvres, et il déposa un bonbon à la menthe sur ma langue.

— Allez ! Tu as besoin de sucre, m'encouragea-t-il d'un ton ferme.

Il avait raison. Je m'obligeai à sucer la confiserie et, bientôt, je me sentis mieux. Ensuite, j'eus droit à un caramel.

— Ça n'a jamais été aussi terrifiant, avouai-je tout bas. Sans doute parce qu'il vient tout juste de mourir.

Je craignais de ne pouvoir regagner la voiture sans l'aide de Tolliver.

— Ce... celui qui t'a empêchée de tomber... ce n'était pas Nunley, n'est-ce pas ? Il me semble avoir aperçu une barbe.

De temps en temps, je tombais sur une âme encore reliée au corps. Cependant, c'était plutôt rare, et jusqu'à ce soir, j'avais toujours cru que c'était ce que je pouvais rencontrer de plus étrange. Désormais, je savais qu'il y avait autre chose.

— L'âme de Clyde Nunley s'en est allée, me contentai-je de répondre. Et nous ferions mieux de déguerpir.

— Oui. Partons d'ici, approuva Tolliver.

Je me relevai péniblement, me figeai :

— Mais il sera tout seul.

— Il l'est depuis cent ans, rétorqua Tolliver. Un peu plus ou un peu moins... qui sait ? Il est peut-être en bonne compagnie.

133

— Drôle de conversation.

— En effet.

— Heureusement que tu es là. Personne d'autre que toi ne comprendrait. Je suis contente que tu l'aies vu, toi aussi.

— Ça ne t'était jamais arrivé, n'est-ce pas ?

— Non. J'ai déjà senti des âmes qui n'avaient pas quitté le corps en me demandant si elles finiraient par se transformer en fantôme. J'ai toujours été déçue de ne jamais en rencontrer un. Seigneur ! S'il n'avait pas été là, je me serais écrasée sur ce cadavre. Ce fantôme m'a sauvée.

— Tu as eu peur ?

— Qu'il me fasse mal, non, mais j'ai éprouvé une sensation inexplicable, je ne savais pas quoi faire pour lui. Je ne comprends pas pourquoi il ne peut pas ou ne veut pas quitter cette terre. J'ignore son objectif. Il n'a plus de famille. Personne ne vient lui rendre visite ou…

Je me tus. Je délirais.

Ils voulaient tous qu'on les retrouve. C'était leur désir le plus cher. Ils ne cherchaient ni la vengeance ni le pardon. Ils voulaient qu'on les retrouve. Du moins, c'était ce que je pensais.

Cependant, Josiah Poundstone (j'étais sûre que c'était lui, le fantôme) avait tenu bon depuis l'instant de son décès. Quelqu'un avait fait graver l'inscription « Repose en paix mon frère bien-aimé » sur sa pierre tombale. Et quelqu'un l'avait assassiné… En plein jour, je l'avais à peine senti, tant j'étais submergée par le bourdonnement du corps de Tabitha. J'avais supposé que Josiah Poundstone était bel et bien parti.

Apparemment, je m'étais trompée.

9

Nous regagnâmes la voiture en prenant tout notre temps. Je dus me raccrocher à Tolliver à plusieurs reprises. Nous ôtâmes la terre de mon anorak et tapâmes des pieds pour débarrasser nos chaussures de la poussière du cimetière.

— S'il existait un service d'urgences pour les chocs psychologiques, on s'y précipiterait, fit-il remarquer, et il déverrouilla les portières.

— J'ai toujours déclaré les corps que je retrouvais, répondis-je en me rappelant à quel point j'en avais été fière, pas plus tard que la veille... *Toujours*.

Un frisson me parcourut.

— Je rêve de me plonger dans un bain chaud et parfumé d'huiles essentielles.

— Beurk ! s'exclama Tolliver.

J'aspirai une grande bouffée d'air et m'efforçai de chasser ces frivoles pensées de mon esprit. Nous avions des décisions à prendre, et ce ne serait pas facile.

— As-tu réussi à... à voir des images ?

— Oui. Le docteur Nunley a été pris par surprise. Je ne sais pas ce qu'il fichait à cet endroit, mais il ne se

135

doutait absolument pas des cruelles intentions de la personne qui l'accompagnait.

— Les gens normaux ne s'attendent jamais à ce qu'on les attaque.

Je lui coulai un regard noir.

— En effet, gros malin, et ce n'est pas ce que j'ai voulu dire. Il… il n'était pas avec un étranger. Il était avec quelqu'un qu'il connaissait et il n'a pas imaginé une seconde que ce type puisse lui vouloir du mal.

— Nous ne pouvons rien dire à la police.

— Bien sûr que si, mais on ne nous croira pas. Je ne vois pourtant pas d'autre solution. En tout cas, nous ne devons sous aucun prétexte révéler notre expédition au cimetière.

Nous discutâmes ainsi pendant tout le trajet jusqu'à l'hôtel, puis – après avoir fait une pause devant les membres du personnel – dans l'ascenseur.

Nous émergeâmes de la cabine et nous fûmes stupéfaits de découvrir l'agent Seth Koenig devant l'entrée de notre suite.

Si les réceptionnistes avaient eu une expression qui aurait pu nous alerter quand nous avions traversé le hall, nous étions trop préoccupés par nos problèmes pour nous en apercevoir. Décidément, je n'ai rien d'une voyante, songeai-je. Si je me proclame médium un jour, qu'on m'abatte sur-le-champ !

Nous nous immobilisâmes comme un seul homme et le dévisageâmes. Il nous fixa en retour.

— Où étiez-vous, tous les deux ?

— Rien ne nous oblige à vous répondre, me semble-t-il, rétorqua Tolliver. Ma sœur me dit que vous êtes un agent du FBI. Nous ne savons rien qui puisse vous intéresser.

— Où étiez-vous ? répéta Koenig.

136

— Nous sommes allés au cinéma, répliquai-je.

— Là, à l'instant… D'où venez-vous ?

Tolliver me prit par la main. Je réitérai son argument :

— Rien ne nous oblige à vous répondre.

— Si cela a le moindre rapport avec Tabitha Morgenstern, je veux le savoir, insista-t-il d'un ton brutal.

— Allez vous faire foutre !

Tolliver me jeta un coup d'œil étonné. La grossièreté n'est pas mon style, mais je voulais à tout prix me débarrasser de cet individu. Tolliver glissa la carte-clé dans la fente et me poussa vivement à l'intérieur. Il claqua la porte derrière nous.

— Il est obsédé par son échec, marmonnai-je.

Mes chaussures étaient encore maculées de terre. Je me promis de les nettoyer plus tard. Pour l'heure, je n'en avais ni le courage ni l'énergie. Je me sentais très mal : épuisée, faible, bouleversée.

— Je vais prendre un bain et me coucher. Je suis désolée de ne pas pouvoir t'aider davantage.

— Je t'en prie ! gémit Tolliver.

Il détestait que je lui présente des excuses.

Je pense souvent (et j'avouais parfois tout haut) que Tolliver aurait été nettement plus heureux s'il n'avait pas endossé le rôle de mon protecteur, mais quand je m'imaginais seule sur la route, mon estomac se nouait. J'essayais d'entretenir mon corps et faisais de mon mieux pour rester en bonne santé, mais par moments, j'étais complètement dépassée par mes problèmes physiques. D'autre part, j'avais beau adorer mon métier, il me vidait.

Je ne savais pas exactement ce que Tolliver retirait de notre association. Cependant, il semblait me suivre avec plaisir, et dès que je tentais de l'inciter à changer d'existence, il m'accusait de m'apitoyer sur mon sort.

Nous partagions tout : l'argent, la voiture, l'organisation et l'exécution de nos missions.

— Allez ! m'encouragea-t-il. Lève les bras.

Telle une enfant, je m'exécutai, et il ôta mon pull-over.

— Assieds-toi sur le lit.

J'obéis. Il enleva mes chaussures, mes chaussettes. Je me mis debout, et il baissa la braguette de mon jean.

— C'est bon. Je peux continuer toute seule.

— Tu en es sûre ? Tu veux un bonbon ? Une boisson ?

— Non. Bain et dodo. J'irai mieux après une bonne nuit de sommeil.

— N'hésite pas à m'appeler.

Il alla dans le salon. Je l'entendis allumer le poste de télévision. Je ne savais même plus quel jour nous étions, je ne pouvais donc pas deviner laquelle de ses séries préférées il allait regarder. Notre emploi du temps était si imprévisible qu'il nous était difficile de suivre les épisodes dans l'ordre. Nous envisagions de nous offrir un système TiVo[1] pour l'appartement.

Je crus entendre la sonnerie du portable de Tolliver quand j'étais dans la salle de bains, mais je me fichais de savoir qui ce pouvait être. Je marinai un long moment dans une eau délicieusement chaude et parfumée puis me frottai avec vigueur. Après m'être séchée et avoir enfilé mon pyjama, je me rendis compte avec désespoir que j'étais encore trop énervée pour dormir. J'allumai ma propre télévision pour avoir un bruit de fond pendant que je me vernirais les ongles. Je jetai mon dévolu sur un joli rouge foncé, très automnal, et

---

1. TiVo : enregistreur vidéo numérique sur disque dur, qui permet d'enregistrer les programmes télévisés pour une lecture différée. (N.d.T.)

138

passai une demi-heure paisible. Quand vos ongles de pieds devenaient le centre de votre univers, plus rien ne comptait : c'était un excellent moyen pour vous de décompresser.

Lorsque j'eus terminé, j'entrepris de sélectionner un bouquin dans le carton de livres de poche que Tolliver avait monté, mais j'en fus incapable. Nous les récupérions ici et là et les abandonnions au fur et à mesure de nos pérégrinations afin que d'autres en profitent. Nous adorions les librairies d'occasion et effectuions volontiers un détour de plusieurs kilomètres si l'on nous en avait recommandé une dans les environs. J'avais commencé une biographie de Catherine la Grande qui avait peut-être eu la chance de devenir impératrice, mais n'en avait pas moins mené une existence chaotique. Comme la plupart des impératrices, je supposais, mais ce soir, elle ne m'inspirait guère. Trop agitée pour me coucher tout de suite, je m'aventurai dans le salon.

Tolliver était fou de rage.

— L'écran va se désintégrer si tu continues à le fusiller des yeux. Que se passe-t-il ?

Tolliver n'était pas du genre à bouder ni à se morfondre. Je n'avais donc aucun scrupule à lui demander ce qui le tracassait quand il faisait la tête.

— C'est personnel, glapit-il.

Choquée par la violence de sa réaction, je m'empressai de me donner un bon conseil : Du calme, ne t'énerve pas, retiens tes larmes.

— Bien, soufflai-je. Quel est le score ?

Il suivait un match de football américain, un sport auquel j'étais totalement indifférente. Toutefois, ma question lui permit de rediriger son irritation. Aussitôt, il se répandit en un torrent de reproches à l'égard de son équipe favorite, les Miami Dolphins qui venait de rater un essai. Je m'y connaissais aussi bien en football américain qu'en physique quantique, j'affichai donc une expression de compassion et me tus. Il était hors de question pour moi de dormir tant que nous n'aurions pas réglé le problème, d'une façon ou d'une autre.

— J'ai faim, pas toi ?

Je téléphonai à la réception et commandai un hamburger pour Tolliver, un sandwich au poulet grillé pour moi.

Lorsque je raccrochai, Tolliver avait recouvré sa bonne humeur.

— Le coup de fil de tout à l'heure. C'était Felicia Hart.

Je m'efforçai de conserver un air impassible. J'eus beaucoup de mal à me maîtriser.

— Je t'ai déjà demandé pardon d'avoir... d'avoir eu une liaison avec elle. Je ne recommencerai pas.

— Je ne t'ai rien demandé.

— Exact, marmonna-t-il en secouant la tête. La culpabilité me ronge, reprit-il. Elle voulait me rencontrer. Je lui ai répondu que ce n'était pas le moment.

— Elle t'a vu aujourd'hui, elle a repensé aux moments délicieux que vous avez passés ensemble, dis-je avec un sourire. Je parie qu'elle veut renouer avec toi.

— Ça m'étonnerait.

— Crois-tu qu'elle sera là demain ? m'enquis-je d'un ton que j'espérais innocent. Si tu le souhaites, je peux m'interposer. Elle va probablement chercher à te coincer.

— Je ne le pense pas... Elle est terriblement maternelle envers Victor, ajouta-t-il après un long silence... Tu te rappelles l'alibi de Victor quand on a enlevé Tabitha ?

140

— C'était en plein milieu des vacances scolaires, il n'était donc pas en classe... Non, je ne m'en souviens pas. Si on vérifiait ?

Tolliver brancha son ordinateur portable sur le système Internet de l'hôtel et nous lançâmes une recherche.

J'étais assise aux côtés de mon frère, un bras sur ses épaules, tandis que les articles et les images du drame qui s'était produit dix-huit mois auparavant apparaissaient à l'écran. J'avais oublié certains détails, et maintenant que je connaissais toutes les personnes impliquées, les photos avaient plus d'impact.

Je fus tout de suite frappée par l'omniprésence de l'agent Seth Koenig. Il était sur tous les clichés ayant un rapport avec l'affaire. Il arborait toujours un visage grave et sérieux. C'était un homme absorbé par sa mission.

Je fus bouleversée aussi de constater à quel point les Morgenstern semblaient avoir vieilli depuis le rapt de Tabitha. Même Victor paraissait plus mûr – quoique à son âge, c'était prévisible. Diane semblait avoir cinq ans de moins, et Joel semblait... plus léger. Il était toujours aussi beau et charismatique, mais sa démarche était lourde, comme s'il portait un poids énorme sur les épaules.

Nous parcourûmes une foule d'extraits de presse, histoire de nous rafraîchir la mémoire.

C'était une douce matinée de printemps à Nashville. Diane était seule à la maison avec Tabitha. Joel était parti pour son bureau deux heures plus tôt. À cette saison, les comptables étaient débordés, et Joel avait prévu de faire des heures supplémentaires jusqu'à la date limite des déclarations de revenus. Ce samedi-là, il était arrivé si tôt à son travail que personne ne l'avait croisé dans les couloirs. Joel avait dit aux policiers que plusieurs de ses collègues étaient passés dans la matinée. Bien qu'il ne se soit pas trouvé sous leur constante surveillance, ces derniers l'avaient aperçu à plusieurs reprises. D'après l'heure du crime, il semblait peu probable qu'il ait pu le commettre, mais sait-on jamais… ?

Quant à Diane, elle nous avait raconté qu'elle s'était disputée avec sa fille, puis qu'elle avait téléphoné un moment avant de se préparer pour aller faire les courses. Aucun témoin ne pouvait confirmer ses allégations.

Voilà pour les parents.

Victor, le demi-frère de Tabitha, s'était levé aux aurores car il avait un cours de tennis de 8 à 9 heures. Ensuite, il prétendait avoir traîné au club pour taper quelques balles contre le mur et discuter avec ses copains. Ceux-ci l'avaient bien vu, mais étaient incapables de préciser à quel moment. Après cela, il s'était arrêté à la station-service faire le plein d'essence et s'acheter une bouteille de Gatorade. Le caissier avait reconnu ces faits. Victor était arrivé à la maison aux alentours de 11 heures alors que sa mère manifestait les premiers signes de panique. Là encore, les plages horaires demeuraient floues. S'il avait tout planifié d'avance, Victor aurait parfaitement pu kidnapper sa demi-sœur.

D'après l'un de ses camarades, il n'appréciait guère Tabitha, mais ce « camarade » n'avait jamais pu donner d'exemples spécifiques, sinon que Victor la traitait volontiers de « pourrie gâtée ».

Une attitude plutôt banale de la part d'un frère aîné envers sa cadette, qu'elle soit sa sœur ou sa demi-sœur. D'autant qu'il était en pleine crise d'adolescence.

142

Existait-il d'autres suspects ? Bien sûr. Un journaliste avait souligné que Joel était cadre chez Huff Taichert Killough, une firme gérant les comptes d'une multitude de professionnels de l'industrie de la musique. Il s'était permis de vagues allusions au sujet d'une maison de disques un peu louche, supputant que Joel avait été mêlé à des transactions douteuses qui lui auraient valu des ennemis. Toutefois, aucun élément n'était venu étayer cette thèse. D'ailleurs, Joel n'avait pas changé d'employeur ; aujourd'hui, il travaillait pour la filiale de Memphis, mais personne n'avait jugé utile d'expliquer si cette mutation avait entraîné ou non un changement de poste. Vu l'intérêt que la presse portait à ce drame, les journalistes l'auraient su. Forcément.

J'examinai les clichés qui illustraient les divers papiers : Victor, l'air bougon et paumé ; Diane, harassée ; Joel, la figure blême, dénuée de tout sentiment. Il y avait aussi Felicia, le regard furibond et féroce, serrant Victor contre elle avec, à ses côtés, l'agent Seth Koenig, celui-là même qui nous avait accueillis dans le couloir un peu plus tôt. Tiens ! Tiens ! Il était en train de lui parler. Il portait des lunettes noires. « Felicia Hart, tante de la fillette disparue, réconforte son neveu Victor Morgenstern tout en discutant de l'affaire avec un membre du FBI. L'agence a mis à la disposition des autorités locales son laboratoire d'analyses et une équipe d'enquêteurs », indiquait la légende.

— Regarde ! s'exclama Tolliver, amusé.

C'était une photo de nous deux. Nous portions des lunettes noires, nous aussi, et j'avais la tête détournée. C'était une manie chez moi dès que j'étais face à un objectif. Je me laissais photographier, mais je n'aimais pas ça.

Nous tombâmes ensuite sur un portrait du frère de Joel, son clone, avec quelques années de plus. Il s'appelait David. Je ne me rappelais pas l'avoir croisé chez les Morgenstern, car, déjà, à l'époque où nous y étions, il avait déjà dû repartir dans sa famille. Conscients que le mystère ne se résoudrait pas de sitôt, les gens avaient repris peu à peu le cours normal de leur existence.

— Nous ne savons rien de plus, me plaignis-je.

— Tu as raison. Et nous n'avons pas appelé la police.

— Nous ne pouvons pas prendre ce risque. Les flics finiront bien par le retrouver. Quelqu'un signalera sa disparition.

D'accord, c'était peut-être un peu mesquin de ma part, et je m'en voulais. Clyde Nunley gisait sans vie dans le froid et l'obscurité, mais les morts ne sentaient rien. Ils attendaient, tout simplement.

Si on ne le découvrait pas le lendemain, je pourrais peut-être « le trouver » une deuxième fois. Une visite au cimetière en plein jour ne surprendrait personne. Ce qui éveillerait les soupçons, c'était le fait que nous avions décidé de nous y rendre en pleine nuit. D'ailleurs, à bien y réfléchir, je me demandai ce qui nous avait poussés à prendre une initiative aussi stupide qu'imprudente.

Malheureusement, il était trop tard pour revenir en arrière, et fatalement, nous allions subir les conséquences de notre bêtise.

Je me glissai enfin dans mon lit, encore plus perturbée que la veille par le sort tragique de Tabitha Morgenstern. Quant à la présence du fantôme dans le cimetière, elle m'incitait à réviser toutes mes théories au sujet des morts. J'avais de quoi ruminer, mais j'étais à bout de forces et je m'endormis presque immédiatement.

144

Je ne rêvais pas souvent, mais cette nuit-là, je tenais les mains d'un squelette. Je n'avais pas peur. En revanche, je savais que ce n'était pas normal.

Le lendemain matin, on frappa à notre porte pendant que Tolliver et moi prenions notre petit déjeuner. Tolliver s'acharnait sur des mots croisés. J'avais relu tout ce que j'avais à ma disposition sur l'enlèvement de Tabitha jusqu'aux articles les plus récents racontant la découverte d'un corps qui pourrait être le sien. J'en étais à ceux qui exploitaient le sujet jusqu'à la lie : identification officieuse de la victime basée sur son dossier dentaire, resucée du kidnapping, projets de la famille pour une cérémonie en hommage à la fillette la semaine suivante, citations des grands-parents éplorés. Sans oublier les « annexes » : une promenade dans les cimetières « cachés » de Memphis, un reportage sur les enlèvements d'enfants en général, avec le nombre de ceux qu'on retrouvait vivants, ceux retrouvés morts et, enfin, ceux jamais retrouvés. Cameron n'était pas seule.

Quoi de plus angoissant que l'idée d'un enfant qui se volatilisait pour toujours ? Je pensai à mes petites sœurs, et un frisson me parcourut. Du temps où je vivais avec elles à Texarkana, Mariella et Gracie avaient un sacré caractère. Je ne sais pas comment elles avaient évolué puisque ma tante et son mari nous assuraient qu'elles ne voulaient pas nous voir. C'était peut-être vrai, mais dans ce cas, c'est parce que Iona et Hank les avaient gavées de mensonges à notre propos. J'aimerais avoir une chance de remettre les compteurs à zéro. Si elles ne m'aimaient pas, moi, je les aimais.

Le coup à la porte me ramena sur terre. Nous échangeâmes un regard. Tolliver se leva et alla coller son œil au judas.

— C'est encore le type du FBI.

— Merde, murmurai-je.

J'étais toute nue sous ma robe de chambre au logo de l'hôtel car j'avais pris une douche après ma séance de jogging sur le tapis de course de la salle de gym.

— Je vous conseille de m'ouvrir, j'ai du nouveau pour vous, déclara-t-il depuis le couloir.

Tolliver pivota vers moi.

— D'accord, concédai-je. Autant en finir au plus vite.

Seth Koenig entra d'un pas précipité, reluqua mes jambes un quart de seconde, se ressaisit.

— J'ai enregistré les infos télévisées de ce matin car je doute que vous les ayez regardées.

Il guetta notre réponse : nous secouâmes la tête à l'unisson. Nous n'allumions pas systématiquement la télévision. J'eus un mauvais pressentiment.

Koenig fonça vers le lecteur et y inséra le DVD. Il se servit de la télécommande pour allumer les appareils. Après l'énumération des résultats de matchs divers, Shellie Quail remplit l'écran, resplendissante en tailleur couleur feuille morte, le maquillage scintillant. Shellie affichait un air solennel. De toute évidence, elle s'apprêtait à délivrer de mauvaises nouvelles.

— Tôt ce matin, le régisseur du parc de Bingham College a fait une découverte macabre. Dennis Cuthbert s'est rendu au cimetière de Sainte Margaret afin de s'assurer que le site avait bien été nettoyé après la découverte, il y a deux jours, des restes de Tabitha Morgenstern ensevelis dans l'une des tombes les plus anciennes. Quelle n'a pas été sa surprise d'y apercevoir un *autre* cadavre !

La caméra se braqua sur un Noir trapu en uniforme bleu marine. Dennis Cuthbert paraissait moyennement ébranlé.

— J'arrive ici, je vois une voiture garée sur le parking. Devrait y avoir personne, alors j'me balade.

— À ce moment-là, avez-vous eu l'impression qu'il se passait quelque chose d'étrange ?

— Ouais, ouais, un peu. Bref, j'ai continué à marcher et voilà que je me rends compte que la tombe n'est pas comme avant.

— À savoir ?

— Le bord est affaissé. Je m'approche, je baisse le nez, et… il était là.

Parfait. Dennis Cuthbert avait laissé des empreintes à l'endroit où je m'étais allongée pour toucher Clyde Nunley.

La caméra revint sur Shellie :

— Dans cette fosse, Cuthbert a découvert la dépouille d'un homme. Il pourrait s'agir du docteur Clyde Nunley, professeur à Bingham College.

Fondu enchaîné sur une jolie demeure des années 1940, le genre de bâtiment que les yuppies achètent à un prix exorbitant et restaurent.

— Anne, l'épouse du docteur Nunley, a expliqué aux policiers que son mari avait quitté le domicile pour la deuxième fois entre 18 et 19 heures hier soir pour « vérifier un truc ». Il ne lui a fourni aucun détail. Ne le voyant pas revenir, elle a fini par se coucher. Quand elle s'est réveillée ce matin et qu'elle s'est rendu compte qu'il n'était toujours pas rentré, elle a alerté les autorités.

De toute évidence, Anne Nunley avait refusé toute interview car elle n'apparut pas à l'écran. Enfin une femme intelligente.

Gros plan sur l'étincelante Shellie :

— Les causes du décès sont encore inconnues. Toutefois, une source proche de l'enquête affirme qu'il pourrait s'agir soit d'un accident, soit d'un *meurtre*. L'hypothèse du suicide ne tient pas. À vous, Chip.

L'image devint neigeuse.

Je n'osai pas regarder Tolliver. Je n'avais aucune envie d'affronter Seth Koenig. Il s'avança pour éteindre l'appareil et se tourna vers moi.

— Que pensez-vous de cela, mademoiselle Connelly ?

— C'est très étrange, agent Koenig.

— Appelez-moi Seth, je vous en prie.

Il marqua une pause, au cas où je voudrais lui rendre la politesse, mais je n'en fis rien. Je voulais me débarrasser de lui au plus vite car je devais discuter avec Tolliver de cette incroyable tournure des événements.

— Le témoin a remarqué une voiture sur le parking, dit Seth Koenig.

Il guetta notre réaction.

— C'est ce qu'il affirme, rétorqua Tolliver.

Je lui enviai son calme et son assurance.

Bien entendu, nous n'avions repéré aucun véhicule à notre arrivée. Le docteur Nunley ne s'était pas suicidé, et sa mort n'avait rien d'accidentel. On l'avait assassiné. Nous n'avions aucun doute sur ce point.

— Il y avait des pierres dans la fosse, reprit Koenig.

Cette fois, je rencontrai son regard.

— De quelle sorte ?

— Des gros cailloux. On a visé sa tête.

— Mais…

148

Je me réfugiai dans un silence songeur. Certes, nous nous y étions rendus en pleine nuit ; nous n'avions eu ni le temps ni l'envie d'explorer le fond de la cavité, mais j'étais certaine de ne pas avoir vu le moindre « gros caillou ». Peut-être était-ce une tentative maladroite pour maquiller la scène ? Le tueur voulait faire croire à la police que le docteur Nunley avait glissé, chuté et s'était cogné la tête sur les pierres. Autre version possible : le docteur Nunley avait bel et bien été assassiné, mais là, sur le site, par un individu qui l'avait obligé à descendre dans la fosse puis l'avait caillassé jusqu'à ce qu'il expire. Ben, voyons !

Seth Koenig s'assit sur la table basse en face de moi. Il avait des yeux marron à reflets dorés. Son visage était plissé, ridé, magnifique, et pour l'heure, il ne s'intéressait qu'à moi.

— Je ne vous connais pas, mais je sais que vous avez un don. J'aimerais que vous le mettiez à profit. Je souhaite que vous alliez voir le corps de Clyde Nunley à la morgue et que vous me disiez ce qui lui est arrivé. Mon petit doigt me dit que vous allez accepter.

Quelle audace ! Que pouvais-je répondre ?

— Pourquoi êtes-vous ici ? s'enquit Tolliver.

Il s'était placé derrière moi, les coudes en appui sur le dossier du canapé.

— Quel est votre rôle dans cette enquête ? Je sais que le FBI n'est plus impliqué de manière active. Pourtant, votre agence met son laboratoire à la disposition des autorités locales, n'est-ce pas ?

— En effet. Je suis aussi là pour apporter mon aide et mon soutien, et j'ai la ferme intention de rester jusqu'à…

Il ne put terminer sa phrase.

— Vous avez été sur le coup dès le début, interrompis-je en douceur. Vous étiez à Nashville.

Il prit une profonde inspiration.

— C'est exact. Nos chemins ne se sont pas croisés à cette époque, mais j'ai été envoyé sur les lieux dès l'annonce de la disparition de Tabitha. J'ai interrogé la maman, le papa, le frère, la tante, l'oncle, les grands-parents. J'ai discuté avec la dame qui fait traverser les enfants devant l'école et qui avait grondé Tabitha parce qu'elle ne respectait pas les passages piétons. Avec la maîtresse qui avait menacé d'envoyer un mot à ses parents parce qu'elle était trop bavarde en classe. Avec le jardinier qui avait dit au père de Tabitha qu'elle serait « drôlement jolie quand elle serait grande ».

Il reprit son souffle.

— J'ai accompagné les policiers lorsqu'ils ont questionné les mères qui conduisaient les enfants à l'école tous les matins à tour de rôle avec Diane. J'ai bavardé avec Victor et ses copains, avec son ex-petite amie qui avait juré de se venger, avec la femme de ménage qui se plaignait parce que Tabitha ne rangeait jamais sa chambre.

Il se tut un moment.

— Tout cela, en vain. Je n'ai rien appris, personne n'avait de raison valable pour vouloir se débarrasser de cette petite. Elle n'était pas parfaite. Même ceux qui l'aimaient avaient des soucis avec elle de temps en temps. Tabitha était capricieuse. Les gosses le sont souvent à cette période où ils vacillent entre l'enfance et l'adolescence, mais à ma connaissance, son père et sa mère l'adoraient, quoi qu'elle fasse, quoi qu'elle dise. Ils ne méritaient pas une telle épreuve.

— Pourquoi Tabitha ? Pourquoi une telle implication ? Vous avez sûrement enquêté sur d'autres enlèvements, non ?

150

Il se frotta la figure avec les deux mains comme s'il voulait en effacer les rides.

— Beaucoup de « sept ». Trop.

— Des sept ? demandai-je, tout bas.

— C'est le nom de code pour désigner les rapts d'enfants.

— Dans le cas de Tabitha, il n'y a pas eu de demande de rançon, dit Tolliver. Le FBI peut-il intervenir si aucune frontière d'État n'a été franchie ? Même en l'absence d'une demande de rançon ?

Koenig acquiesça.

— Le FBI peut intervenir sur toute disparition suspecte d'un enfant de moins de 11 ans. Nous avons offert notre entière collaboration à la police de Nashville et à celle de Memphis. Ce sont nos médecins légistes qui se chargent de l'autopsie. Nos gars ont déjà passé la tombe au peigne fin. Dieu merci, celui qui a tué Nunley ne l'y a jeté qu'après leur intervention. Cette même équipe est retournée sur les lieux dès ce matin.

Je fermai les yeux et me calai dans mon siège.

— M. Nunley vous a fait une scène ici même hier soir, mademoiselle Connelly. Il vous a agrippée par le bras. Nous savons qu'il est parti ensuite. Il n'a pas voulu que l'hôtel lui appelle un taxi. Un employé l'a vu monter dans sa voiture et démarrer. A-t-il repris contact avec vous dans la soirée ?

— Non.

— Pourquoi était-il si fâché ?

— Il avait l'impression que je l'avais dupé. Il avait du mal à accepter l'authenticité de mon talent. Il cherchait une explication rationnelle à un phénomène inconcevable pour lui.

Serions-nous obligés de rappeler Art Barfield à la rescousse ?

Seth Koenig parut pensif.

— Et vous, monsieur Lang, où étiez-vous ?

— J'étais rue Beale dans l'espoir d'entendre du bon blues. Je jouais au touriste.

— À quelle heure avez-vous regagné l'hôtel ?

— Aux alentours de 19 heures. Harper avait fait une sieste.

— Cette scène avec le docteur Nunley m'avait contrariée. J'avais une migraine épouvantable. J'ai pris des cachets et je me suis allongée.

— Quelqu'un pourrait-il confirmer que vous n'avez pas bougé ?

— Je n'ai rien fait monter dans ma chambre et je n'ai reçu aucun appel.

Zut !

— Et vous, monsieur Lang ?

— Il est possible que certaines personnes m'aient remarqué dans les établissements où je me suis arrêté.

Tolliver les lui cita et lui précisa qu'il avait bu une bière dans l'un des bars.

— Il est tout aussi possible qu'on ne se souvienne pas de moi. La foule n'était pas dense, mais il y avait du monde.

— Vous étiez à pied ?

— Oui. Pour aller au cinéma, nous avions pris un taxi.

— Quel film avez-vous vu ?

Nous dûmes lui relater tout notre après-midi, y compris notre entrevue avec Xylda Bernardo et son petit-fils Manfred.

— J'ai eu l'occasion de la rencontrer, dit Koenig avec un léger sourire.

152

Dommage qu'il ne sourie pas plus souvent !

Il resta une heure de plus pour nous interroger encore et encore sur nos occupations de la veille. Je crus enfin voir le bout du tunnel quand il repartit de plus belle.

— À présent, venons-en à un point intéressant. Qui est l'homme qui vous a secourue, celui qui a ordonné au docteur Nunley de s'en aller ?

Je m'étais étonné qu'il n'ait pas encore évoqué Rick Goldman.

— Son nom est Rick Goldman. Il m'a dit qu'il était détective privé. Il assistait au cours du docteur Nunley dans le cimetière, il était donc présent quand j'ai découvert Tabitha. Selon lui, il s'est inscrit au programme de sciences occultes parce que… enfin, il semble qu'une faction – si l'on peut employer ce terme – du conseil d'administration désapprouve le cursus que propose le docteur Nunley. D'après Goldman, ces gens lui ont demandé de suivre les cours, d'en observer le déroulement et de leur rédiger un rapport.

— Vous avez sa carte ?

— Nous ne sommes pas allés jusque-là.

Il ricana. Il avait pris quelques notes. Il rangea son carnet dans la poche de sa veste. J'étais assez surprise qu'il ne possède pas un de ces appareils hautement technologiques comme un BlackBerry ou un iPhone.

— Une dernière question.

Il voulait que je me détende pour mieux me déstabiliser. Je ne tombai pas dans le piège.

— Quand vous êtes ressortis hier soir, pourquoi êtes-vous retournés au cimetière Sainte Margaret ?

10

J'attendais – tel un personnage de dessin animé – que le piano suspendu dans les airs me tombe sur la tête. Le moment était venu.

Tolliver et moi nous consultâmes du regard. Nous avions un choix à faire. Koenig avait-il une preuve solide de notre escapade nocturne ? Était-ce une conjecture de sa part, un coup d'épée dans l'eau dans l'espoir de nous titiller les nerfs ? Ou savait-il seulement que nous avions quitté l'hôtel à bord de notre voiture ?

Tolliver inclina légèrement la tête, me transmettant un message silencieux : « À toi de jouer. »

— Nous nous sommes promenés, répondis-je. Nous avions besoin de prendre l'air. Nous en avons profité pour visiter Memphis. C'est la première fois que nous y venons, mais nous avons évité tous les endroits où nous risquions d'être reconnus. Nous ne souhaitons pas attirer l'attention des médias. Nous sommes pressés de nous en aller, loin des projecteurs.

— Vous êtes l'une des rares personnes dont je peux écouter ce genre de discours sans rire aux éclats.

Il passa une main dans ses cheveux.

— Vous avez de la chance que ce soit moi qui mène cette enquête plutôt que...

— Que l'un de vos collègues qui me prendrait pour une folle ?

Il referma la bouche. Au bout d'une seconde, il acquiesça.

— Personne n'est au courant, n'est-ce pas ? Dans votre milieu professionnel ? Personne ne sait que vous y croyez.

De nouveau, il opina.

— Depuis quand êtes-vous conscient de l'existence d'un monde dans l'au-delà ?

— Ma grand-mère voyait des esprits.

— Vous avez un énorme avantage sur les gens obtus, fit remarquer Tolliver.

— La plupart du temps, je le regrette, admit Koenig. Je préférerais être comme ceux qui m'entourent dans mon travail. Je pourrais alors vous ignorer, tous autant que vous êtes, mais je suis convaincu que vous avez un don exceptionnel. Cela dit, je n'ai pas l'impression que vous me disiez la vérité. J'irais même plus loin : vous me mentez, conclut-il en nous observant avec dans le regard un profond ressentiment.

J'en éprouvai presque un élan de culpabilité.

— Nous ne l'avons pas tué.

Il était important de le préciser.

— Nous ne savons pas qui l'a éliminé ni pourquoi, ajoutai-je.

— Croyez-vous que les Morgenstern aient pu assassiner Clyde Nunley ? Et leur fille ?

— Je n'en sais rien ! soupirai-je. Pourvu que non.

Je ne m'étais pas rendu compte à quel point j'espérais que les Morgenstern n'étaient pour rien dans la mort de Tabitha. Or, s'ils étaient innocents, pour

156

quelle raison s'en seraient-ils pris à Clyde Nunley ? Selon moi, les deux crimes avaient été commis par le/les même(s) individu(s).

Je pouvais me tromper.

— Tolliver et moi sommes invités chez eux pour le déjeuner aujourd'hui, enchaînai-je, histoire de changer de sujet. Je suppose que nous verrons d'autres membres de la famille.

— Voulez-vous que j'organise un rendez-vous à la morgue ? s'enquit Koenig nonchalamment, comme s'il s'adressait à un de ses collègues.

Je n'étais guère habituée à ce qu'un représentant de la loi me prenne au sérieux. Ce n'était pas désagréable.

— Je m'occuperai de Nunley si vous me laissez revoir Tabitha.

Il parut sincèrement surpris.

— Mais vous avez déjà… euh… « vu » Tabitha.

Je ne tenais pas spécialement à me retrouver devant le cadavre de Nunley. C'est bon, merci, j'ai déjà donné. Toutefois, j'étais prête à surmonter l'épreuve si cela me permettait de retenter ma chance avec la fillette.

— Quand j'ai senti que j'avais deux dépouilles au lieu d'une sous mes pieds, j'ai été bouleversée. J'aimerais la voir dans un contexte plus serein.

— Cela risque de prendre du temps, mais je vais tâcher de me débrouiller, promit Koenig.

Il posa brièvement son regard sur mes jambes nues. Après tout, c'était un homme.

— Toucher un corps vide ma sœur de toute son énergie, renchérit Tolliver dans l'espoir de mettre en valeur la générosité de mon offre.

— Intéressant, murmura-t-il. Prévenez-moi dès que vous serez de retour de chez les Morgenstern, voulez-vous ? Vous y glanerez peut-être un détail par-ci, par-là.

— Je vous le répète, je ne suis pas voyante. Les images ne me viennent que lorsque je suis en contact avec le cadavre, et je n'ai aucune intention d'en découvrir un dans leur maison. D'ailleurs, plus vite vous aurez résolu cette enquête, mieux ce sera. J'aimerais autant éviter de trouver un troisième mort d'ici notre départ.

— En admettant qu'on vous laisse partir, déclara Koenig d'un ton affable.

Dans un silence de plomb, Tolliver et moi évaluâmes cette menace.

— Au pire des cas, nous avons un jour rendu un service au gouverneur... murmurai-je.

L'expression de Koenig me réjouit. Je l'avais vraiment pris de court et j'en étais enchantée. C'était puéril, je le savais, mais je n'avais jamais prétendu être une adulte pure et dure. Je ne révélais jamais les noms de mes clients, mais cette fois-ci, je ressentais le besoin de prendre une position ferme.

— En d'autres termes, vous auriez l'audace de contacter le gouverneur de cet État, afin d'obtenir qu'il s'interpose en votre faveur ?

Je demeurai muette.

— Je ne m'attendais pas à de telles méthodes, gronda-t-il, visiblement furieux. Je serais étonné que vous ayez recours à cette sorte de procédé.

— Vous n'imaginez pas de quoi nous sommes capables, riposta Tolliver.

Koenig nous fusilla du regard.

— À qui appartient l'automobile ? demanda Tolliver.

Koenig mit quelques secondes à revenir sur les rails.

— Laquelle ? Celle qui était garée sur le parking du cimetière ?

158

— Oui.

— Pourquoi vous le dirais-je ?

— Après tout ce que nous vous avons révélé, vous nous devez au moins cela, non ? rétorquai-je avec une pointe d'ironie.

— Je crois deviner que c'était le véhicule du docteur Nunley, décréta Tolliver.

— En effet, grogna Koenig à contrecœur. Elle n'était pas là à 21 heures hier soir, mais elle était là ce matin.

— Comment le savez-vous ? intervins-je.

— La police du campus fait une ronde chaque soir aux alentours de 21 heures, et l'aire de stationnement était déserte. Ils se contentent de quadriller les lieux en voiture. Ils n'en descendent presque jamais, encore moins pour inspecter les tombes. Ce qui me tracasse, c'est que Nunley était déjà probablement dans la fosse. Il est décédé beaucoup plus tôt. La température du corps indique qu'il a succombé à 19 heures au plus tard, et le contenu de son estomac tend à le confirmer. Naturellement, nous n'avons pas encore récupéré tous les résultats d'analyses, et l'autopsie nous en apprendra davantage.

Tolliver et moi nous dévisageâmes. J'eus du mal à me retenir de plaquer mes mains sur mes yeux. Nous l'avions échappé belle ! Si les flics nous avaient aperçus, personne au monde n'aurait cru en notre innocence.

— Agent Koenig pourquoi, selon vous, le meurtrier a-t-il enlevé puis ramené le véhicule ? Attendez ! Laissez-moi réfléchir.

Je pointai l'index sur ma joue en une parodie de concentration.

En fait, j'en avais une assez bonne idée. Ou plutôt, trois. *Primo*, le tueur avait voulu le nettoyer pour effacer toute trace suspecte. *Deuxio*, le tueur avait dû quitter le cimetière pour aller chercher de quoi compléter sa mise en scène. *Tertio*, le tueur nous avait entendus venir et s'était empressé de déguerpir.

Seth Koenig nous fixa sans ciller. Il était outré.

— Cet homme est mort. Si vous pouvez plaisanter à ce sujet, c'est que vous n'êtes pas humains.

— Il abat la carte du manque d'humanité, dis-je à Tolliver.

— Comme si nous n'y étions pas habitués !

— Je sais à quoi vous jouez. Vous êtes habiles, je vous l'accorde. Les cailloux étaient-ils dans la fosse quand vous avez vu le corps ?

— Nous étions dans le noir, déclarai-je.

— Des cailloux suffisamment gros pour vous fracturer le crâne. C'est sans doute ce qui explique les allers-retours de l'assassin. Il a ramassé des pierres et les a jetées dans le trou en visant la tête de Nunley. Il voulait donner l'impression que Nunley avait trébuché et s'était tué par accident. Nous sommes à peu près certains qu'il n'en est rien.

— Pas possible ! raillai-je.

— Je sais qu'au fond de vous vous prenez cette affaire à cœur. Vous êtes impatients que je parte afin de pouvoir en discuter entre vous. Sachez que je suis à votre disposition pour reprendre cette conversation plus tard. Si le moindre détail vous revient, soyez assez malins pour nous en tenir informés.

Il se leva d'un mouvement leste.

— Nous comprenons, dit Tolliver en venant se placer entre Koenig et moi. Nous vous contacterons.

Il marqua une pause.

— Je suis conscient que vous faites de votre mieux. Harper est très ébranlée, elle aussi.

160

Il se tourna vers moi, et je hochai la tête. Nous étions pressés de nous débarrasser de Koenig, même si l'entretien s'était déroulé dans une atmosphère nettement plus amicale que ça n'était le cas avec un représentant de la loi.

Une fois la porte refermée derrière Koenig, Tolliver resta cloué sur place un long moment. Puis il pivota vers moi en haussant les sourcils.

— Ça change, murmurai-je.

— Le problème, c'est que je m'en veux presque de lui mentir, rumina mon frère. L'avantage, c'est qu'il nous a communiqué des infos utiles. L'heure du décès, entre autres.

— J'en ai la chair de poule. Tu te rends compte qu'on aurait pu se retrouver nez à nez avec le meurtrier ?

— La chance n'y est sans doute pour rien. Je me demande s'il n'était pas garé quelque part à nous surveiller, au cas où nous aurions découvert le corps et alerté les flics. Dans ce cas, cela lui permettait de modifier sa tactique, pour éviter qu'un officier de police ne l'apostrophe : « Et que fabriquez-vous dans l'automobile du décédé ? »

Un frisson me parcourut tandis que j'imaginais un individu tapi dans l'obscurité, en train de guetter tous nos faits et gestes. Quand il s'agit de détecter la présence d'un être vivant, je suis nulle. Heureusement, la vision se dissipa très vite.

— Non, non, il n'y avait personne, assurai-je. Quelqu'un a apporté les cailloux pour maquiller le crime. Déduction logique : il ne savait pas que nous avions découvert le corps pendant cet intervalle et pouvions en témoigner.

Tolliver digéra ce raisonnement et l'approuva.

— Encore faudrait-il que nous nous manifestions. Et que l'on nous croie.

— Certes.

Je m'étirai. Bien que beaucoup plus âgé que moi, l'agent du FBI pouvait se mouvoir avec aisance. Avec ma jambe, j'étais handicapée. J'essayai de ne pas y penser. Je me déplaçai en douceur pour délier mes muscles.

— Nous avons évité de peu la ronde des policiers du campus. Nous qui avions l'impression d'être seuls au monde !

Nous aurions pu discuter encore un long moment après la visite de l'agent Koenig, mais nous avions un rendez-vous que je redoutais.

— Je vais me préparer. Nous ne devrions pas tarder à partir.

Tolliver poussa un profond soupir. Il était aussi peu enthousiaste que moi à la perspective de ce repas, d'autant que Felicia Hart serait sûrement parmi les invités.

— D'après moi, les Morgenstern se sentent coupables parce que nous ne pouvons pas quitter Memphis, dit-il. Ils ont l'impression qu'ils doivent se comporter en hôtes accueillants.

— Leur fille est morte. Ils devraient être libres de se recueillir, de se concentrer sur leur deuil.

— Peut-être n'en ont-ils pas envie, Harper. Peut-être sommes-nous une distraction opportune.

Je haussai les épaules.

— Alors, au moins, nous servons à quelque chose.

Mais j'étais mal à l'aise.

— C'est une mauvaise idée, repris-je.

— Je n'y tiens pas plus que toi. Cependant, nous n'avons pas le choix, conclut-il avec un zeste d'énervement.

162

Je levai une main.

— J'ai compris. Va prendre ta douche. Je m'habille. Il nous reste une heure et demie, constatai-je en consultant ma montre. On a l'itinéraire ?

— Joel me l'a dicté au téléphone. Je suis sûr que Felicia sera là… Dois-je te supplier d'être aimable ?

— Tu sais bien que tu peux compter sur moi ! lançai-je avec un sourire.

Nous roulâmes en silence : j'étais au volant, Tolliver jouait le rôle de copilote.

Bien que située dans un quartier plus modeste, la nouvelle demeure des Morgenstern n'était pas sans rappeler leur maison de Nashville. Diane et Joel avaient une prédilection pour les faubourgs huppés. Ils aimaient les lotissements où les arbres n'avaient pas encore fini de pousser, où l'on optait pour la pose de gazon en rouleaux, où les habitants allaient courir tôt le matin et tard le soir, et où les fourgonnettes roulaient au pas tels des rémoras guettant les requins pour se nourrir.

La bâtisse était en brique beige, les volets et les portes peints en rouge bordeaux. Le jardin serait splendide au printemps. L'allée en courbe était large et déjà encombrée de véhicules étincelants, notamment une Lexus de couleur perle, une Buick pourpre, une Navigator verte et une Mustang bleue. Nous nous garâmes. Je ne sais pas pour Tolliver, mais personnellement, j'avais l'impression qu'on m'avait propulsée sur une autre planète. Plusieurs maisons alentour étaient décorées en vue des fêtes de Thanksgiving. Diane avait disposé quelques bottes de foin sur la pelouse, savamment agrémentées de citrouilles, courges, épis de maïs et autres coloquintes.

Peut-être en ferai-je autant quand nous aurons notre chez-nous ? Jamais de la vie. Je cherchais seulement à me rassurer.

Tolliver m'adressa un sourire par-dessus le toit de la voiture.

— Prête ? Tu es ravissante, aujourd'hui.

Je portais un pull rouille à manches longues sur un pantalon en velours côtelé marron et des bottes à talons en cuir noir. J'avais passé une veste en daim. À la dernière minute, j'avais décidé d'attacher une chaîne en or toute simple autour de mon cou. Je mettais rarement des bijoux, mais l'occasion me semblait s'y prêter. Tolliver avait opté pour un pantalon kaki et une chemise. Je me demandai s'il s'était habillé en pensant à Felicia. Il prétendait ne pas la comprendre, ne pas vouloir de ses attentions, mais j'avais des doutes.

Je remontai l'allée en soulevant mes pieds avec effort. J'avais l'impression de traîner des boulets. J'appuyai sur le bouton de la sonnette et remarquai une sorte de plaque accrochée à droite de la porte, une composition habile de turquoises et de brillants de toutes les couleurs sur un fond en bronze gravé de colombes et d'étoiles de David. J'interrogeai Tolliver du regard, mais il ne savait pas non plus ce que c'était.

Diane nous ouvrit. Elle n'était pas au mieux de sa forme. On pouvait le comprendre. Sa grossesse la fatiguait ; elle avait les yeux cernés, ses gestes étaient sans grâce, sa démarche lourde et pénible, mais elle arborait le sourire de l'hôtesse irréprochable et s'empressa de nous remercier d'être venus. Joel surgit ensuite, et nous échangeâmes des poignées de main. Il me regarda dans les yeux et m'assura qu'il était très heureux de me voir.

164

Malgré moi, j'eus un frisson. Pourtant, j'étais sûre qu'il se comportait comme à son habitude. Il ne me considérait pas comme une maîtresse potentielle. Il était ainsi : charmant et séducteur.

— Nous sommes dans la salle de séjour, annonça Diane d'une voix molle. Nous avons passé une matinée délicieusement tranquille, sans téléphone, sans ordinateur. Nous n'avons même pas allumé la télévision !

Son visage se décomposa légèrement, mais elle se ressaisit.

— Venez, je vais vous présenter à tout le monde.

À savoir : Felicia et son père, les parents de Joel, Victor, et David, le frère de Joel. Sans oublier deux amies de Diane venues exprès de Nashville pour la journée. Elles se prénommaient Samantha et Esther, étaient du même âge que Diane et tirées à quatre épingles. J'eus un peu pitié de Diane. Les conversations allaient bon train. Joel agita la main pour attirer l'attention de ses invités.

— Pour ceux d'entre vous qui ne la connaissent pas encore, voici la jeune femme qui a trouvé Tabitha.

Tous les visages se figèrent.

C'était une réaction étrange, que je n'avais pas prévue. Jamais on ne m'avait exhibée ainsi. La situation était d'autant plus étrange qu'elle était le fait du papa d'une fillette assassinée. À l'entendre, on aurait cru que je leur avais rendu un immense service, alors (du moins en ce qui me concernait) qu'ils m'avaient payée pour une mission que je n'avais réussi à accomplir qu'avec des mois et des mois de retard. Naturellement, quand j'avais travaillé pour eux à Nashville, les Morgenstern m'avaient rémunérée en fonction du temps passé sur place. Une idée me traversa l'esprit : peut-être devrais-je refuser l'argent de la récompense, ou remettre la somme à une œuvre de charité ? Je me secouai intérieurement. En quel honneur ? Je n'ai jamais promis à quiconque de réussir à tous les coups. Je n'avais qu'une certitude : si je parvenais à localiser le corps, je pouvais déterminer la cause du décès. J'avais dépensé une énergie folle à chercher Tabitha. Si j'avais échoué dix-huit mois plus tôt, c'était parce qu'elle n'était pas là, tout simplement.

Tandis que je me liquéfiais alors que tous les regards étaient tournés vers moi, une autre pensée me vint. Personne ici n'était au courant qu'on avait découvert un cadavre au cimetière Sainte Margaret… Le cadavre le plus récent, j'entends. Diane venait elle-même de préciser qu'ils s'étaient volontairement isolés toute la matinée. J'ouvris la bouche pour leur annoncer la nouvelle, la refermai aussitôt. Ils l'apprendraient bien assez tôt. Je jetai un coup d'œil à Tolliver, qui hocha la tête. Il était d'accord avec moi.

Les parents de Joel, qui ne devaient pas avoir plus de 55, 58 ans, se levèrent lentement et se dirigèrent vers moi. Je notai tout de suite que Mme Morgenstern souffrait de la maladie de Parkinson. Son mari paraissait aussi solide que leurs fils, et sa poignée de main était ferme. S'il avait été célibataire et s'il m'avait invitée à dîner, j'aurais peut-être eu du mal à refuser car il était très beau.

— Nous vous sommes si reconnaissants de nous avoir enfin ramené Tabitha. C'est un immense soulagement pour notre famille. Maintenant qu'ils peuvent faire le deuil de leur petite fille, Diane et Joel pourront accueillir le nouveau-né dans la sérénité. Je m'appelle Judy, et voici mon mari, Ben.

— Mon frère, Tolliver.

166

— Voici Fred Hart, père de Felicia et grand-père de Victor, dit Ben.

Bien qu'un peu moins robuste que Ben Morgenstern, Fred Hart avait belle allure – une petite bouée autour du ventre et quelques mèches argent dans les cheveux, mais plutôt pas mal dans l'ensemble... Il tenait un verre à la main. Sûrement pas du soda ni du thé.

— Enchantée, Fred, murmurai-je.

Son visage carré arborait une expression qui devait lui être coutumière : sérieuse, rébarbative, une bouche pincée qui souriait rarement. Certes, sa fille était morte d'un cancer, et il avait dû subir un nouveau choc au moment de l'enlèvement de Tabitha. Il but une gorgée de sa boisson et posa son regard sur la fille qu'il lui restait. Peut-être craignait-il qu'elle ne s'évanouisse dans la nature, elle aussi ?

Les trois grands-parents se tenaient devant une bibliothèque construite sur mesure, aux étagères encombrées de photos de famille et de bibelots.

— Regardez, ils ont conservé la menora de Tabitha, dit Judy en m'indiquant un chandelier.

Je reconnus ce symbole du judaïsme. Il y en avait une autre, juste à côté, mais d'un tout autre style.

— Chaque enfant a la sienne ?

— Dans certaines familles, oui, m'expliqua Judy. Celle-là appartient à Victor, ajouta-t-elle en levant une main tremblante. Bien entendu, la sienne se devait d'être différente.

Elle me gratifia d'un sourire conspirateur qui devait signifier : « Ah, ces adolescents ! » La menora de Victor ressemblait à une petite estrade surmontée de bougies avec, en guise de fond, un miroir couronné d'un ornement en bronze. Si toutes deux n'avaient pas été conçues pour recevoir des cierges, je n'aurais jamais imaginé qu'il s'agissait du même objet religieux.

Fred Hart me montra une photo.

— Ma fille.

Je contemplai le portrait d'une jeune femme visiblement heureuse, aux cheveux courts, auburn, et aux grands yeux marron ; elle était assise sur une chaise en fer forgé repeinte en blanc, dans un jardin magnifique. Dans ses bras, elle tenait un bébé – Victor, sans doute, en tenue de marin. Il souriait. Je ne suis pas très douée pour déterminer l'âge des enfants, mais je lui donnai 2 ans environ. M. Hart effleura le cadre d'un geste tendre puis s'éloigna pour se planter devant la fenêtre.

Judy et Ben voulurent alors me présenter leur autre fils, une version un peu plus mince, mais nettement moins magnétique que Joel. David ne semblait pas particulièrement heureux de faire ma connaissance. À la manière dont il me frôla la main au lieu de la serrer, je compris que notre présence chez son frère n'était pas à son goût.

Je ne pouvais guère lui en vouloir car je me demandais moi-même ce que je fichais là. Lors de notre dernière mission nous avions aussi accepté une invitation chez notre cliente. Ce n'était pourtant pas dans nos habitudes. En général, nous repartions aussi vite que possible. Je n'appréciais pas ces rapprochements qui ne servaient qu'à nous entraîner malgré nous dans la spirale de leurs problèmes. Je me promis de ne plus jamais recommencer.

Si Fred Hart demeurait à l'écart, les Morgenstern seniors avaient décidé de me prendre sous leur aile. Comme ils s'obstinaient à nous présenter à chacun des invités, je n'avais aucun moyen de m'échapper.

— Voici l'ex-belle-sœur de Joel, Felicia Hart, annonça Judy d'un ton glacial. La fille de Fred.

— Whitney, la première épouse de Joel, était un amour, dit Ben (une façon de souligner que sa sœur ne l'était pas).

La tension était presque palpable. Je me demandai pourquoi Ben et Judy la détestaient si cordialement.

— Nous connaissons Felicia, répondis-je, à l'instant même où cette dernière s'exclamait :

— Bien sûr ! J'ai rencontré Tolliver et Harper l'autre jour à leur hôtel.

Elle nous serra aimablement la main, mais son regard trahissait la neutralité de son attitude. Je savais que ma présence lui déplairait, mais je m'étais attendue à ce qu'elle manifeste plus de bonheur à voir Tolliver.

Quelle mouche l'avait piquée ? Peut-être craignait-elle que Tolliver n'évoque leur liaison passée devant son père ? Ou peut-être, comme David, considérait-elle que nous n'avions rien à faire dans une réunion familiale (si tant est qu'elle avait eu son mot à dire à propos de la famille recomposée de Joel). Dans ce cas, honte à elle ! Si Tolliver était assez bien pour partager son lit, ne l'était-il pas assez pour rompre le pain avec ses proches ? De plus en plus tendue, je m'apprêtais à sortir une vacherie quand Tolliver me serra le bras. Je me décontractai. Le message était clair : Felicia était *son* problème.

Après avoir bavardé un moment avec les amies de Diane, Esther et Samantha, je cherchai un endroit tranquille où me réfugier. Toutes ces vibrations émotionnelles me fatiguaient, et j'avais mal à la jambe. J'avais très peur qu'elle ne se dérobe sous moi.

Je repérai un siège vide auprès d'une autre personne qui semblait dans ses petits souliers : Victor, le fils né du premier mariage de Joel. Le garçon – pardon, le jeune homme – se tenait recroquevillé sur une chaise, délibérément à l'écart des autres. Il m'observa avec méfiance tandis que je m'approchai et m'installai à ses côtés. Il me salua d'un signe de tête puis fixa son regard sur ses mains.

J'étais convaincue que Victor, comme moi, se remémorait notre rencontre dans un autre salon, à Nashville, et la façon dont il s'était lâché pour sangloter sur mon épaule. Je lui avais été reconnaissante de sa confiance.

Mais peut-être le souvenir de cet incident le mettait-il mal à l'aise ?

Ce dont j'étais absolument certaine, c'était que Victor trouvait cette réception complètement nulle. Il s'efforçait de rester aussi loin que possible des adultes. Il avait reçu une excellente éducation, il avait grandi et mûri au cours des derniers mois, mais il n'en demeurait pas moins un adolescent ; il aurait de loin préféré sortir avec ses copains que d'assister à ce rassemblement lugubre.

Ce n'est pas moi qui le lui aurais reproché.

La pièce était donc remplie d'individus qui ne voulaient pas de nous. Certains faisaient mine d'être enchantés, d'autre non. Même nos hôtes agissaient comme s'il avait été obligatoire de nous convier à ce repas.

Je comprenais leur point de vue. Je pouvais même le partager. Pourtant, nous étions là, sans aucun moyen de nous extirper avec grâce de cette situation. La seule échappatoire consisterait à inventer un prétexte fallacieux, un malaise subit, un appel téléphonique qui nous obligerait à partir au plus vite ou une autre

170

excuse lamentable du genre. Je voyais mal comment je pouvais recourir à un tel subterfuge sans accroître le désarroi ambiant.

En silence, Victor et moi regardâmes Samantha apporter un verre de thé glacé à Joel. Il l'accepta aimablement, et elle se planta devant lui dans l'espoir de recueillir quelques miettes d'attention supplémentaires.

Victor se tourna vers moi et ricana.

— Mon père, le tombeur de ces dames ! railla-t-il, et j'en conclus qu'il avait décidé de m'inclure dans sa propre tranche d'âge.

Il ne semblait pas l'envier, contrairement à la plupart de ses contemporains. À l'entendre, il méprisait autant les dames en question que son père. Maintenant qu'il avait surmonté sa réticence à me parler, nous étions redevenus amis. Il se pencha vers moi.

— Vous n'êtes pas juive, n'est-ce pas ?

— Non.

— Victor, mon chéri ! s'exclama Judy Morgenstern. Veux-tu aller récupérer ma canne dans la Buick, s'il te plaît ?

Il me dévisagea longuement. Je me demandai s'il avait quelque chose de particulier à me dire. Au bout de quelques instants, il se leva et disparut. Tant mieux, j'en profiterais pour récupérer. Loupé ! À ma grande surprise, Felicia prit sa place. J'étais intriguée. D'une part, j'étais curieuse de savoir de quoi elle voulait parler après l'accueil glacial qu'elle m'avait réservé un peu plus tôt. D'autre part, j'avais du mal à saisir comment Tolliver avait pu lui tomber dans les bras.

Mon frère discutait avec David. Il m'adressa un regard inquisiteur, vaguement inquiet, mais il était trop loin pour nous entendre, aussi je pouvais m'exprimer à ma guise.

— Vous habitez à Memphis, vous aussi ? murmurai-je poliment.

J'avais des fourmis dans la jambe droite. Je la frottai, puis m'obligeai à arrêter.

— J'ai un duplex en ville. Ici, la sécurité passe avant tout. Mon père a sauté au plafond quand j'ai pris cet appartement. « Tu es folle ? Tu vas te faire agresser ! »

Elle me sourit d'un air conspirateur comme si l'angoisse d'un parent était ridicule.

— Le parking est complètement fermé, on n'y accède que si l'on a un macaron, et il n'y a aucune issue pour les piétons. On entre forcément par la porte principale de l'immeuble. Un vigile surveille le hall sept jours sur sept. C'est cher, mais je ne pouvais plus continuer à vivre chez mon père. Il était grand temps pour moi de déménager.

Fred Hart venait de remplir son verre : je l'avais vu s'éclipser dans la cuisine et revenir. Il reprit sa position devant la fenêtre. Felicia s'empourpra.

— La sécurité, pour vous, c'est important, dis-je.

— Indispensable, même – surtout quand on est seule. Joel n'a de cesse de m'encourager à m'installer à l'est de Memphis.

Elle secoua la tête avec un sourire, qui était une invite à m'en amuser, moi aussi. Le sous-entendu était clair : elle et Joel étaient très proches.

— Quant à mon père, il aimerait que je retourne chez lui. Il a une très grande maison.

Là encore, je reçus le message cinq sur cinq : elle appartenait à un milieu aisé.

— Toutefois – et j'en ai pour preuve la situation de cette famille –, les faubourgs peuvent être encore plus dangereux que le centre-ville si l'on ne prend pas un maximum de précautions.

172

— À l'époque, Joel et sa famille étaient à Nashville.

— C'est du pareil au même. En banlieue, les gens ont tendance à se croire intouchables.

Diane, Samantha et Esther quittèrent la pièce, sans doute pour gagner la cuisine. Je me demandai si je devais leur proposer mon aide, mais me ravisai : ma présence risquait de les mettre mal à l'aise. Je pivotai de nouveau vers Felicia.

— Je suis sûre que ce n'est plus le cas de Joel et de Diane.

Une ombre passa sur le visage de Felicia.

— En effet, plus maintenant. J'ai peur qu'ils ne passent le restant de leurs jours à surveiller leurs arrières, surtout une fois que le bébé sera né. Victor est assez grand pour se débrouiller tout seul, du moins jusqu'à un certain point. Vic est un adolescent typique.

Elle poussa un soupir et sourit : de toute évidence, les adolescents typiques étaient aussi stupides.

— Ils se croient immortels, acheva-t-elle.

— Victor est bien placé pour savoir qu'il n'en est rien.

Felicia fut déconcertée, mais enchaîna :

— C'est étrange. Sur le plan physique, Victor est aussi solide qu'un bœuf. Comme moi. Sa mère – ma sœur, Whitney – était terriblement fragile. Dès l'enfance, elle a souffert d'allergies. Mes parents devaient la veiller des nuits entières tellement elle toussait.

Felicia s'assombrit. Qui s'était occupé d'elle pendant que ses parents soignaient Whitney ?

— Elle a attrapé une pneumonie au collège, puis une mononucléose ; ensuite, il a fallu l'opérer des amygdales. À l'université, peu après avoir rencontré Joel, on a dû la transporter d'urgence à l'hôpital pour une péritonite. Si vous saviez comme il a pris soin d'elle ! Les derniers temps, il ne laissait personne entrer dans sa chambre. Il voulait l'avoir pour lui tout seul. Mon père était dans tous ses états, lui aussi.

Elle porta son regard vers lui. Fred Hart avait entamé une conversation avec Joel. Je ne sais pas de quoi ils discutaient, mais Joel semblait s'ennuyer.

— Victor était sans doute trop jeune pour se rendre souvent à l'hôpital.

— Nous avons voulu le protéger. Nous ne souhaitions pas qu'il voie sa maman dépérir. Je me suis installée chez eux. Victor était si petit, si mignon.

— Aujourd'hui, c'est un beau jeune homme.

— Je veille sur lui, par respect pour ma sœur. Je suis ravie qu'ils soient tous venus à Memphis. Quand l'atmosphère est tendue à la maison, Victor se réfugie volontiers chez moi.

— Il a de la chance de vous avoir.

— J'ai rencontré votre frère à plusieurs reprises, déclara soudain Felicia.

— Je suis au courant, répliquai-je d'un ton neutre.

Elle parut contrariée que j'en reste là.

— Je crois qu'il a accusé le coup quand je lui ai dit que nous ferions mieux de rompre. Une relation à distance, c'est si compliqué…

J'étais à court d'inspiration pour lui répondre, mais croyez-moi, j'étais en colère. Tolliver m'avait présenté une tout autre version des faits. Donc, elle mentait.

— Ce doit être difficile de trouver l'âme sœur quand on atteint un certain âge.

Elle étrécit les yeux.

— Ce que je veux dire, repris-je précipitamment, c'est que les hommes de votre génération sont soit mariés, soit à peine remis de leur premier divorce ;

174

ils ont souvent des enfants et une multitude de responsabilités.

— Cela ne m'a jamais gênée, marmonna Felicia, les dents serrées. Remarquez, pour vous qui voyagez sans arrêt, ce doit être dur aussi.

Même pas mal ! Si elle croyait me provoquer en me rappelant que j'étais toujours en compagnie de Tolliver, elle se trompait. D'ailleurs, à quoi bon me quereller avec cette femme ? Tolliver était adulte, il n'avait qu'à se débrouiller.

— Connaissez-vous Clyde Nunley ? m'enquis-je en détournant la tête.

— Nous avons suivi nos études ensemble à Bingham College.

J'eus un tressaillement : je m'étais attendue à ce qu'elle nie l'avoir jamais rencontré.

— Il a deux ans de plus que moi, mais nous nous sommes fréquentés. Clyde et David appartiennent à la même confrérie.

D'un signe de tête, elle désigna David. Il parut perplexe, mais quand elle lui sourit, il vint vers nous – non sans une certaine réticence. David Morgenstern ne dirigerait jamais mon fan-club. Cependant, il me serra aimablement la main.

— Harper me parlait de Clyde Nunley.

David leva les yeux au ciel.

— Quel crétin ! Du temps de nos études universitaires, c'était un fêtard incorrigible, mais lorsqu'il est devenu professeur, il a changé du jour au lendemain. Il est plus intelligent que nous autres, pauvres mortels, et froid comme un glaçon. Je le croise parfois lors des réunions d'anciens élèves.

Il ne le croiserait plus.

— Diane nous fait signe que nous devons passer à table ! dit Felicia.

Je quittai mon siège pour suivre le mouvement. David s'excusa et s'éloigna dans le couloir, en quête des toilettes, supposais-je. Tolliver était en pleine discussion avec les Morgenstern senior. D'après les bribes de conversation qui me parvinrent, je compris qu'ils parlaient du conseil municipal de Memphis. Je me dis qu'ils devaient être soulagés d'oublier Tabitha quelques minutes. Je suivis la direction que m'avait indiquée Felicia. Nous étions toutes deux heureuses d'avoir pu mettre fin à notre tête-à-tête. Je ne sais pas si elle m'avait abordée dans une intention précise ; si oui, je ne l'avais pas saisie.

— Pourquoi cette question à propos de Clyde ? demanda-t-elle subitement.

— Il est venu à notre hôtel hier soir. Il était assez en colère, expliquai-je après réflexion.

Elle parut sidérée.

— Dans quel but ?

— Je n'en sais rien.

Diane avait préparé un énorme buffet composé de tous les mets que lui avaient apportés les voisins. Elle et ses deux amies de Nashville avaient disposé les plats sur les plans de travail de la cuisine immaculée. Le ciel plombé déversait sa lumière grise à travers les baies vitrées qui entouraient le coin-repas. Il y avait aussi un comptoir pour le petit-déjeuner, muni de hauts tabourets. Nous avions traversé la salle à manger réservée aux grandes occasions. Chez les Morgenstern, la nourriture était un point de convergence.

Entre assiettes de charcuterie, salades variées et ragoûts divers se dressaient bouquets colorés et plantes vertes. Je fus impressionnée par la qualité de la

176

présentation. Je me demandai si c'était l'œuvre des amies de Diane et m'en voulus aussitôt de mon manque de générosité à l'égard de cette dernière : j'avais toujours vu cette femme en état de stress avancé.

Pendant que les invités se répartissaient ici et là, je scrutai les alentours. La cuisine était superbe, digne de la couverture d'un magazine de décoration. Mobilier blanc, plans de travail en marbre noir, îlot central. Pas une empreinte digitale ne venait ternir les éviers et les appareils ménagers en acier inoxydable. Si les Morgenstern avaient une bonne, elle était invisible. Peut-être Diane était-elle de ces femmes qui se défoulaient en astiquant leur intérieur ?

Diane insista pour que les parents de Joel soient les premiers servis. Elle s'empara d'une assiette et demanda à Mme Morgenstern ce dont elle avait envie. Elle les installa ensuite à la table de la salle à manger et nous invita à nous approcher pour nous restaurer. Je me plantai derrière Felicia et David.

Je vis Fred Hart secouer la tête tandis que Diane l'encourageait à rejoindre le buffet. Felicia suivit cet échange, le visage impassible, comme si elle n'éprouvait plus rien pour son père. Au bout d'un long moment, elle le rejoignit et lui chuchota quelques mots à l'oreille. Il eut un mouvement de recul et sortit. Je pris une assiette et des couverts étincelants, submergée par un sentiment de désespoir : décidément, mon activité me propulsait toujours au cœur de familles dysfonctionnelles.

Esther attira mon attention d'un petit geste de la main. Je m'étais figée devant le buffet. Je me secouai mentalement.

Une âme généreuse avait offert un rôti émincé en tranches ultrafines, mais je fis l'impasse sur la viande et me contentai d'une part de brocolis, d'une cuillerée de curry aux fruits, d'un petit pain et d'une portion de salade aux trois haricots. Diane nous annonça que nous avions le choix entre la table de la salle à manger, celle du coin-repas, le bar ou le salon. J'optai pour le bar. Dix secondes plus tard, Esther déposait un verre de thé glacé devant moi en arborant le sourire féroce d'un requin.

— Sans sucre, précisa-t-elle. Ça vous convient ?

D'après le ton de sa voix, il valait mieux pour moi que cela me convienne.

— Merci beaucoup.

Elle s'éloigna aussitôt.

Contre toute attente, Victor s'assit à côté de moi. Je supposai qu'il avait récupéré la canne et l'avait apportée à sa grand-mère. Son assiette disparaissait sous une quantité pantagruélique de nourriture, dont fort peu de légumes. Il ouvrit sa canette de soda.

— C'est bizarre, ce que vous faites, non ? attaqua-t-il d'emblée.

— Oui.

Cherchait-il à me choquer ? Si oui, mon attitude le déstabilisa. Au fond, je me réjouissais d'avoir enfin affaire à quelqu'un de sincère.

— Vous voyagez tout le temps ?

— Oui.

— C'est cool.

— Parfois. Mais parfois, je rêve d'avoir une maison comme celle-ci.

Il scruta les alentours d'un air arrogant. Il pouvait dédaigner la valeur d'une demeure aussi belle : il n'avait jamais connu la misère.

— Ouais, elle est pas mal, mais à quoi bon avoir une jolie maison quand on est malheureux ?

178

Le commentaire était intéressant – bien que, d'après mon expérience, un minimum de confort soit toujours le bienvenu, que l'on vive dans la déprime ou que l'on baigne dans le bonheur.

— Tu n'es pas heureux.

— Pas très.

— À cause de la mort de Tabitha ?

Inutile de tourner autour du pot.

— Oui, et parce que personne ne l'est ici.

— Maintenant qu'on l'a retrouvée, vous allez pouvoir faire votre deuil, et les choses vont sans doute s'arranger.

Il hocha la tête, dubitatif. Tout en parlant, il engloutissait sa nourriture. Heureusement, il mangeait la bouche fermée. Je me rendis compte tout à coup que j'étais la plus jeune de l'assemblée après lui et que c'était la raison pour laquelle il m'avait élue comme compagne d'infortune.

— Possible, marmonna-t-il, mais bientôt, le bébé sera là. Il va pleurer toute la nuit. Comme Tabitha, ajouta-t-il tout bas.

— Tu l'aimais.

— Oui. Elle m'énervait un peu, mais je l'aimais.

— La police t'a malmené au moment de son enlèvement.

— Oh, oui ! On m'a interrogé encore et encore. Papa a dû engager un avocat pour me défendre, enchaîna-t-il avec une pointe de fierté. Ces imbéciles ne comprenaient pas que je n'avais nulle part où la cacher. Pourquoi l'aurais-je kidnappée ? Pour l'emmener où ? On se disputait, mais comme tous les frères et sœurs. Vous vous chamaillez bien avec le vôtre, non ?

— Tolliver n'est pas vraiment mon frère. Nous avons grandi ensemble. Ma mère a épousé son père.

Je n'en revenais pas : les mots étaient sortis tout seuls !

— Ce doit être bizarre, d'habiter avec quelqu'un de son âge quand on n'est pas du même sang. Surtout quand on est de sexe opposé.

— Nous avons mis un peu de temps à nous y habituer, avouai-je.

Cameron, Mike, Tolliver et moi n'avions pas tardé à nous unir contre l'adversité. J'inspirai profondément.

— Nos parents se droguaient. Ils prenaient de la cocaïne. Ils buvaient de l'alcool lorsqu'ils étaient en manque. Tes parents ont-ils eu des problèmes de ce genre ?

Il me contempla, bouche bée. Pas si sophistiqué que ça, mon petit Victor.

— Mince ! C'est affreux. Ce sont les enfants qui se droguent, pas les parents.

Quelle naïveté ! En même temps, j'étais touchée qu'il ait encore cette sorte d'illusion. Il se ressaisit.

— Mes parents ne se drogueraient jamais. Ils ne boivent presque pas.

— Tant mieux.

Il s'efforça de n'en rien laisser paraître, cependant, il était visible qu'il était ébranlé.

— Non, papa et maman sont cool. Enfin... On ne peut rien leur raconter. Ils ne savent rien, mais ils sont là quand on a besoin d'eux.

Il appelait Diane « maman ». C'est vrai qu'il était encore presque un bébé quand Diane s'était mariée avec Joel.

— Vous avez beaucoup d'expérience, dit-il en passant une main dans ses cheveux auburn. Vous avez vécu une vraie vie.

— En effet.

180

— Vous devriez savoir…

Les mots moururent sur ses lèvres alors que le dialogue prenait un tour intéressant.

Je n'insistai pas. J'avais déjà beaucoup plus appris de cet échange que je ne l'avais prévu. Victor avait gagné le buffet pour se resservir copieusement, et je me dis que ce garçon avait un secret. Quelle que soit son importance, je devais à tout prix le découvrir. Peut-être me le confierait-il ?

La cuisine était équipée d'un poste de télévision, sans doute pour que la cuisinière puisse suivre ses séries préférées en préparant les repas. Quelqu'un avait dû l'allumer pour regarder la météo ou des résultats sportifs.

Le son était au plus bas, mais une image attira soudain l'attention de Victor, et il se planta devant l'écran, son assiette à la main. Il paraissait à la fois ahuri, perplexe et effaré.

Je devinai tout de suite de quoi il s'agissait.

Nous savions que la nouvelle ne tarderait pas à se répandre. Le moment était venu.

— Papa !

Joel se précipita vers lui.

— Papa ! Ils ont retrouvé ce professeur mort dans la tombe de Tabitha !

Je poussai un soupir et fixai les restes de ma salade. Ce n'était pas ainsi que je voyais les choses. Après tout, à l'origine, c'était la tombe de Josiah Poundstone. Une tombe très prisée.

Dans un brouhaha indescriptible, tout le monde se précipita devant le poste de la salle de séjour. Je consultai silencieusement Tolliver. Il acquiesça. Nous devions nous éclipser.

Pour ne pas passer pour des goujats, nous remerciâmes discrètement Diane, qui se rendit à peine compte de ce que nous lui disions. Puis nous filâmes à l'anglaise.

— Si on retourne à l'hôtel maintenant, quelqu'un va venir nous interroger, prédit Tolliver d'un ton morose.

— Allons au bord du fleuve.

Je ne savais pas pourquoi, mais les eaux en mouvement me réconfortaient, même par une froide journée de novembre dans le Tennessee. Nous nous rendîmes au parc bordant le fleuve et y déambulâmes tranquillement. Le Mississippi s'écoulait paisiblement comme il continuerait de le faire longtemps après la destruction de la ville. Tolliver posa un bras sur mes épaules.

Nous marchâmes en silence. J'étais soulagée d'avoir échappé au clan Morgenstern, de me retrouver seule avec Tolliver – à l'exception de deux SDF qui se partageaient une bouteille en douce.

— Étrange interlude, commenta enfin Tolliver.

— Oui. La maison est magnifique. J'adore la cuisine.

— J'ai bavardé avec Fred. Il a obtenu un prêt exceptionnel pour sa Lexus.

Tolliver rêvait de s'acheter une nouvelle voiture. La nôtre n'avait que 3 ans, mais elle affichait des milliers de kilomètres au compteur.

— Je t'ai vue discuter avec Felicia, ajouta-t-il.

— Elle m'a signalé que vous vous étiez rencontrés à plusieurs reprises, répondis-je d'un ton aussi aimable que possible. Elle prétend que c'est elle qui a voulu rompre, à cause de la distance.

— C'est amusant car elle me harcèle au téléphone. Décidément, j'ai du mal à la cerner.

S'il avait adopté un ton léger, teinté d'ironie, je me rendis compte que je l'avais pris de court. Cette femme

avec laquelle il avait couché, une femme qui le poursuivait activement, l'avait carrément ignoré alors
qu'elle se trouvait parmi les siens. Il avait de quoi lui en
vouloir. Mon ressentiment à l'égard de Felicia s'intensifia. Je décidai de changer de sujet.

— Victor a un secret.

— Il cache un magazine porno sous son lit ?

— Je ne pense pas que ce soit ça.

Nous poursuivîmes notre promenade quelques
minutes sans parler.

— J'ai l'impression qu'il sait quelque chose à propos
de l'un des membres de la famille, quelque chose qu'il
essaie de *ne pas relier* aux meurtres.

— Il est un peu paumé. Et alors ?

— À bien y réfléchir, il est assez candide. Et il a subi
de dures épreuves.

— J'essaie de ne pas établir un parallèle entre sa vie
et la nôtre.

— Moi aussi. D'après moi, Victor a fait le lien entre
un de ses proches et...

— Quoi, exactement ? La mort de sa demi-sœur ?
Celle de Clyde Nunley ?

— Bon, d'accord : je n'en ai aucune idée. Je dis simplement qu'il sait quelque chose et qu'il en souffre.

— Que veux-tu qu'on y fasse ? Ils ne nous laisseront
jamais le voir. Ils ne nous croiront pas. S'il préfère le
mutisme... Et si le secret tournait autour de l'un de ses
parents ? À propos de Joel, comment se fait-il que tu ne
rampes pas devant lui comme toutes les autres
femmes ?

— Elles rampent toutes ?

— Tu n'as pas remarqué comment cet inspecteur de
police bave littéralement dès qu'elle prononce son
nom ?

— Non, murmurai-je, ébahie.

— Et son épouse, qui le regarde avec des yeux de biche ?

— Euh… non.

— Même Felicia se redresse quand il prend la parole. Quant à sa mère, elle le couve deux fois plus que son autre fils, David.

— J'en déduis que tu as observé Joel de près.

— Pas tant Joel que la manière dont les gens réagissent en face de lui. Sauf toi.

— C'est un homme apprécié des femmes, concédai-je. Quant à moi, il me laisse indifférente. J'ai tout de suite su que c'était lui qui avait eu l'idée du bouquet. Je t'ai même dit qu'il était de ces hommes qui savent faire plaisir aux femmes, mais seule Diane l'intéresse. À mon avis, il n'a pas conscience de son charisme. Ou alors, il l'accepte comme tel, au même titre qu'il est né avec les yeux verts.

— Il a donc un pouvoir de séduction dont il ne se sert pas.

— Plus ou moins.

— Et tu assures qu'il ne t'affecte en rien.

— Je… Oui.

— S'il n'était pas marié avec Diane et s'il t'invitait à dîner, tu ne sauterais pas sur l'occasion ?

Je fis mine de réfléchir.

— Je ne le pense pas.

— Tu es totalement insensible à son charme ?

— Ce n'est pas ça. Je me méfie des hommes qui obtiennent tout ce qu'ils veulent sans effort.

Tolliver s'immobilisa et se tourna vers moi.

— C'est absurde.

— Possible. Pour lui, cette position de supériorité est la norme, voire un dû.

184

— Tu ne le considères pas comme un homme vertueux ?

— Si, si. Je ne crois pas qu'il soit un escroc ni un tricheur.

— En somme, tout ce que tu lui reproches, c'est de ne pas avoir besoin de ramer pour se faire aimer ?

— Je ne trouve pas ça normal.

Tolliver haussa les épaules.

— Je ne suis pas sûr de te suivre...

Je ne pouvais pas mieux formuler mon raisonnement. Je n'étais pas douée pour exprimer mes sentiments profonds, mais je me comprenais. Et Joel Morgenstern m'inspirait une certaine méfiance.

11

À notre retour à l'hôtel, Rick Goldman nous attendait, confortablement installé dans le même fauteuil que la veille.

— J'aurais dû me douter qu'il reviendrait à la charge après la scène d'hier, dis-je à Tolliver. Je me demande s'il en a parlé aux flics.

Je présentai Rick à mon frère aussi poliment que si Rick était venu nous inviter à boire le thé, mais un muscle de la figure du détective tressaillait et tout son corps était tendu.

— Pouvons-nous bavarder dans un endroit un peu plus tranquille ? grogna-t-il.

— Ce serait mieux, en effet, concéda Tolliver. Suivez-nous.

Un silence pesant nous enveloppa dans l'ascenseur.

Je constatai avec plaisir que les femmes de chambre étaient passées ; la suite était propre et accueillante. J'aurais eu honte de le recevoir dans le salon tel que je l'avais laissé, une table à roulettes avec les restes de notre petit-déjeuner dans un coin, une pile de livres par-ci, un journal froissé par-là.

— Vous n'étiez pas obligés de tuer Nunley, attaqua Rick Goldman. Je sais que c'est un ivrogne arrogant, mais il ne vous a fait aucun mal.

Il s'adressa à Tolliver :

— À moins que, furieux d'apprendre qu'il avait malmené votre sœur, vous ne l'ayez traqué après mon départ ?

— Je pourrais tout autant vous soupçonner, rétorquai-je, exaspérée. C'est vous qui l'avez bousculé. Si vous avez l'intention de nous assaillir d'accusations sans la moindre preuve, vous pouvez vous en aller tout de suite.

J'ôtai ma veste, me dirigeai vers l'entrée de ma chambre, la jetai sur le lit. Tolliver déboutonna la sienne d'un geste lent.

— Je suppose que vous avez déjà rapporté à la police l'incident d'hier dans le hall ?

— Bien entendu, confirma Rick. Clyde Nunley était une ordure, mais il était professeur à Bingham College. Il avait une famille. Il mérite que l'on enquête sur son meurtre.

— J'ai découvert qu'il était marié grâce aux infos télévisées, intervins-je. Toutefois, j'avais remarqué qu'il ne portait pas d'alliance.

— Beaucoup d'hommes s'y refusent, répondit Rick.

— Pas autour de moi.

— Il était allergique aux métaux.

— Vous le connaissiez mieux que je ne le pensais.

— J'ai lu son fichier, admit Goldman.

— Je parie ce n'est pas uniquement le contenu de ses cours qui suscitait la curiosité, déclara Tolliver. Je parie qu'il a eu quelques liaisons, peut-être avec une ou deux de ses étudiantes ? Le conseil d'administration a

188

donc décidé de vous recruter pour le surveiller. Ai-je raison ?

— Des rumeurs couraient sur le campus.

— Sa femme ne s'est pas inquiétée outre mesure. Elle n'a alerté la police que le lendemain matin ! m'indignai-je.

Je m'assis sur le canapé, enserrai mes jambes et croisai les mains sur mes genoux. Tolliver allait et venait, au comble de l'agitation. Rick Goldman s'était jeté dans l'un des fauteuils sans attendre qu'on l'y invite.

— Rick, avez-vous encore des amis au sein des forces de l'ordre ? voulut savoir Tolliver.

— Bien sûr.

— Ça ne vous ennuie pas que les flics interrogent les membres du personnel de l'hôtel à propos de l'épisode d'hier soir ?

— Pas du tout.

— Même s'ils racontent à vos ex-collègues qu'on vous a vu jeter un type dehors alors que ma sœur n'a fait aucun geste violent ?

Je fis mine d'être au bord des larmes. Peu importait ma force intérieure, j'avais toujours l'air fragile.

— À votre avis, qui taxeront-ils de violence ? Vous ou Harper ?

— Merde. Moi qui lui étais venu en aide… Vous êtes incroyables !

— J'ai apprécié votre geste jusqu'au moment où vous vous êtes permis de m'insulter, mais Clyde Nunley était antipathique, et ne représentait pas un danger pour moi. Aujourd'hui, il est mort, et je n'y suis pour rien. Nous revenons de chez les Morgenstern. Ils ont entendu la nouvelle pendant que nous étions là-bas. Ils étaient bouleversés.

— Ils vous ont reçus dans leur maison ? s'écria-t-il, sidéré.

— Tout le monde ne nous traite pas comme des arnaqueurs ou des meurtriers.

Il leva les bras comme si je venais de franchir une limite sacrée.

— J'abandonne.

Ce cher Rick avait le sens du spectacle.

— Vous n'êtes que des charlatans, explosa-t-il. Cela me rend fou de ne pas comprendre comment vous vous y prenez. Vous avez réussi à nous donner les causes de décès de tous les morts dans ce cimetière. Comment avez-vous eu accès aux documents ? Je suis sincèrement intrigué.

Il ne servait à rien de tenter de convaincre un individu aussi obtus.

— Vous n'êtes pas près de croire en moi, et je ne vois aucun intérêt à discuter avec vous. D'ailleurs, la police ne va pas tarder, et je souhaite me doucher avant.

C'était faux. Je m'étais déjà douchée. Je voulais simplement me débarrasser au plus vite de Rick Goldman.

12

Aux alentours de 15 heures, Manfred Bernardo nous téléphona depuis le hall et nous demanda s'il pouvait monter. J'ébauchai un sourire en imaginant la tête des employés de l'hôtel face à Manfred et ses piercings.

— Qu'arrive-t-il quand il passe sous un portique détecteur de métaux à l'aéroport ?

Tolliver était plongé dans la lecture d'un roman policier de Robert Crais, l'un des tout premiers où sévit le célèbre personnage Elvis Cole.

— Je doute qu'il soit souvent confronté à ce problème, me répondit-il distraitement.

Manfred aimait toucher les gens. Quand je lui ouvris, je notai qu'il ne mesurait que trois ou quatre centimètres de plus que moi. Il se pencha pour m'embrasser sur la joue.

Je ne lui rendis pas sa bise car ce n'était pas mon truc, mais je crois bien que je souriais en m'effaçant pour le laisser entrer.

— Bonjour, Tolliver.

Mon frère se leva pour lui serrer la main et l'examiner de la tête aux pieds. Comme la fois précédente, Manfred était tout en noir : pantalon et blouson de cuir

191

sur un tee-shirt moulant. Il portait de grosses bottes et une véritable petite fortune de bijoux en argent aux mains, sur le visage et autour du cou. Il était passé chez le coiffeur retoucher sa teinture et sa barbichette était assortie au blond décoloré de ses cheveux. Je me demandai si tout cela m'était destiné ou si la coquetterie était son vice ?

— Je vous en prie, asseyez-vous. Votre grand-mère va bien, j'espère ? demandai-je.

Je pris place sur le canapé, pensant qu'il s'installerait dans l'un des deux fauteuils en face, mais il choisit de venir près de moi.

— Elle n'est pas en grande forme, admit-il.

Son sourire s'estompa, et je compris qu'il était inquiet.

— Elle rêve d'individus qui se retrouvent dans des tombes qui ne sont pas les leurs.

— Elle a regardé les informations ? Je ne sais pas où vous habitez exactement. Recevez-vous le journal de Memphis, le soir ?

— Nous ne regardons jamais la télévision. Grand-mère prétend qu'elle interfère avec les ondes de son cerveau. Si je veux voir une émission, je vais chez un copain.

— Dans ce cas, permettez-moi de vous montrer l'extrait que nous a apporté un agent du FBI un peu plus tôt, proposa Tolliver.

Il brancha l'appareil, glissa le disque dans la fente du lecteur de DVD.

Manfred visionna la séquence en silence. Il m'avait pris la main, un geste étrange, mais qui n'avait rien de sexuel. J'eus l'impression qu'il cherchait à se connecter avec une quelconque émanation que dégageait mon corps. Si tous les membres de la famille Bernardo

192

étaient aussi sensibles que Xylda et Manfred, bonjour l'ambiance !

— Non, nous ne sommes que tous les deux, murmura-t-il distraitement, l'œil rivé sur l'écran.

J'écarquillai les yeux, et Tolliver me dévisagea d'un air interrogatif. Je le rassurai d'un signe de tête. Il contempla la main de Manfred sur la mienne et haussa les sourcils comme pour me demander si j'étais mal à l'aise. Je lui fis comprendre en silence que non, tout allait bien.

— L'homme dans la fosse… c'est celui qui vous a invités ici, n'est-ce pas ? s'enquit enfin Manfred.

— Oui, confirmai-je.

— C'était donc une sépulture ancienne, datant de l'époque où la paroisse fonctionnait encore normalement ?

J'acquiesçai. Les yeux bleus de Manfred me fixaient sans me voir.

— Et ensuite, c'est là que vous avez découvert la petite fille ?

— Exact.

— Puis ce monsieur, quand vous avez décidé de vous rendre au cimetière tard dans la soirée ?

Je sursautai. Manfred maintint son étreinte, douce, mais ferme.

— En effet, convint Tolliver.

— À l'heure où vous l'avez trouvé, ma grand-mère était en train de lire les cartes pour vous. Elle sait que vous avez vu le visiteur.

— Le visiteur ? murmurai-je.

— C'est ainsi qu'elle appelle les fantômes.

Tout à coup, il redevint un très jeune homme face à une femme qui lui plaisait. Il me gratifia d'un large sourire.

— Grand-mère a son propre lexique.

Décidément, ce garçon m'intéressait. Il n'avait pas grande expérience de la vie, mais il possédait des connaissances inattendues.

— Je ne suis plus un garçon, m'annonça-t-il sans ciller et d'une voix de séducteur. Je suis un homme.

Je fus partagée entre un sentiment d'excitation et l'envie de m'enfuir en hurlant. Je lui souris à mon tour.

— Grand-mère a tenu à me dire que vous allez voir la première tombe de Tabitha. Je n'avais pas saisi tout de suite le sens de son message. Son arthrose de la hanche la fait terriblement souffrir, aussi elle m'a envoyé ici. Elle vous apprécie beaucoup, vous savez. Elle voulait vous mettre en garde, vous prévenir que vous devez vous tenir sur vos gardes.

Comme dans le café, il effleura ma main d'un baiser et, comme dans le café, une cascade d'émotions me submergea.

— Ça donne à réfléchir, n'est-ce pas ?

— Réfléchir n'est pas agir, ripostai-je, pragmatique.

— Pas encore.

Il se leva, salua Tolliver et disparut aussi brusquement qu'il était arrivé.

— Je n'ai rien compris ! s'exclama Tolliver d'un ton empli de suspicion.

— De toute évidence, le contact tactile lui permet de lire les pensées d'autrui… Je ne sais pas si cela s'applique à la population en général ou à ceux qui possèdent un talent plus ou moins paranormal.

— C'est Xylda qui prédit l'avenir, protesta-t-il. Tu serais heureuse à l'ère de la glace – Dieu sait ce que cela signifie ! – et tu vas voir la première tombe de Tabitha.

— Je ne tiens pas à revoir Xylda, marmonnai-je. Et si elle s'amuse à lire les cartes pour moi, je préfère ne pas le savoir. Ça me donne la chair de poule.

194

— Et Manfred ? Tu souhaites le revoir ?

Il eut la bonne grâce de me poser cette question avec un sourire.

— Bof ! Tu sais, c'est un marginal. À l'entendre, on ne peut pas s'empêcher de s'interroger sur…

Je fus incapable d'achever ma phrase. Tolliver prit pitié de moi.

— Si je rencontrais une fille arborant autant de piercings, j'hésiterais, moi aussi.

— Bon ! Nous sommes en milieu d'après-midi et nous avons déjà passé une sacrée journée. Que pourrions-nous faire pour nous distraire ?

— Vérifier nos comptes ?

— Génial.

— Consulter la liste des films sur la chaîne cinéma ?

— J'en ai par-dessus la tête de rester enfermée dans cette chambre.

— Tu as une idée ?

— Oui. Allons courir au bord de la rivière.

— Et les reporters ?

— On n'a qu'à filer par-derrière.

— Il fait froid et il va pleuvoir.

— Alors, dépêchons-nous.

13

Nous réussîmes à éviter les journalistes, mais pas la police de Memphis. Lorsqu'ils nous rattrapèrent enfin, les inspecteurs Young et Lacey étaient furieux. Je m'étais demandé quand nous aurions de leurs nouvelles. J'étais étonnée qu'ils ne nous aient pas téléphoné à l'hôtel pour nous convoquer de toute urgence au commissariat.

Ils s'étaient bien emmitouflés : anorak, écharpe, gants. Lacey paraissait plus morose que résigné. Young ne cachait pas son ressentiment. En nous rapprochant d'eux, je constatai qu'elle était enrhumée. Son nez rouge ressortait violemment au milieu de sa figure, et elle tenait un mouchoir en papier dans la main.

— Vous êtes cinglés ? gronda-t-elle. Comment pouvez-vous vous balader par ce froid dans cette tenue ?

Elle désigna d'un geste vague mon pantalon de jogging. Je continuai de courir sur place pendant une ou deux minutes, le temps de ralentir mon rythme cardiaque. J'étais gelée et mouillée, mais je ressentais aussi une sorte d'exaltation, comme si l'air humide et glacial avait évacué quelques-unes des toiles d'araignées qui encombraient mon cerveau.

— Vous vouliez nous parler, je suppose ? demanda Tolliver tout en effectuant ses étirements.

Je surpris Young à lorgner son arrière-train. Lacey s'empressa de répliquer :

— Absolument. Voulez-vous nous accompagner au poste ? Là, au moins, nous serons au chaud et au sec.

— Je n'ai aucune envie de vous suivre là-bas, répondis-je. On pourrait peut-être prendre un café ? À moins que vous nous arrêtiez, ce serait nettement plus agréable pour tout le monde. Je boirais volontiers un chocolat chaud, pas vous ? ajoutai-je à l'intention de Young qui venait d'éternuer deux fois de suite.

— Je connais un endroit, rue Poplar, dit-elle à son partenaire, qui semblait tergiverser. Leurs tartes y sont exquises.

Le stratagème fit merveille.

Trente minutes plus tard, nous étions installés dans un établissement si bien chauffé que les vitres en étaient embuées. Les hommes avaient opté pour des cafés, les femmes pour des chocolats chauds. Lacey se régalait d'une tarte aux noix de pécan surmontée d'une montagne de crème Chantilly, et Young pleurait presque tant elle était soulagée de se trouver enfin à l'abri du froid.

— D'après l'agent Koenig, vous êtes au courant, pour Clyde Nunley, attaqua-t-elle d'une voix nasillarde, mais à peu près humaine.

Nous opinâmes.

— Il est venu ce matin nous l'annoncer.

J'essayais toujours d'être aussi honnête que possible.

— Rick Goldman a lui aussi fait un saut au commissariat, déclara Lacey après avoir avalé une cuillerée de son gâteau (il paraissait aux anges !). Il nous a raconté l'incident avec Nunley dans le hall de l'hôtel, mademoiselle Connelly.

— C'est vrai. Il a fini par propulser le professeur dehors. À vrai dire, je pense que le docteur Nunley était saoul. Il s'est montré très agressif à mon égard.

— Vous n'êtes pas la seule à en témoigner. Les analyses nous permettront de connaître son alcoolémie. Que vous voulait-il ?

— Il était convaincu que, par un moyen ou par un autre, en dépit de toutes ses précautions, j'avais eu accès à ses précieuses archives et mémorisé les causes de décès de tous les morts du cimetière de Sainte Margaret. Goldman m'a fait les mêmes accusations.

— Et alors ?

— Et alors, je ne savais rien. Je me suis fiée à mon don.

Il y eut un long silence pendant lequel les inspecteurs digérèrent cette information... ou l'écartèrent comme une fourberie de plus de ma part.

— Êtes-vous ressortis hier soir ? demanda Young. Après l'expédition de M. Lang rue Beale ?

Lacey posa sa fourchette et nous contempla d'un regard perçant.

— Oui, répondit Tolliver.

Difficile de le nier : un membre du personnel de l'hôtel nous avait avancé notre voiture.

— Où êtes-vous allés ?

— Nous sommes allés jusqu'à Graceland.

Je clignai des yeux. Excellent mensonge. Tous les touristes se débrouillaient au minimum pour passer devant la propriété d'Elvis. Qui plus est, nous avions raconté à Koenig que nous avions voulu admirer les monuments de Memphis. En fait, nous avions consulté le site de Graceland sur Internet ce matin, après le départ de l'agent du FBI, pour avoir au moins une vague idée de ce que nous étions supposés avoir vu.

— À la nuit tombée ?

— Oui. Nous n'avions rien d'autre à faire. C'est notre premier et sans doute notre dernier passage dans cette ville. Nous nous sommes rendus dans le quartier de Whitehaven ; nous nous sommes garés en face de l'entrée. Impressionnant, le portail !

— Vous n'avez pas l'intention d'y retourner en plein jour, de visiter la demeure ?

— Il est enterré là, n'est-ce pas ?

— Euh… oui. De même que Vernon et Gladys, son père et sa mère, et Minnie May, sa grand-mère.

— Non, je n'y tiens pas du tout.

L'inspecteur Young serra les dents. Elle semblait aller un peu mieux maintenant qu'elle s'était réchauffée. Ses cheveux courts étaient toujours aussi ternes et mous, mais une lueur vive dansait dans ses prunelles. Son coéquipier arborait l'air extatique d'un fou de sucreries rassasié par une friandise particulièrement riche, mais sa gourmandise dépassait de loin son intelligence.

— Pourquoi pas ? s'étonna-t-il.

— Comme vous le savez, j'entre en contact avec les morts. J'ai peur que cela ne gâche mon souvenir de Graceland.

D'un autre côté, je pourrais peut-être résoudre un mystère ou deux. Ma remarque amusa Tolliver.

— Voilà pourquoi nous nous sommes contentés de passer devant, intervint-il. Comme nous avions déjà aperçu la pyramide et longé la rue Beale, nous sommes retournés à notre hôtel.

200

Je me félicitai d'avoir nettoyé mes chaussures au saut du lit et confié nos jeans au pressing de l'hôtel.

— Et l'agent du FBI a débarqué ce matin aux aurores, dit l'inspecteur Young.

Ouf ! J'avais bien fait de mentionner cet épisode.

— Oui. Il voulait nous avertir qu'on avait retrouvé un corps dans la fosse. Selon moi, il était curieux de savoir comment nous réagirions.

— Et vous avez réagi comment ?

— Naturellement, nous étions désolés d'apprendre que Clyde Nunley avait été assassiné ou avait chuté accidentellement dans la tombe. On ne se réjouit jamais d'apprendre la mort d'un être humain. Et nous n'avions aucune raison de lui souhaiter du mal.

— Monsieur Lang, n'avez-vous pas été furieux de la manière dont le docteur Nunley s'était comporté avec Mlle Connelly ? Surtout dans un lieu public. Et d'autant que, en votre absence, c'est quelqu'un d'autre qui a dû se porter à sa rescousse.

Aïe, le coup bas ! Mais Tolliver ébaucha un sourire.

— Harper est assez grande pour se débrouiller sans moi, décréta-t-il à mon immense joie. Même si Goldman n'avait pas été là, elle s'en serait sortie toute seule.

Lacey décida de tenter une autre tactique.

— L'agent Koenig nous dit qu'il veut votre point de vue sur la mort de Nunley et que vous acceptez, à condition de pouvoir revoir Tabitha... Décidément, j'ai du mal à vous cerner. Je n'ai jamais rencontré quelqu'un comme vous.

— Vous n'êtes pas le seul, murmurai-je, compatissante. Ne vous inquiétez pas : j'y suis habituée.

— Vous avez des enfants ? demanda subitement l'inspecteur Young.

Tolliver et moi la dévisageâmes, ahuris.

— Nous deux ? murmura-t-il après un long silence.

Elle se rendit compte qu'elle avait commis un impair.

— Excusez-moi, je pensais que vous...

— Nous vivons ensemble depuis notre adolescence. Le père de Tolliver a épousé ma mère. Il est comme...

Pour la première fois, j'hésitai avant de conclure :

— ... comme mon frère.

— J'en ai deux, asséna-t-elle, pressée de changer de sujet. Un garçon et une fille. Si l'un d'entre eux disparaissait, j'exigerais que l'on prenne toutes les initiatives pour découvrir la vérité. J'irais jusqu'à traiter avec le diable si nécessaire. J'en discuterai avec les Morgenstern.

Comment réagiraient-ils si je leur dévoilais que j'avais eu un échange avec un fantôme, la veille ? Ils nous traiteraient sûrement de charlatans. Je repensai à cette main qui m'avait agrippé le bras et dus fermer les yeux quelques instants. Le fantôme de Josiah Poundstone. Comment était-ce possible ? Cet incident ébranlait sérieusement toutes mes théories sur la vie après la mort.

Dehors, la circulation s'était intensifiée, et le ciel s'assombrissait. Un désir presque irrésistible de retourner au cimetière me saisit. Le fantôme était-il toujours là ? À quoi s'occupait-il ? Rôdait-il en l'absence de tout être humain ? Se matérialisait-il uniquement lorsqu'il voulait communiquer avec les vivants ou...

— Harper, chuchota Tolliver. On y va ?

— Oui, bien sûr !

Je m'empressai d'enfiler mon blouson. Les inspecteurs étaient déjà debout, emmitouflés jusqu'aux oreilles et, à en juger par leur expression, ils patientaient déjà depuis un moment.

— J'étais dans la lune. Désolée.

Je fis de mon mieux pour paraître alerte.

— Notre séance de jogging m'a fatiguée davantage que je ne l'imaginais.

Cette explication sembla les rassurer.

— Retournez à l'hôtel vous reposer, dit Lacey. Et tâchez de rester tranquilles tant que vous serez à Memphis. Je vous contacte dès que nous aurons discuté avec les Morgenstern.

— Entendu, merci, répondit Tolliver.

Lorsqu'ils furent partis, nous réglâmes notre note et nous dirigeâmes à notre tour vers la sortie.

— Quelle mouche t'a piquée ?

Je lui avouai les questions qui me taraudaient.

— Intéressant. Je serais curieux de connaître les réponses, moi aussi, mais désormais, essaie de garder ces réflexions pour un moment où tu es seule.

— J'avais l'air bizarre ? m'exclamai-je, légèrement blessée.

— Bizarre dans le sens de « pas là ».

— Ah ! Sais-tu qui j'aimerais revoir ?

— Non ?

— Victor. Malheureusement, si on l'appelait, on nous prendrait pour des cinglés.

— C'est probable.

— Ils nous ont reçus chez eux. On pourrait peut-être les inviter à aller dîner au restaurant ?

Tolliver réfléchit.

— Ils sont en deuil, ils ont sans doute une multitude de démarches à accomplir. D'ailleurs, sous quel prétexte ? Certes, on pourrait leur dire qu'on leur doit bien cela, mais de quoi discuterions-nous, petite sœur ?

Il y avait longtemps qu'il ne m'avait pas appelée ainsi. Je me dis que le commentaire de Young avait dû le décontenancer autant que moi.

203

— Tu as sans doute raison, mais tant qu'à traîner ici… J'ai l'impression que nous en avons encore pour un mo… Tiens ! Que se passerait-il si on fichait le camp ?

Tolliver demeura muet.

— On nous rappellerait aussitôt, devinai-je, et on nous donnerait l'ordre de ne plus bouger tant que l'affaire Clyde Nunley n'aura pas été résolue. Pourquoi ce meurtre ? Je ne comprends pas. Tout ce qu'il savait, c'est que… Que savait-il, au juste ?

— Quel est l'unique lien entre Clyde Nunley et Tabitha Morgenstern ?

— Ils ont partagé la même tombe.

— Hormis cela ?

— Il n'y en a aucun.

— Bien sûr que si.

— J'abandonne ! m'exclamai-je, exaspérée. Quel est cet unique lien ?

— Toi.

14

J'eus l'impression d'avoir reçu un sac de ciment sur la tête.

— En d'autres termes, on aurait assassiné Clyde Nunley parce qu'il connaissait la personne qui m'avait recommandée pour sa petite démonstration au cimetière.

Cette pensée me glaça le sang. J'ai beau être habituée à la mort, j'ai beau savoir mieux que quiconque combien cet état est banal et inévitable, il m'est pénible d'imaginer y avoir contribué. C'est un peu comme l'orage : les conditions atmosphériques laissent présager sa venue, on le sent arriver, mais ce n'est pas pour autant que l'on s'en réjouit.

— C'est mon avis – et j'y ai beaucoup réfléchi cette nuit. Le corps de Tabitha n'était pas là par hasard. Et si ce n'est pas une coïncidence, c'est parce qu'on nous a manipulés pour qu'on le découvre. On s'est servi de nous. L'individu qui a mis au point ce stratagème est le meurtrier de Tabitha. Clyde Nunley t'a demandé de « lire » ce lieu de sépulture. Cela signifie que quelqu'un lui a chuchoté ton nom à l'oreille. Je ne sais pas si cette personne en voulait à Clyde ou si c'était une suggestion amicale du style : « Tu diriges ce programme sur les sciences occultes, tu as un vieux cimetière à ta disposition… Si on proposait à une cinglée dont la spécialité est de retrouver les morts de venir jeter un coup d'œil par chez nous ? »

— Tu crois donc que Clyde s'est rebiffé quand j'ai annoncé que Tabitha était dans cette tombe ?

— Oui. Ou alors pas plus que nous, il n'a avalé l'hypothèse de la coïncidence et il en a déduit que la personne qui l'avait conseillé savait quelque chose au sujet du décès de la fillette. Il était désagréable, mais loin d'être idiot.

— Mouais, murmurai-je distraitement. Cela réduit considérablement le champ, je suppose.

— Comment ?

— Ce ne peut pas être Victor.

— Pourquoi pas ? Je te parie qu'il est déjà préinscrit à Bingham College. Il est en terminale, si je ne m'abuse ?

— Euh… en effet, c'est plausible. Un peu mince, mais pourquoi pas ? Felicia et David y ont suivi leurs études supérieures. Je ne sais pas si c'est le cas de Judy et de Ben, mais ils ont sûrement des tas d'amis qui ont fréquenté cette université, et ce sont eux qui ont payé les frais de scolarité de David pendant quatre ans. Je parie qu'il en est de même pour Fred Hart.

Après tout, les Morgenstern seniors n'étaient pas si âgés que cela.

— Judy est handicapée par sa maladie, elle n'aurait pas pu transporter Tabitha, mais son mari est en pleine forme, poursuivis-je. Fred Hart aussi.

— Ce serait horrible que ce soit l'un des grands-pères.

— C'est horrible, point final. Peu importe qui est l'assassin. Infliger cela à une gamine de 11 ans est ignoble.

206

Je marquai une pause, le temps de me ressaisir.

— J'étais tellement sous le choc que je n'ai pas pris la peine de... d'essayer de comprendre ses derniers instants sur cette terre.

— Si Seth Koenig peut organiser cette visite, tu iras la revoir ?

— Il veut une « lecture » du corps de Clyde Nunley. Il ne sait pas que c'est une affaire réglée. Je n'ai aucune envie de m'approcher de nouveau de Tabitha, mais je veux être certaine d'avoir saisi tout ce qu'elle peut me transmettre.

— Tu es une fille bien, affirma-t-il, me prenant de court.

— Tu exagères, et beaucoup de gens se feraient un plaisir de te contredire.

Je m'efforçai de dissimuler ma joie. Je consultai ma montre et appuyai sur le bouton pour vérifier la date. Je sursautai.

— Mon Dieu ! Il est l'heure de téléphoner aux filles.

Tolliver lâcha un torrent d'insanités qui m'auraient fait rougir si je ne les avais pas déjà entendues cent fois. Cependant, pour une fois, il ne protesta pas : il exécrait cette corvée bihebdomadaire que nous nous infligions depuis des années.

Nous attendîmes d'être dans notre suite. Je notai avec satisfaction que les reporters avaient déserté les alentours de l'hôtel et que nous n'avions reçu aucun message (le premier jour, nous en avions eu plus d'une vingtaine, que nous avions jetés à la corbeille).

Une partie de pierre-feuille-ciseaux s'imposait afin de déterminer lequel d'entre nous aurait l'honneur et le privilège d'échanger quelques mots avec tante Iona. Comme toujours, je fis le mauvais choix, ce qui, au fond, était assez drôle. Si j'étais vraiment voyante, comme on me le reprochait souvent, j'aurais dû être capable de gagner un jeu aussi simpliste.

Iona est mariée avec Hank Gorham depuis douze ans. Ils sont très croyants et n'ont jamais pu avoir d'enfants. Quand l'enquête qui a suivi la disparition de Cameron a révélé les conditions dans lesquelles nos parents nous élevaient, ces derniers ont été condamnés à une peine de prison, et Iona a décidé de prendre sous son aile nos demi-sœurs, Gracie et Mariella. Je n'ai pas eu mon mot à dire puisque j'étais mineure à cette époque. Moi-même, j'ai atterri dans une famille d'accueil. Iona et Hank ne voulaient pas de moi et, au fond, c'était tant mieux. Après dix-sept ans passés auprès de ma mère, ils semblaient convaincus que ses défauts avaient déteint sur moi. J'ai achevé ma terminale dans le lycée où j'avais suivi toutes mes études secondaires dans une atmosphère plaisante en dépit de la situation. Pour la première fois depuis mon enfance, je vivais dans une maison propre, je mangeais à heures régulières et n'étais pas forcée de préparer moi-même mes repas. Personne ne me reluquait, personne ne se droguait, mes parents d'accueil étaient des gens simples, gentils et stricts. Ils s'occupaient de deux autres enfants, et nous nous entendions bien à condition d'y mettre un peu du sien.

Tolliver, qui avait alors 20 ans, s'était installé chez son frère, Mark. Il me rendait visite aussi souvent que possible.

— Allô !

Une voix masculine me ramena brusquement sur terre.

— Hank, bonjour, ici, Harper, dis-je d'un ton posé.

Pour discuter avec Iona et Hank, il faut adopter l'attitude de la Suisse. Neutralité, me répétai-je mentalement. Neutralité.

208

— Bonjour, répondit Hank sans un zeste d'enthousiasme. Où es-tu, Harper ?

— À Memphis.

— Tolliver est avec toi, je suppose ?

— Bien sûr ! m'exclamai-je. Ici, le temps est frais et humide. Et à Dallas ?

— On ne peut pas se plaindre.

— Tant mieux. J'aimerais parler à Mariella, si elle est dans les parages, et ensuite à Gracie.

— Iona est partie faire les courses. Je vais essayer de trouver les filles.

Quelle chance ! Je plaquai le combiné contre ma poitrine et chuchotai à Tolliver :

— La méchante sorcière n'est pas là.

Iona est intarissable quand il s'agit d'inventer des prétextes pour nous empêcher de parler avec les filles. Hank est moins habile… et moins irascible.

— Coucou !

Mariella avait 9 ans et avait eu beaucoup de problèmes. Je n'ai jamais prétendu qu'elle serait un ange si elle vivait avec nous car je la connaissais comme si je l'avais faite. Durant leur enfance, Mariella et Gracie avaient souffert du manque d'attention de nos parents. Ce n'était pas que ma mère et mon beau-père ne les aimaient pas, mais ils ne les aimaient pas assez pour arrêter leurs bêtises et élever leurs enfants de manière responsable. Nous, les aînés, avions au moins connu une période de calme et de sérénité. Nous avions reçu une éducation. Nous savions comment des parents dignes de ce nom devaient se comporter. Nous avions eu droit aux draps propres, aux vêtements neufs et aux dîners équilibrés.

— Mariella, c'est Harper, dis-je, sachant pertinemment que Hank l'avait prévenue. Que deviens-tu ?

— J'ai été sélectionnée pour l'équipe de basket.

— Génial !

J'étais enchantée : en général, Mariella me répondait par des grognements.

— Vous avez des matchs en prévision ?

— Le premier, c'est dans une semaine. Si vous étiez là, vous pourriez venir.

J'écarquillai les yeux, et Tolliver comprit que cette conversation ne se déroulait pas comme les autres.

— Ce serait avec plaisir. Nous allons vérifier notre agenda, mais nous serions très heureux de te regarder jouer. Gracie joue aussi ?

— Non, elle dit que c'est idiot et qu'on transpire comme des porcs. Elle dit que les garçons n'aiment pas les filles qui suent. Elle dit que tout le monde va me traiter de lesbienne.

En arrière-plan, j'entendis Hank pousser une exclamation.

— Gracie se trompe, m'empressai-je de la rassurer. C'est simplement qu'elle n'a pas envie de pratiquer ce sport.

— Elle est nulle ! Elle rate le panier à tous les coups. Au dernier entraînement, j'ai marqué deux points.

— Je suis certaine que Gracie a d'autres talents.

— Ha ! Enfin, *bref*...

— Avez-vous reçu vos photos de classe ?

— Ça ne devrait pas tarder.

— Vous nous en gardez deux, d'accord ? Une pour Tolliver et une pour moi.

— OK... Au fait ! Gracie s'est inscrite à la chorale.

— Pas possible ? Elle est près de toi ?

— Elle sort de la cuisine.

Je perçus un bruit de pas.

— Ouais ?

Chère Gracie ! Décidée à être désagréable coûte que coûte.

— Bonjour, Gracie ! Il paraît que tu fais partie de la chorale ?

— Ouais et alors ?

— Soprano ou alto ?

— Aucune idée. Je chante la mélodie.

— Soprano, sans doute. Nous pensons venir bientôt assister à un match de Mariella. Tu nous accompagnerais ?

— J'irai peut-être avec des copains.

Des copains qu'elle voyait chaque jour à l'école et avec lesquels elle discutait au téléphone toute la soirée, à en croire Iona.

— Les amis, c'est important, mais nous vous voyons si peu...

— D'accord, j'y réfléchirai. Basket à la noix ! Quand elle court sur le parquet, ses joues rebondissent. On dirait un hamster.

— Tu devrais l'encourager.

— En quel honneur ?

— Parce que tu as une sacrée chance d'avoir une sœur, m'emportai-je.

Au diable la diplomatie ! Je repris mon souffle.

— Parce que c'est ton devoir. Je te passe ton frère.

Je tendis le combiné à Tolliver.

— Gracie, j'ai hâte de t'entendre chanter.

Dans le mille. Gracie promit de se renseigner sur la date de leur premier récital afin que Tolliver et moi puissions nous y rendre. Puis, de toute évidence, elle lâcha l'appareil.

— Iona ! murmura aimablement Tolliver. Comment vas-tu ? Vraiment ? L'école a encore appelé ? Tu sais, Gracie n'est pas stupide, le problème est sûrement ailleurs. Ah ! Quand passe-t-elle les tests ? Tant mieux si c'est l'État qui paie, mais tu sais que nous...

Il se tut et l'écouta quelques instants, puis :

— Entendu, tiens-nous au courant des résultats.

Il raccrocha enfin.

— Quoi de neuf ?

— Plusieurs choses, marmonna-t-il, sourcils froncés. Tu te rends compte ? Je viens d'avoir une conversation presque normale avec Iona. L'institutrice craint que Gracie ne souffre de troubles déficitaires de l'attention, qu'elle soit donc hyperactive. Iona l'emmène cette semaine subir une batterie d'examens. Bien entendu, c'est l'État qui prend en charge les frais.

— Je ne connais rien à ce phénomène, répondis-je comme si je m'étais préparée à une telle éventualité. Il va falloir qu'on se renseigne sur Internet.

— D'après Iona, si le diagnostic est confirmé, Gracie devra suivre un traitement médical.

— Y a-t-il des effets secondaires ?

— Ils existent, mais Iona pense davantage aux conséquences bénéfiques. Apparemment, Gracie est insupportable à l'école, et Iona aimerait avoir la paix.

— Comme nous tous, mais les effets secondaires...

Nous occupâmes le reste de notre soirée à collecter des dizaines d'articles sur l'hyperactivité et les médicaments prescrits pour soigner cette maladie. Si cela vous paraît excessif ou bizarre, n'oubliez pas que Tolliver, Cameron et moi avions élevé ces gosses pratiquement depuis leur naissance. Si nous n'avions pas été là, Mariella et Gracie n'auraient pas mangé, personne n'aurait changé leurs couches, personne ne leur aurait lu des histoires le soir ou appris à compter. Au moment de l'enlèvement de Cameron, Mariella avait 3 ans et Gracie, 5. Nous avions pris l'initiative de les

212

inscrire au jardin d'enfants plusieurs matinées par semaine et avions mis notre mère devant le fait accompli. Nous les y déposions en allant à nos propres cours, et il ne restait plus à maman qu'à aller les chercher, ce qu'elle faisait quand nous lui laissions un mot à cet effet.

Et voilà que les souvenirs m'envahissaient malgré moi.

— Ça suffit ! décréta enfin Tolliver. Attendons les résultats, nous aviserons ensuite.

J'avais l'impression de me noyer. Je n'avais jamais imaginé que le processus d'apprentissage d'un enfant pouvait déraper à ce point.

— Que devenaient tous ceux qui étaient atteints de cette maladie avant qu'on ne l'identifie ?

— Je suppose qu'on les reléguait dans la catégorie « lent et difficile » et qu'on en restait là, dit Tolliver.

J'éprouvai un élan de tristesse envers tous ces gamins qui n'avaient pas pu évoluer normalement parce qu'on n'avait pas su comprendre leurs problèmes. D'un autre côté, nous venions de lire deux papiers sur la tendance qu'avaient les parents d'aujourd'hui à surmédicamenter leur progéniture, au point que certains enfants simplement dotés d'un caractère vif étaient gavés de remèdes dont ils n'avaient aucun besoin. Ça vous donnait la chair de poule. Aurais-je un jour le courage de mettre au monde un bébé ? J'en doutais. Il faudrait que je fasse totalement confiance à mon partenaire. Or, je ne faisais confiance qu'à Tolliver.

Tandis que cette pensée me traversait l'esprit, un événement incroyable se produisit. La Terre parut s'arrêter de tourner.

C'était comme si on venait d'appuyer sur un interrupteur géant dans mon cerveau. Tolliver se détournait pour gagner sa chambre et je quittais la chaise que j'avais rapprochée du bureau. Je contemplai le dos de Tolliver et, tout à coup, j'eus l'impression que tout basculait. J'ouvris la bouche pour m'exprimer, la refermai aussitôt. Je ne savais pas ce que je voulais lui dire. Je ne tenais pas vraiment à ce qu'il se retourne.

Il commença à pivoter, et je me ruai dans ma chambre. Je claquai la porte derrière moi et m'y adossai.

— Harper ? Tu as un souci ?

Son ton était empreint d'angoisse. Quant à moi, j'étais en état de panique.

— Non !

— Tu as une drôle de voix.

— Non ! N'entre pas !

— Bien, concéda-t-il sèchement avant de s'éloigner.

Je m'affaissai sur le sol.

J'étais paumée. Quelle idiote ! J'avais failli tout gâcher. Un mot, un acte de travers, et tout serait fini. Je serais humiliée jusqu'à la fin de mes jours et je n'aurais plus rien.

L'espace d'un instant, j'envisageai de me suicider afin d'en finir une bonne fois pour toutes, mais mon instinct de survie rejeta cette idée.

Il ne fallait pas qu'il le sache. Jamais. Je rampai jusqu'au lit, m'y hissai péniblement. Durant les minutes qui suivirent, je planifiai la semaine suivante de mon existence, atterrée par mon égocentrisme. Retenir Tolliver auprès de moi était monstrueux.

Toutefois, si je le chassais brusquement, il aurait des soupçons. Non, décidément, c'était impossible. Je devais me laisser le temps de réfléchir. D'ici là, il fallait à tout prix me maîtriser.

L'avenir me parut soudain sombre. Je me glissai tout habillée sous la couverture.

Je fixai le plafond strié d'un rayon lumineux, puis le clignotant rouge du détecteur d'incendie. Pendant des heures, je m'efforçai de reconstruire la carte de ma vie, mais je n'avais pas la moindre idée de la direction à emprunter.

15

Le lendemain matin, j'émergeai de ma chambre tel un zombie. Tolliver prenait son petit déjeuner et il s'empressa de me verser une tasse de café, sans un mot. Je m'approchai de la table d'un pas prudent et m'enfonçai dans mon siège avec soulagement, comme si je venais de franchir un champ de mines. Il leva les yeux de son journal, parut horrifié.

— Tu es souffrante ? Mon Dieu ! Tu as une mine de déterrée !

Son ton légèrement agressif me rassura. S'il avait eu un mot gentil, j'aurais craqué : je me serais précipitée dans ses bras et j'aurais inondé sa chemise de larmes.

— J'ai passé une mauvaise nuit, marmottai-je. Je n'ai pas dormi.

— Sans blague ! Ça se voit ! Tu ferais mieux de sortir ta trousse de maquillage.

— Merci de me remonter le moral, Tolliver.

— Ce n'est qu'un conseil. Je ne tiens pas à ce que le médecin légiste te prenne pour un cadavre.

— C'est bon, j'ai compris !

Curieusement, cet échange m'avait revigorée.

Tolliver poussa le journal vers moi. Apparemment, il avait décidé de ne pas revenir sur mon comportement de la soirée précédente.

— Pas grand-chose sur Tabitha aujourd'hui, commenta-t-il. L'affaire semble se tasser.

— Il était temps.

D'une main tremblante, je parvins à porter mon café à mes lèvres sans renverser une goutte. J'en bus une longue gorgée et reposai la tasse avec soin. Tolliver, qui avait gardé le cahier « Sports », était absorbé par la lecture d'un article sur le basket ; il ne fut donc pas témoin de ma maladresse. Je poussai un soupir. Rien de tel qu'une bonne dose de caféine pour vous réveiller ! Je pris un croissant dans le panier tout en sachant pertinemment que je le regretterais plus tard et le dévorai en quarante-cinq secondes.

— Excellent ! déclara Tolliver. Tu devrais te remplumer un peu.

— Que de compliments ce matin ! grognai-je.

J'allais de mieux en mieux. Soudain, je fus submergée par une vague d'optimisme encore moins explicable que ma déprime de la veille. Peut-être avais-je exagéré la gravité de la situation ? Nous étions comme avant. Rien n'avait changé entre nous.

J'engloutis un deuxième croissant – avec du beurre, celui-ci.

— Tu vas courir ? s'enquit aimablement Tolliver.

— Non.

— Ma foi, que d'excès ! Deux viennoiseries et l'impasse sur l'entraînement physique. Comment va ta jambe ?

— Très bien.

Il y eut un long silence.

— Je t'ai trouvée bizarre, hier soir.

— Ah ! J'étais préoccupée, répliquai-je en balayant l'espace d'un geste de la main pour indiquer l'étendue de mes réflexions.

— Tu m'as fait peur, tu sais.

— Désolée !

— Hmm...

Il me dévisagea, le regard songeur.

Le téléphone portable sonna alors qu'il reprenait sa lecture. Je voulus m'en saisir, mais comme par hasard, sa main fut plus rapide que la mienne. Je m'interrogeai sur la vivacité de sa réaction. Que de mystères entre nous, ces jours-ci !

— Tolliver Lang... Oui... Entendu... Pardon ? D'accord, dans trois quarts d'heure, promit-il avant de raccrocher.

Il me contempla d'un air à la fois dur et triste.

— Nous avons l'autorisation de la famille. Nous pouvons aller à la morgue.

Je me levai sans un mot et allai dans ma chambre me préparer.

Lorsque j'en ressortis, vingt minutes plus tard, je m'étais douchée et j'avais enfilé des vêtements propres, mais j'avais limité mes efforts à cela. Malgré la suggestion de Tolliver, j'avais renoncé à me maquiller et m'étais contentée de brosser mes cheveux. J'avais pris au hasard dans ma valise un pull blanc cassé, un jean et une paire de chaussettes. Par chance, je ne voyageais qu'avec des tenues qui se coordonnaient entre elles, sans quoi j'aurais pu avoir l'air de m'être habillée dans le noir.

Tolliver m'attendait dans le salon. Il m'étreignit affectueusement, et je m'abandonnai dans ses bras, heureuse de l'avoir auprès de moi. Puis je me rendis compte de ce que je faisais et je me raidis. Il eut un mouvement de recul.

— Qu'est-ce que j'ai fait ? Qu'est-ce que tu as ?

J'étais incapable de soutenir son regard.

— Rien... Allons-y.

Nous fîmes le trajet dans un silence pesant et atteignîmes la morgue alors que je n'avais pas eu le temps de me calmer et de me préparer mentalement. Les morts étaient si nombreux à l'intérieur que les vibrations gagnèrent rapidement en intensité. Quand je descendis de la voiture, j'eus une sorte de vertige. Nous étions entrés et nous avions bavardé avec diverses personnes, puis ce fut le trou noir. Tandis que nous longions un couloir interminable, le bourdonnement devint assourdissant. Une femme très corpulente nous ouvrait la voie, mais j'étais à peine consciente de l'environnement. Son énorme derrière tanguait devant moi, et sa longue chevelure noire se balançait d'un côté puis de l'autre. Sans aucune trace de maquillage, elle était fagotée comme une clocharde. À force, ce genre de boulot finit par vous ôter tout espoir...

Elle frappa à une porte semblable à toutes les autres. On dut lui répondre car elle la poussa, et nous pénétrâmes dans une salle de taille moyenne.

— Bonjour ! nous accueillit un jeune homme blond en blouse blanche.

Il se tenait adossé contre un mur, face à deux brancards. Tolliver eut un haut-le-cœur et se mit à tousser. Les corps avaient beau être recouverts d'épaisses bâches en plastique, l'odeur était pestilentielle.

— Tu peux nous laisser, si tu veux, lui dis-je.

Je savais qu'il resterait.

— Je suis Harper Connelly, et voici Tolliver Lang.

— Docteur Lyle Hatton.

Il était grand, dégingandé et il avait une façon fort désagréable de vous toiser derrière ses lunettes.

Je demeurai indifférente à son mépris : j'avais d'autres soucis.

Je voulus soulever la bâche pour effleurer le corps de Tabitha, mais il m'interrompit d'un glapissement.

— Mettez des gants !

Il m'agaçait. J'avais une mission à accomplir et j'étais assaillie d'ondes si violentes que j'avais peine à le comprendre. J'avais donc le choix entre la toucher à travers le plastique ou des gants en latex. Je n'avais jamais réfléchi à la question jusqu'ici, mais d'instinct, j'aurais préféré du coton.

Toutefois, je n'avais aucune alternative. Je posai ma main à l'endroit où aurait dû se trouver le cœur. Bien sûr, après dix-huit mois sous la terre, le cadavre s'était décomposé. Je plongeai immédiatement dans les derniers instants de Tabitha : ... viens de me réveiller... ai fait une sieste. Je vois un coussin bleu qui descend sur moi. Je me sens... trahie, incrédule, horrifiée. NON ! NON ! NON ! Sauve-moi, maman, sauve-moi, maman !

— Sauve-moi, chuchotai-je. Sauve-moi.

Je m'étais écartée. Tolliver me tenait contre lui. Mon visage était ruisselant de larmes.

Je m'abandonnai à son étreinte. Une erreur de ma part, sûrement, mais j'avais tant besoin de lui ! Je me tournai vers le médecin.

— Avez-vous récupéré tous les indices ?

— J'ai assisté à l'autopsie.

— A-t-on prélevé des fils dans son nez et dans sa bouche ? Des fibres de couleur bleue.

— Oui, avoua-t-il après une pause non négligeable. En effet.

— On l'a étouffée, mais elle s'est battue jusqu'au bout.

Le docteur Hatton eut un brusque mouvement de la main, comme s'il s'apprêtait à me montrer quelque chose. Puis il se figea.

— Quelle sorte de femme êtes-vous ?

— Juste une femme qui a été frappée par la foudre. Je ne suis pas née ainsi.

— Quand on est foudroyé, soit on meurt sur le coup, soit on s'en remet complètement, argua-t-il, courroucé.

— Ce que vous dites prouve que vous n'avez jamais eu affaire à une personne vivante qui a connu cette expérience. Subissez un choc électrique de plusieurs milliers de volts et venez me voir dans quelques mois, vous me raconterez votre calvaire.

— Si vous aviez été atteinte directement, vous ne seriez plus de ce monde. La décharge d'énergie…

Je n'en revenais pas : comment ce type osait-il me faire la morale alors que le corps de Tabitha gisait entre nous ?

— Peu importe, conclus-je.

Je me redressai, et Tolliver me libéra. Puis je m'approchai du second brancard. Je plaçai ma main au-dessus du corps, fermai les yeux, les rouvris et pivotai vers le docteur Hatton.

— Ce n'est pas Clyde Nunley. C'est un individu qui a été poignardé.

Le docteur Hatton me fixa comme s'il avait vu un spectre.

— Vous avez raison… Vous avez raison… Seigneur ! Très bien… Je vous emmène jusqu'au docteur Nunley.

Tolliver était furieux et moi aussi, mais j'étais décidée à aller jusqu'au bout, vaille que vaille. Nous le suivîmes jusqu'à une vaste chambre froide, remplie de

222

dépouilles. Je fus frappée par une impression de désordre : les brancards n'étaient pas alignés ; ici et là dépassait une main ou un pied. L'odeur de la mort était prégnante, les vibrations, à la limite du supportable. Tous ces cadavres m'attendaient, de la vieille dame assassinée à son domicile au bébé emporté par le syndrome du nouveau-né. Cependant, je n'étais là que pour l'un d'entre eux, et cette fois, Lyle Hatton me conduisit jusqu'à lui. La tête me tournait, et je mis plus d'une minute à me concentrer sur Clyde Nunley. Puis je revis la même séquence que précédemment : la surprise, le coup, la chute dans la fosse. D'un mouvement de la tête, j'indiquai au médecin que j'en avais terminé et m'éloignai en titubant.

— Tu peux marcher ? me demanda tout bas Tolliver.

— Oui.

— Attendez !

Je me tournai lentement vers Lyle Hatton. Le néon au plafond se reflétait dans les verres de ses lunettes.

— Puisque vous êtes là, puis-je vous demander encore une chose ? Vous aviez raison au sujet des fibres bleues. Comme vous avez su tout de suite que je vous présentais quelqu'un d'autre que Clyde Nunley, avec un peu de chance, vous pourriez...

Ils essayaient tous d'obtenir un service en prime.

— Que voulez-vous ? l'interrompis-je sèchement.

— Il s'agit d'une femme... Je n'arrive pas à déterminer la cause de son décès. Elle vivait chez elle avec son fils et sa belle-fille. Elle souffrait de maux d'estomac. J'ai rencontré le couple et j'ai tout de suite eu des soupçons. Qu'en pensez-vous ?

Hatton était un crétin, mais j'aimais venir en aide aux morts quand je le pouvais.

— Les analyses toxicologiques n'ont rien révélé d'anormal, pas plus que l'autopsie, insista-t-il. Les derniers temps, elle a perdu beaucoup de poids et enduré divers symptômes – diarrhées, nausées, etc., mais elle détestait aller chez le médecin, et lorsqu'elle s'est enfin présentée à l'hôpital, il était trop tard.

— Celle-ci ?

J'apercevais une main très pâle. Paupières closes, je l'effleurai d'un doigt sans que Hatton ne s'insurge.

— Ne me poussez pas à bout, grommelai-je, épuisée. Cette femme est morte d'une insuffisance médullaire.

Le docteur Hatton me dévisagea comme si j'étais un monstre à deux têtes. Il vérifia l'étiquette.

— Navré, s'excusa-t-il avec sincérité. Je croyais vraiment que c'était elle. La voilà…

J'expirai profondément et étrécis les yeux. Un gémissement m'échappa. S'il se fichait de moi, je pouvais en faire autant.

— Cleona Chatsworth, parlez-moi !

Du coin de l'œil, je vis Tolliver baisser le nez pour dissimuler un sourire. Le docteur Hatton était de plus en plus blême, au point de ressembler à ses patients. Il lâcha un cri. J'avais identifié la victime. Une chance pour moi, Cleona Chatsworth avait très envie que l'on sache ce qui lui était arrivé.

— Elle a été empoisonnée, chuchotai-je en dessinant des cercles au-dessus du cadavre.

Je crus que Hatton allait tomber dans les pommes.

— Qu'est-ce que je dois chercher ?

— On a mis du sélénium dans la vinaigrette de sa salade.

Lyle Hatton me fixa sans me voir.

— Partons, à présent, dis-je à Tolliver, qui avait crispé les poings.

224

Nous quittâmes la salle et remontâmes le couloir. La jeune femme qui nous avait accompagnés à l'aller nous avait attendus tout au bout et nous escorta en silence jusqu'à la sortie. Une fois dehors, j'aspirai une grande bouffée d'air frais. Nous restâmes plantés sur le trottoir à contempler la circulation pendant cinq longues minutes.

— Ce n'est pas Diane qui a tué Tabitha, déclarai-je quand j'eus recouvré mes esprits. Tabitha appelait sa maman au secours.

— Tant mieux. Un suspect de moins.

— Ne te moque pas de moi ! protestai-je. C'est un début.

— Bien sûr ! Et je ne me moque pas de toi.

Il m'agrippa le bras et me fit pivoter vers lui.

— Je ne sais pas comment tu parviens à tenir le coup. Tu ne peux pas savoir à quel point je t'admire.

Ce n'était vraiment pas le moment. Je me détournai.

— J'espère toujours qu'ils vont nommer l'assassin, expliquai-je en me dirigeant vers le parking où nous avions garé notre voiture. En général, j'accepte plus ou moins le fait que certaines personnes en tuent d'autres. C'est inévitable en ce bas monde, sans doute, mais là, je suis très, très en colère.

— Ce n'est pas la première fois qu'on te confie un enfant.

— Non, mais c'est différent. Je ne sais pas pourquoi. Peut-être est-ce parce que la famille est en attente d'une réponse ? Parce qu'ils se disent que c'est forcément l'un d'entre eux ?

— Cela te ronge, et c'est mauvais pour ta santé.

— Malheureusement, je n'y peux rien. Je suis incapable de dire qui l'a assassinée. Et nous sommes condamnés à rester ici encore un moment.

225

— Tu as envie de t'en aller ?

J'étais en train d'attacher ma ceinture.

— Que veux-tu dire ?

— En général, une fois ton contrat rempli, tu es pressée de quitter la ville. Pourtant, tu n'as pas évoqué cette possibilité depuis deux jours. Est-ce parce que tu préfères prolonger ton séjour à Memphis ? Qu'est-ce qui t'attire ici ? Manfred Bernardo ? Ou Joel Morgenstern ? Ou encore Seth Koenig ?

Il tourna la clé de contact d'un geste brutal, le regard rivé sur le tableau de bord.

— Hein ?

Il m'aurait parlé en suédois, c'eût été du pareil au même.

Puis, tandis que je digérai le sous-entendu, je ris aux éclats. Quelle ironie ! Par le passé, sa question aurait pu se justifier. J'aurais pu rêver de Manfred, entretenir des rêves secrets sur Seth Koenig ou Joel Morgenstern, avec son physique d'athlète… Oooh, oui ! plaque-moi au sol, Joel ! Le hic, c'est qu'être plaquée au sol ne fait pas partie de mes fantasmes.

Quant à Manfred, je le considérais trop jeune pour moi.

— Tolliver, quand je t'ai dit que Joel ne m'intéressait pas, c'était la vérité. D'autant qu'il semble heureux avec son épouse et que je n'ai rien d'une briseuse de mariages. En ce qui concerne Manfred, voyons… je ne peux m'empêcher de me demander ce qu'il dissimule sous tout ce cuir.

Tolliver me gratifia d'une expression de stupéfaction, constata que je souriais, s'empourpra.

— D'accord, d'accord. Pardon. À vrai dire, je suis préoccupé par ma propre situation.

— Quoi ? Que se passe-t-il ?

— Felicia me bombarde de coups de fil.

Nous étions arrêtés à un feu rouge, et il me dévisagea.

— Hier, elle s'est comportée comme si elle ne t'avait jamais vu de sa vie.

— Exact. Elle m'a appelé au moins quatre fois depuis que nous avons quitté l'hôtel.

— Tu es sûr que cela t'ennuie ?

J'y allais à tâtons parce que je ne savais pas du tout où il voulait en venir.

— Absolument. Tu m'as confié que tu avais parfois l'impression que les hommes s'intéressaient à toi sous le seul prétexte que tu... n'es pas comme les autres ?

— Oui.

— C'est à peu près ce que je ressens.

Le feu passa au vert, et il se concentra de nouveau sur la route.

— Nous n'avions pas grand-chose en commun. Elle ne se montrait pas particulièrement affectueuse à mon égard. Je n'avais pas l'impression qu'elle avait envie d'apprendre à me connaître. J'ignore pourquoi, depuis peu, elle cherche à tout prix à renouer. Pourtant, le jour où l'on se retrouve face à face, elle feint l'indifférence totale. Puis elle me harcèle au téléphone.

— Tu as couché avec elle. Elle a peut-être pris son pied ?

J'avais du mal à contenir mon émotion. Nous abordions rarement ce genre de sujet. C'était inconvenant.

— En toute franchise, c'était moyen. Ce n'était qu'une histoire de... de sexe, ajouta-t-il en haussant les épaules, honteux de manquer de galanterie envers une de ses maîtresses. Felicia est une femme belle et intense. Un peu trop intense à mon goût. Elle n'aime pas beaucoup discuter.

— Elle s'est servie de toi.

— Parfaitement. Du coup, je crois savoir ce qu'une femme ressent dans ce genre de situation. Felicia n'a pas donné de ses nouvelles pendant des mois et des mois et, maintenant, elle me poursuit.

Peut-être s'était-elle rappelé leurs ébats en le revoyant ? Peut-être était-elle en manque de sexe, en quête d'un partenaire qui n'exigerait rien de plus ?

— Quelles sont tes intentions ?

— Au début, j'ai pensé « pourquoi pas ? ». Après tout...

— Ce n'est qu'une affaire de sexe, complétai-je d'un ton indulgent.

— Cependant, quelque chose me gêne chez elle. Je peux faire l'amour avec une femme et y prendre plaisir sans nécessairement donner suite à la relation, mais il faut au moins que l'on s'apprécie l'un l'autre.

— Ce n'est pas le cas ?

J'étais mal à l'aise. Jamais Tolliver ne s'était ainsi exprimé, et cela m'inquiétait un peu.

— Je n'en sais rien. Aujourd'hui, elle me rebute.

— Parce qu'elle rampe à tes pieds ?

— Non, non. Enfin, si, c'est flatteur, mais... Je ne suis pas de ces hommes qui s'intéressent à une femme qui joue les saintes-nitouches. Et je ne traiterai jamais une femme de pute sous prétexte qu'elle avoue avoir envie de baiser. Felicia est si... si... Je n'arrive pas à la cerner, conclut-il enfin. C'est comme lorsqu'on nage pour la première fois dans la mer alors qu'on est habitué à une piscine.

Quelle métaphore ! Je le contemplai avec un mélange d'enthousiasme et de surprise. Lui-même paraissait étonné. Ne sachant que répondre, je me réfugiai dans l'humour.

228

— C'est ta faute, Tolliver. Tu dégages un tel charisme ! Elles ne peuvent pas vivre sans toi.

Il leva les yeux au ciel.

— Tais-toi !

La conversation s'étiola, mais je la gardai en mémoire et y repensai un peu plus tard pendant qu'il regardait un match de basket à la télévision. Au bout d'un certain temps, je décidai de lire. Je me plongeai dans un policier de Margery Allingham qui se déroulait dans l'Angleterre d'autrefois.

Quand le téléphone de la chambre sonna, je posai mon livre d'un geste brusque. J'étais à côté de l'appareil, et je décrochai.

— Nous pouvons monter ? s'enquit une voix masculine.

— Qui êtes-vous ?

— Euh... Excusez-moi. C'est... Victor. Victor Morgenstern.

Je fronçai les sourcils.

— Qui, « nous » ?

— Mon ami Barney et moi.

Je couvris le combiné et sollicitai l'avis de Tolliver.

— Incroyable ! J'éprouve le besoin de lui parler, et voilà qu'il se présente de lui-même.

Tolliver n'était pas enchanté. Il semblait même plutôt excédé.

— Bon, d'accord, soupira-t-il. Je pensais plutôt sortir pour le déjeuner. Voyons ce qu'il nous veut. Tu crois qu'il cherche à se mettre en valeur devant son copain ?

Je haussai les épaules et donnai à Victor le numéro de notre suite. Quelques instants plus tard, on frappa timidement à notre porte.

Tolliver leur ouvrit, l'air renfrogné. Il n'était pas vraiment fâché, juste agacé de devoir interrompre son match, mais c'était un garçon imposant, et quand il était irrité, il avait tendance à faire peur. Si les deux adolescents avaient été des chiens, leur poil se serait hérissé. Comme la plupart des jeunes de leur âge, un mélange d'anxiété et d'agressivité émanait de leurs personnes.

Le tee-shirt moulant de Victor mettait en valeur une musculature puissante. Il n'avait pas le magnétisme de son père, mais de grands yeux bleus qui faisaient leur effet. Barney était blond, plus grand et plus élancé. Tous deux arboraient la tenue de rigueur : blouson au logo de leur lycée, jean et baskets Puma.

— Alors… euh… vous allez bien ? bredouilla Victor. Je vous présente Barney.

— Je vais très bien, merci, répliquai-je. Barney, je suis Harper Connelly. Mon frère, Tolliver Lang.

— Salut !

Il nous examina furtivement puis fixa ses chaussures. Victor et lui se serrèrent sur le canapé tandis que Tolliver et moi nous enfoncions dans les fauteuils.

— Je peux vous offrir un rafraîchissement ? proposai-je poliment.

— Non, merci. On vient de boire un soda dans la voiture, dit Victor.

Il y eut un silence.

— Écoutez, mon vieux, c'est à votre sœur que je veux parler, annonça enfin Victor, l'expression grave.

Je dus me retenir pour ne pas sourire.

— Je t'en prie. Veux-tu que je passe dans la pièce à côté ?

— Non, non…

Victor consulta Barney du regard, et celui-ci secoua la tête.

— Vous pouvez rester… Vous êtes venus à Nashville, vous savez à quel point c'était pénible, enchaîna-t-il en

230

se tournant vers moi. Je veux dire... c'était franchement insupportable.

J'opinai.

— Ma mère – ma belle-mère – a pété les plombs.

— Comment cela ?

Je me penchai en avant et concentrai toute mon
attention sur lui. Barney prit la main de Victor, ce qui
ne me surprit pas outre mesure. Victor eut un sursaut
non pas parce que ce geste l'étonnait, mais parce que
Barney osait le faire devant nous.

— Elle... elle a pris des comprimés. Elle était à bout
de nerfs. Felicia devait constamment venir de
Memphis pour s'assurer que tout allait bien.

— Une rude épreuve pour toi, commentai-je d'un
ton que j'espérais doux et encourageant.

— Oui, avoua-t-il. Mes notes étaient de plus en plus
mauvaises. Ma sœur me manquait terriblement. Mon
père s'obligeait à aller au bureau tous les matins.
Quand ma mère se levait, elle essayait de faire le
ménage ou la cuisine, ou alors elle allait déjeuner avec
ses amies, mais elle pleurait du matin au soir.

— La perte d'un être cher provoque toutes sortes de
bouleversements, murmurai-je.

Je n'avais aucune idée d'où il voulait en venir, mais
j'étais de plus en plus curieuse.

— Oui. On a eu notre lot de problèmes... Vous savez,
ce matin-là ? Le matin où elle a... disparu.

— Mmm...

— Mon père était dans le quartier. J'ai repéré sa voiture à quelques pâtés de maisons de chez nous.

Je ne me redressai pas en m'écriant : « Oh, mon
Dieu ! », mais je dus fournir un effort surhumain pour
conserver une attitude décontractée.

— Ah bon ?

— Oui, parce que… enfin voilà… je suis bien allé à ma leçon de tennis, mais après ça, l'ami que j'avais à Nashville – ce n'était pas aussi sérieux qu'avec Barney, mais je… euh… j'avais un ami. On s'était donné rendez-vous. Ensuite, j'ai voulu prendre une douche, alors j'ai décidé de rentrer, mais quand je suis passé devant le pavillon, j'ai aperçu la voiture de mon père au feu rouge un peu plus loin. J'ai eu peur qu'il me remarque… Les parents, vous comprenez, soupira-t-il en haussant les épaules. Bref, je suis reparti au club taper des balles et j'ai croisé des copains. Les courts ne sont qu'à dix minutes de trajet, j'ai même pu me garer sur l'emplacement que j'avais laissé un peu plus tôt. Donc, j'ai déclaré à la police que je n'avais jamais quitté les lieux.

Tolliver était aussi ahuri que moi.

— Bien entendu, je ne pouvais rien dire.

— Je comprends, compatit Tolliver.

— Oui, de fil en aiguille, j'aurais été forcé de tout leur raconter. À mon sujet.

Car, évidemment, l'univers tournait autour de Victor.

— Ils ne sont pas au courant.

— Certainement pas !

Lui et Barney levèrent les yeux au ciel.

— Mes parents sauteraient au plafond.

— Ma mère est très cool, ça m'épate, intervint Barney.

Tiens ! Il a une voix, celui-là ?

— Tu es certain que c'était le véhicule de ton père ? s'enquit Tolliver. Sans l'ombre d'un doute ?

— Oui… Forcément, mon vieux. Je connais la bagnole de mon paternel.

232

C'était bien la première fois qu'on se permettait d'appeler Tolliver « mon vieux », et en dépit des circonstances, j'en fus amusée.

— Quelle marque ? voulus-je savoir.

— Une Lexus hybride. Couleur perle à l'extérieur, intérieur en cuir ivoire. Il a consulté le site Internet pendant au moins une semaine avant de la commander.

D'accord, difficile de la confondre avec une autre.

— Et tu n'as jamais évoqué cet incident avec lui, devinai-je, incrédule. Tu es en train de nous dire que ton père aurait parfaitement pu enlever ta sœur, que tu en es conscient depuis le début et que tu n'en as jamais discuté avec personne.

Victor devint écarlate. Barney me dévisagea sans cacher son hostilité.

Comme ni l'un ni l'autre ne réagissait, je poursuivis :

— En somme, l'alibi de ton père était faux, et d'après toi, c'est probablement lui qui a kidnappé ta demi-sœur, sa fille, et qui l'a tuée.

Il leva la tête, remua la bouche. Il était si jeune, si vulnérable qu'un sentiment de pitié me submergea, mais je ne pouvais pas en rester là.

— Lâchez-lui les baskets, grogna Barney en crispant les poings. Victor vit un enfer. Il sait que son père en aurait été incapable, mais il a vu la voiture, et ça, il ne peut pas l'oublier. Vous n'imaginez pas ce qu'il ressent.

Barney avait tort. Je l'imaginais parfaitement.

— Victor, qu'est-ce qui t'a poussé à venir nous en informer aujourd'hui ? Tu cherchais à nous saper le moral, à nous aussi ?

Il ne pouvait guère rougir davantage, et il fallait bien qu'il nous explique pourquoi il avait pris cette initiative après plus d'un an de silence.

— Je… J'ai pensé que vous sauriez identifier l'assassin. J'ai cru que vous pourriez le voir. Je n'avais personne à qui me confier. Je vous le répète, une chose en aurait entraîné une autre, et j'aurais été obligé d'admettre que j'avais menti. Je… j'avais la trouille.

— Comment as-tu réussi à vivre auprès de lui pendant tout ce temps ? m'exclamai-je, intriguée.

— C'est sa voiture que j'ai vue, pas lui. Je n'ai pas pu distinguer son visage, je ne lui ai pas adressé la parole, j'ai juste vu la Lexus. Il n'est pas le seul à en posséder une. Mon grand-père, par exemple… et plusieurs de nos voisins en avaient. Nous vivions dans une banlieue plutôt haut de gamme.

— Cependant, tu es convaincu que c'était celle de ton père.

— Uniquement parce qu'elle se trouvait à cet endroit… tout près de chez nous. Sur le moment, je me suis dit : « C'est papa. » Parce que évidemment grand-père était à Memphis et nous, à Nashville.

Tolliver se cala dans son siège et me regarda avec perplexité. Comment devions-nous réagir ? Le discours de ce garçon manquait de clarté.

Cependant, Victor semblait mieux maintenant qu'il s'était déchargé d'un poids insoutenable. Il était prêt à s'en aller, son petit ami sur les talons. J'en éprouvai un élan de colère, mais me contins. Ce n'était pas à moi de le sermonner parce qu'il avait tu ce secret pendant tout ce temps.

On frappa à la porte, et je tressaillis. Les deux adolescents se figèrent, visiblement inquiets. Je compris que personne de la famille ne savait où était Victor. Décidément, notre suite devenait un refuge pour tous les individus ayant un lien, si mince fût-il, avec la disparition de Tabitha Morgenstern.

234

Tolliver colla son œil sur le judas, une précaution qu'il ne prenait pas systématiquement.

— C'est David.

Victor et Barney s'écartèrent vivement l'un de l'autre, soudain métamorphosés en gamins pris en flagrant délit après avoir fait une bêtise.

— Je le laisse entrer ?

— Pourquoi pas ? lançai-je.

David pénétra dans la suite, observa la pièce d'un regard soupçonneux. Quand il aperçut son neveu, il s'assombrit.

— Qu'est-ce que tu fiches ici ? s'indigna-t-il.

— Bonjour, David. Heureuse de vous revoir, intervins-je.

David Morgenstern me dévisagea enfin et devint cramoisi de rage.

— Espèce de salope !

Tolliver se rua sur lui.

16

Le coup n'était pas prémédité. Tolliver prit son élan et frappa David Morgenstern en plein estomac, de toutes ses forces. Tandis que David s'affaissait sur la moquette, le souffle coupé, en se tenant le ventre, Tolliver alla fermer la porte pour éviter que quelqu'un dans le couloir puisse observer la scène. Barney était effaré. Quant à Victor, il semblait la proie de toutes sortes d'émotions : la stupéfaction, l'envie et, surtout, la colère.

Tolliver se frotta la main en esquissant un sourire. Il se plaça légèrement à l'écart pour me signifier qu'il n'avait pas l'intention de recommencer.

— Vous êtes ici pour une raison spécifique, monsieur Morgenstern, ou pour nous traiter de noms d'oiseaux ? demandai-je.

Victor s'accroupit près de David et tenta de l'aider à se relever.

— Je vous ai vue discuter avec Victor hier, expliqua-t-il lorsqu'il eut recouvré l'usage de la parole. Puis, quand Victor est venu ici…

— Tu m'as suivi ? s'écria Victor, abasourdi. Putain ! Je n'en reviens pas !

237

— Attention à ton vocabulaire, siffla celui qui venait de me qualifier de salope.

— Alors, quoi ? Vous avez décidé que j'avais des vues sexuelles sur Victor ? ripostai-je avec une dignité dont je me félicitai intérieurement.

— Je voulais juste m'assurer que tout allait bien, protesta David. Joel et Diane sont tellement absorbés par la situation actuelle… Felicia est à son travail, mes parents sont chez eux… Ma mère n'est pas en forme… Je… je me devais de surveiller Victor. Je ne tiens pas à ce qu'il fréquente des gens comme vous.

— Et vous avez pensé le protéger en m'insultant ! glapis-je.

Tolliver s'était approché de moi, et j'eus envie de baiser la main qui avait frappé David.

— Je… j'ai pensé…

Il devint rouge pivoine, et je priai pour qu'il ne fasse pas un malaise sur place. Il se racla la gorge, se pencha pour se raccrocher au dos d'un fauteuil.

— J'ai cru que les garçons étaient montés ici pour…

Je n'avais aucune intention de me porter à sa rescousse. En silence, nous patientâmes, le temps qu'il achève sa phrase. Barney et Victor échangèrent un regard de désespoir. Ah, ces adultes !

— J'ai cru qu'ils vous rendaient visite parce qu'ils vous trouvent… cool, bredouilla-t-il lamentablement.

— Nous *sommes* cool. N'est-ce pas, Tolliver ?

— Bien sûr ! assura-t-il en me tapotant le bras.

David avait suffisamment récupéré pour contourner le siège et s'y asseoir – sans y être invité.

— Peut-être pourriez-vous nous expliquer pourquoi vous pensiez pouvoir nous injurier en toute impunité ? murmurai-je d'un ton mielleux.

238

— Je suis désolé. Remarquez, je ne sais pas ce qui a pris votre frère de me cogner.

— Il n'est pas mon frère, mais mon meilleur ami, répliquai-je, à ma propre surprise. Et il déteste que l'on m'insulte. Comment réagiriez-vous, si un individu traitait Diane de salope ?

— À l'époque de l'enlèvement de Tabitha, elle a été inondée de coups de téléphone anonymes. C'était odieux. Surtout quand la presse a révélé sa dispute avec Tabitha le matin du drame. Vous n'imaginez pas combien les gens peuvent être cruels et mesquins.

— Oh, si !

David mit une minute à comprendre. Il rougit de nouveau.

— Je me sens ridicule. J'ai commis une erreur de jugement. Je vois bien que Victor va bien, en compagnie de son meilleur ami. Je me suis comporté comme un goujat… Salut, Barney ! enchaîna-t-il dans une tentative pathétique de récupérer un semblant d'autorité. Tout baigne ?

Barney parut horriblement gêné.

— Oui, merci, monsieur Morgenstern. Et vous ? s'enquit-il machinalement.

— J'ai connu des jours meilleurs, admit David. Victor, je te propose de filer d'ici avec Barney. J'aimerais discuter avec Mlle Connelly et M. Lang.

— Entendu, si tu es sûr que… Tu viens, Barney ? Les adultes veulent rester entre eux.

Ils sortirent, et la porte claqua derrière eux. Vu le nombre d'allées et venues dans cette suite, nous aurions mieux fait de la laisser ouverte.

Tolliver et moi nous installâmes sur le canapé.

— Diane m'a dit que vous allez recevoir une récompense pour avoir retrouvé le corps de Tabitha, dit enfin David.

Nous demeurâmes muets.

— Vous pourriez dire quelque chose, non ? s'énerva-t-il.

— Que voulez-vous que l'on vous dise ? rétorquai-je.

— Vous soutirez de l'argent à mon frère et à sa femme. Une somme dont ils ont grand besoin.

— Moi aussi, j'en ai besoin, arguai-je. Et ce fric, je l'ai gagné. D'ailleurs, je parie que la totalité de la somme n'est pas uniquement le fait de la générosité de Joel et de Diane.

— Ma foi... il y a eu des dons. Fred a participé, nos parents aussi, bien sûr.

Je sautai sur l'occasion pour réorienter la conversation.

— Votre père était-il très proche de Tabitha ?

— Oui, murmura-t-il, le regard plein de nostalgie. Mon père est un type formidable. Quand lui et maman rendaient visite à Joel et Diane à Nashville, papa emmenait Tabitha à ses cours d'équitation. Il assistait à tous ses matchs de base-ball.

— Votre mère les accompagnait ?

— Non. Vous avez dû vous en apercevoir hier : la maladie de Parkinson la ronge. En général, elle se contentait de rester chez Diane. Elle l'adore. Bien sûr, elle aimait aussi beaucoup Whitney.

— Votre père possède-t-il une Lexus comme celle de Joel ?

— Pourquoi toutes ces questions ?

J'étais sidérée qu'il n'ait pas manifesté sa surprise plus tôt. Peut-être David était-il seul au sein de sa propre famille ? En le dévisageant, je me demandai tout à coup si c'était à cause de David que Felicia continuait à

240

côtoyer ce clan auquel plus grand-chose ne la reliait. Tolliver m'observait avec une expression indéchiffrable.

— Que faites-vous dans la vie, David ? demanda-t-il.

Difficile d'imaginer qu'à peine dix minutes auparavant il l'avait frappé d'un coup dans l'estomac.

— Je travaille au service publicité de Commercial Appeal.

Je ne savais pas en quoi pouvait consister son emploi, mais j'étais à peu près sûre qu'il gagnait beaucoup moins d'argent que son frère Joel, cadre dans une grande entreprise. Joel, qui avait eu non pas une, mais deux femmes ; toutes deux jolies à en juger par les photos que j'avais vues la veille. Et David ? Était-il grignoté par l'envie ? Rongé par la jalousie ?

— Prenez-vous souvent le volant de la voiture de votre père, David ?

— La Buick ? En quel honneur ?

— Vous venez de dire qu'il avait une Lexus.

— Pas du tout. Vous m'avez demandé si c'était le cas, et j'ai voulu savoir pourquoi vous m'infligiez un tel interrogatoire.

Je me rappelai alors que Tolliver m'avait rapporté avoir discuté voitures neuves avec Fred. J'avais mal compris. Victor avait déclaré que son grand-père conduisait une Lexus, mais il n'avait pas précisé quel grand-père. Je m'étais appuyée sur des présomptions, et voilà le résultat. Il faut toujours se méfier des supputations.

David s'agita.

— Qu'est-ce que vous avez à me regarder comme ça ? J'ai commis une erreur en venant ici et je vous prie de m'en excuser. Je m'en vais à présent.

— Est-il vrai que vous suiviez Victor ?

— Il faut bien que quelqu'un s'occupe de ce garçon.

Une fois de plus, il éludait la question – une spécialité chez lui, apparemment.

— J'ai l'impression qu'au contraire *tout le monde* veille sur Victor. Felicia, vous... ses deux grands-pères.

— Felicia parle sans arrêt de Victor, grogna David avec une pointe d'amertume, mais si vous voulez mon avis, elle se sert de lui pour se rapprocher de Joel... et de Diane, conclut-il précipitamment dans l'espoir de masquer le sous-entendu.

Le lapsus était intéressant, mais je poursuivis sur ma lancée :

— Est-ce parce qu'il y a des raisons de penser que Victor est impliqué dans la disparition de sa sœur ?

Pendant que Victor nous exposait ostensiblement ses craintes les plus profondes, je m'étais demandé si c'était un numéro destiné à dissimuler sa culpabilité.

— Nous nous sommes posé la question... J'en ai touché deux mots à Joel... Victor est si secret. Il s'évanouit dans la nature et refuse ensuite de nous dire où il était passé... Il traîne constamment avec son copain Barney dont les parents ne sont pas... Ils sont chrétiens. Il s'enferme à clé dans sa chambre. Nous avons craint un moment que tous deux ne se droguent, mais les notes de Victor sont excellentes. Il appartient à l'équipe de lutte, il est athlétique, mais...

— Vous sentez quelque chose de différent, de mystérieux chez lui.

David acquiesça.

— Savez-vous ce que c'est ? Après tout, il a décidé de venir vous voir. Si ce n'était pas pour le sexe...

— Je ne couche jamais avec les adolescents, tranchai-je.

— Quel était le but de sa visite ?

— C'est à Victor de vous l'expliquer.

242

S'il soupçonnait depuis bientôt dix-huit mois son père d'être le responsable de la disparition de Tabitha, Victor était un modèle d'équilibre mental. Il avait paru si soulagé de se débarrasser de ce poids et de pouvoir évoquer son orientation sexuelle. Victor avait besoin d'une thérapie. Je me permis de le dire à David sans entrer dans les détails.

— Il a vu un psy quelque temps, répondit-il, mais Fred est de la vieille école. Il prétendait que Victor devait prendre sur lui et avancer. Il a dû finir par convaincre Joel et Diane, car une fois installés à Memphis, ils ont tout laissé tomber. Soit dit en passant, depuis qu'il est ici, Victor va beaucoup mieux.

— En somme, Fred ne voulait pas qu'il se confie à une tierce personne.

— Pas à un thérapeute, en tout cas. Je vous le répète, Fred est un conservateur : les problèmes, on les garde pour soi, et ils finissent par s'estomper.

J'en avais assez. J'en avais par-dessus la tête des membres de la famille Morgenstern. Je regrettais d'avoir découvert Tabitha, mais je ne pouvais m'empêcher de penser que l'on m'avait attirée jusqu'à cette tombe. On m'avait manipulée.

— Au revoir, David, déclara soudain Tolliver.

David se leva précipitamment.

— Une fois de plus…

— Oui, je sais, vous êtes désolé, interrompis-je.

J'étais éreintée, j'avais l'impression que la chair allait se détacher de mes os. Ce n'était pourtant pas l'heure de se coucher, mais ma faiblesse devait venir du fait que je n'avais rien avalé depuis le petit déjeuner.

David s'éclipsa enfin, et Tolliver se jeta sur le téléphone pour nous commander un repas.

Nous mangeâmes en silence, chacun perdu dans ses réflexions.

Je me remémorai tout ce que je savais.

Tabitha Morgenstern. 11 ans. Fillette bien-aimée de parents juifs issus d'un milieu aisé. Enlevée à Nashville, retrouvée enterrée dans un vieux cimetière chrétien de Memphis. À en croire les journaux, les casiers judiciaires des parents étaient vierges. Celui de son demi-frère aussi, et ce dernier pensait avoir aperçu la voiture de son père tout près de la maison le jour où Tabitha avait disparu.

Tabitha avait des grands-parents à Memphis, mais ils se rendaient souvent à Nashville. M. et Mme Morgenstern senior semblaient l'adorer. Ben l'emmenait à ses cours d'équitation et à ses matchs de base-ball. Devais-je le soupçonner de s'être mal comporté avec elle ? Je poussai un soupir. Il y avait aussi Fred Hart, une sorte de grand-père par alliance, resté proche de son ex-gendre. Fred Hart, ancien élève de Bingham College, possédait une Lexus de couleur perle comme celle que Victor avait repérée ce matin fatidique. Victor avait supposé d'emblée que c'était celle de son père, mais... s'il s'était trompé ?

Tabitha avait aussi une tante par alliance, Felicia Hart, et un oncle, David Morgenstern. Tous deux avaient suivi leurs études supérieures à Bingham. David semblait jalouser les succès de son frère. La ravissante Felicia Hart avait un appétit féroce pour le genre masculin. Pourquoi pas ? Rien de mal à cela. Par ailleurs, elle maternait son neveu. Là encore, rien de mal.

Je me frottai le visage avec les deux mains. Un détail allait certainement ressortir de toutes ces informations et me mettrait sur la voie. Enfermée dans cette

244

suite avec Tolliver, l'esprit en ébullition, j'étais au bord de la crise de nerfs. Il sentit mon regard sur lui et posa sa fourchette.

— À quoi penses-tu ?

— Rien de spécial.

— De quoi veux-tu parler ?

— Nous devons découvrir qui a commis ce crime et prendre la poudre d'escampette. La thèse de l'agresseur inconnu et du hasard ne tient pas debout.

— En effet.

— Crois-tu que l'on m'a attirée jusqu'ici pour que je retrouve le corps ?

— Oui.

— J'en déduis que Clyde Nunley est mort parce qu'il connaissait le nom de la personne qui lui avait recommandé mes services.

— Et la découverte des archives, dans tout cela ? murmura Tolliver. C'est ce qui a déclenché le processus, ce qui a décidé Nunley à imaginer une expérience sous son contrôle.

— Oui. Le docteur Nunley connaissait toutes les réponses et il avait les moyens de le prouver. Le fait est rare... Donc, on a enseveli Tabitha à cet endroit pour que je l'y trouve. Il y a plusieurs mois, à l'époque où l'on a mis à jour ces documents... Quelqu'un voulait que je la découvre.

— Le meurtrier.

Je réfléchis longuement.

— Non, murmurai-je enfin. Pas nécessairement.

— Comment imaginer que quelqu'un ait été au courant, mais se soit tu ? s'indigna-t-il.

— Un être cher. Si l'assassin est un être cher...

— ... et un membre de la famille, père, mère, épouse, sœur, frère... le silence est la seule solution.

— Nous avons donc deux options, assénai-je. Rester assis ici et attendre que la police résolve l'enquête. Ou décamper.

— Tâchons plutôt de découvrir qui a chuchoté ton nom à l'oreille de Clyde Nunley, suggéra Tolliver.

17

Mme Clyde Nunley n'était pas juive, mais ardemment chrétienne. Croix et crucifix occupaient chaque pièce de son domicile, et des tableaux de saints décoraient un mur sur deux. Anne Nunley était maigre, sèche et creuse. Elle semblait tellement ravie de nous accueillir que l'on pouvait se demander si elle avait des amis.

Nous avions craint – surtout après avoir aperçu son intérieur – que la veuve du professeur ne refuse de nous parler. Au contraire, si Anne avait ignoré les épouses des collègues de son mari et ses voisines, elle mourait d'envie de nous parler. C'était une fervente passionnée de spiritisme.

J'avais eu l'occasion de rencontrer toutes sortes de croyants : juifs, chrétiens, Wiccans, athées. En revanche, je ne pensais pas avoir connu un fanatique de l'islam car je n'avais jamais fréquenté de musulmans. Quoi qu'il en soit, la religion ne changeait pas grand-chose à votre foi (ou à son absence) dès que l'on abordait des sujets en rapport avec mon domaine, à savoir, le contact avec les morts. Ainsi certains athées admettaient-ils la possibilité que l'âme survive au corps. Au fond, les gens voulaient tous croire en quelque chose.

Selon toute apparence, Anne Nunley était une mystique chrétienne enflammée.

Après nous avoir conduits au salon, elle nous invita à nous asseoir puis nous apporta du café et des gâteaux. Il était 10 heures du matin, la journée était beaucoup plus agréable que les précédentes. La température avait remonté, aussi. La lumière du soleil inondait la pièce, et j'aurais volontiers lézardé sur le tapis.

Tolliver et moi contemplâmes le plateau surchargé sur la table basse, et je songeai qu'elle en faisait trop. Anne Nunley visait le titre de « meilleure veuve du monde ». Je me dis aussi que sa fébrilité cachait une terrible fatigue. Le décès brutal et inattendu de son mari l'avait sérieusement secouée.

— À votre avis, l'âme de Clyde est-elle toujours dans le cimetière ? s'enquit-elle. J'aimerais qu'on l'enterre sur le campus. Cela me semble aller de soi. J'ai contacté le comité qui s'occupe de Sainte Margaret. Ce n'est pas trop leur demander, non ? Il a enseigné pendant dix ans dans cette université, il y est mort...

Je clignai des yeux.

— Son âme n'est pas dans le cimetière, interrompis-je.

Cette simple déclaration déclencha un monologue de cinq minutes sur ses convictions ; la vie après la mort, l'abondance de spectres dans le folklore irlandais (je ne me souvenais pas de la manière dont c'était venu dans la conversation) et la réalité absolue du monde spirituel. Sur ce dernier point, je n'allais pas la contredire.

Tolliver l'écoutait en silence. Anne ne s'intéressait pas du tout à lui, il n'était qu'une ombre à mes côtés.

— Clyde m'a souvent trompée, et j'ai eu du mal à le supporter.

248

Décidément, les grandes révélations étaient à l'ordre du jour !

— Je suis désolée que vous ayez eu à endurer cela, murmurai-je.

— Les hommes sont des porcs. Quand je l'ai épousé, j'étais persuadée que tout irait bien. J'étais consciente que nous n'aurions jamais beaucoup d'argent : vous savez comme moi que le métier de professeur n'est pas des plus rémunérateurs, mais j'espérais son respect. Après tout, il était intelligent, il avait obtenu un doctorat. Je pensais que nous aurions des enfants, qu'ils pourraient suivre leurs études supérieures gratuitement à Bingham College, qu'ils deviendraient parents à leur tour et nous rendraient visite avec leur progéniture. Cette maison est si grande.

En effet, elle était immense, décorée de meubles relativement anciens, probablement hérités de sa famille ou de celle de Clyde. L'ensemble était propre sans excès, confortable et modeste. C'était une demeure solide dans un quartier ancien où les racines des arbres soulevaient les trottoirs. Le vestibule était percé de deux arches, celle de droite menant à la salle de séjour, l'autre dans le bureau de Clyde.

— Mais les enfants ne sont jamais arrivés, et Clyde a refusé de subir des analyses alors que j'étais en parfaite santé. C'est parce qu'il avait des maîtresses. Pas ses étudiantes, du moins pas tant qu'elles suivaient ses cours. Par la suite, peut-être...

— Je comprends, répondis-je.

Moi qui avais pensé avoir du mal à lui arracher deux mots ! Le problème serait de l'arrêter dans son élan.

— Il n'a jamais connu la petite fille, enchaîna-t-elle. Qu'on l'ait découvert dans sa tombe est... une invasion. Elle y est toujours ?

Cette question me prit de court.

— Non, mais l'homme dont c'était la sépulture à l'origine y est encore.

— Ah ! Le Seigneur veut que vous lui permettiez de reposer en paix.

— Je le crois, en effet.

— Quel est l'objet de votre visite ? Voulez-vous que je vous accompagne ?

Dans la mesure où je n'avais pas la moindre idée de ce que je pouvais faire du fantôme de Josiah Poundstone, ou de son esprit – appelez ça comme vous voudrez –, je secouai la tête.

— Non, mais je m'interroge.

Elle me fixa d'un regard trop brillant.

— Je vous écoute.

J'avais la sensation de me servir d'une femme qui avait perdu les pédales, mais j'étais là, et elle avait besoin de s'exprimer.

— Votre mari fréquentait-il Felicia Hart ou David Morgenstern ?

— De temps en temps. Clyde et Fred appartenaient tous deux au comité des anciens élèves. Fred s'en occupe énormément. Sa femme aussi, avant de nous quitter.

— De quoi est-elle morte ?

Dans cette famille, la chance ne souriait guère aux femmes. La première épouse de Joel avait succombé à un cancer, sa mère avait la maladie de Parkinson, on avait kidnappé Tabitha… On pouvait s'inquiéter pour l'avenir de Felicia et de Diane.

— Crise cardiaque.

— C'est affreux, marmonnai-je, à court d'inspiration.

— Oui, renchérit-elle. La pauvre ! C'est arrivé alors qu'elle était seule chez elle, à peu près à l'époque de l'enlèvement de Tabitha. Quelle tragédie !

250

— Felicia a-t-elle eu une relation amoureuse avec votre époux ? demanda Tolliver d'une voix douce et posée.

Anne le fusilla du regard.

— Possible, rétorqua-t-elle sèchement. Ce n'est pas sûr. Il ne me disait jamais leur nom, et je ne voulais rien savoir. J'ai reçu Felicia à une ou deux reprises. Autrefois, nous organisions de nombreux dîners.

J'avais du mal à imaginer Anne dans le rôle de l'hôtesse modèle qui se demandait laquelle des femmes autour de la table était la « petite amie » de son mari. Mon instinct me disait que Clyde avait honte de tout l'attirail religieux d'Anne et que celle-ci, en revanche, ne l'aurait caché sous aucun prétexte.

— Clyde aurait-il rendu un service à Felicia si elle l'avait sollicité ?

— Oui, répliqua Anne en remplissant ma tasse.

Tolliver grignotait tranquillement les biscuits, des sablés recouverts de chocolat, ses préférés.

— Clyde n'hésitait jamais à aider les autres si c'était dans son intérêt. Felicia est jolie, elle a un métier passionnant, elle est très active au sein du club des anciens étudiants, il aurait accédé à toutes ses requêtes. Il regrette que David Morgenstern ait pris ses distances avec lui.

Je remarquai qu'elle commençait à parler de Clyde au présent.

— Savez-vous pourquoi ils se sont querellés ?

— Clyde s'est permis de décréter qu'à son avis le neveu de David n'était pas digne de Bingham College.

— Victor ? Pourquoi ?

— Il avait aperçu ce garçon avec un autre jeune homme au cinéma. Il était sûr qu'ils entretenaient une relation… gay. Bien entendu, ils ne le sont pas. Gay. Ils sont tristes, voilà ce qu'ils sont.

D'après moi, la morosité de Victor n'avait aucun rapport avec son homosexualité.

— Comme vous pouvez vous en douter, ce commentaire a énervé David, et ils se sont violemment disputés. David a promis de lui faire la peau s'il recommençait. Clyde était furieux et consterné. David et lui étaient amis depuis des années. Il aurait donc volontiers rendu service à David aussi, pour renouer.

Le caractère désenchanté d'Anne Nunley me sidérait. Un minimum d'illusions n'était-il pas indispensable au sein d'un couple ?

Tel un cheval qui regagne son écurie, Anne reprit la conversation là où elle l'avait laissée alors que j'en avais perdu le fil :

— En ce qui concerne Felicia, je n'ai aucune certitude et je me garderai de la juger.

Je me mordis la lèvre, et Tolliver détourna la tête. Je ravalai un fou rire.

— Avez-vous accompli toutes les démarches pour les obsèques ? intervint Tolliver.

— Oh, oui. Clyde était un adepte de la préparation de ses propres rites funéraires. Il a tout consigné, quelque part. Il ne me reste plus qu'à trouver le dossier.

Elle désigna un meuble classeur dans le bureau, en face.

— C'était un spécialiste de l'anthropologie, passionné par les rites mortuaires, et il y a longuement réfléchi. La plupart d'entre nous se contenteraient d'une église ou d'un temple et d'un pasteur quelconque. À une époque, il envisageait une réunion des aînés du clan avec banquet et distribution de ses biens.

— Les aînés du clan ?

252

— Les professeurs des départements d'anthropologie et de sociologie plus âgés que lui, riposta-t-elle comme si cela allait de soi.

— Et je suppose que c'est vous qui deviez vous charger du buffet ?

— Oui, sacré nom de nom. Excusez-moi si je m'emporte, mais... vous vous rendez compte ? Partager toutes ses fournitures ? Comme si l'on accepterait ses crayons usés ! Enfin, aux dernières nouvelles, c'était son souhait le plus cher. Il a pu changer d'avis par la suite. Il aimait jongler avec les idées.

Je laissai errer mon regard. Le meuble classeur et le bureau étaient en désordre, tiroirs ouverts, dossiers éparpillés sur le sol. Je faillis lui proposer de l'aider à retrouver les documents contenant les dernières volontés de Clyde, mais j'y renonçai très vite. Je ne tenais pas à les connaître.

Je jetai un coup d'œil vers Tolliver et haussai les épaules, signe que j'en avais terminé. Il la remercia pour le café et les gâteaux.

— Savez-vous qui a recommandé à votre époux d'inviter ma sœur à ses cours ?

— Oh, oui.

— Qui ? insistai-je.

— C'est moi, bien sûr. Après vous avoir croisée à Nashville, Felicia a parlé de vous lors d'une réception, et j'ai été fascinée. Elle croyait fermement en votre don. Je me suis donc renseignée sur Internet, pensant enfin avoir trouvé une personne capable de résister à Clyde. Il enseigne ce programme depuis deux ans et il prend un malin plaisir à présenter tous les intervenants comme des charlatans plus ou moins honnêtes. Il ne contestait pas forcément leurs croyances, il voulait juste se mettre en avant. En ce qui vous concerne, j'ai tout de suite su que vous étiez quelqu'un d'authentique. Le jour où vous avez trouvé le corps de cette fillette, il était fou de rage. La nuit de son décès, il est sorti une première fois et il est revenu encore plus furieux. J'ai cru comprendre qu'il vous avait agressée à votre hôtel ?

— C'est exact.

— Il s'est précipité sur son portable, il a donné deux ou trois coups de fil et il est ressorti. Je suis montée me coucher. Il n'est jamais rentré.

— Toutes mes condoléances, murmurai-je, comprenant qu'elle n'avait plus rien à ajouter.

Toutefois, je me demandai si elle ne serait pas plus heureuse sans Clyde Nunley.

Anne resta assise tandis que nous nous dirigions vers le vestibule. Elle contemplait ses mains, et toute son énergie semblait s'être dissipée. Quand je lui offris de téléphoner à une voisine, elle refusa d'un signe de tête.

— Il faut que je continue à trier ses papiers. Et ce Seth Koenig doit passer tout à l'heure. L'agent fédéral.

Une fois dans la voiture, Tolliver et moi gardâmes le silence quelques instants.

— Il était odieux avec elle, dit Tolliver. Elle se portera mieux sans lui.

— Oh, oui, Clyde Nunley était une ordure, mais il va lui manquer.

L'avenir d'Anne Nunley n'était guère prometteur, cependant, je n'allais pas m'attarder là-dessus. Je n'y pouvais rien. Sur le chemin, j'élaborai un scénario dans lequel, pendant les obsèques de Clyde, elle rencontrait un gentil médecin qui avait un faible pour les femmes maigres et en manque d'affection, vivant dans une belle demeure. Il l'aiderait à remonter la pente. Ils n'organiseraient jamais de réceptions.

Cet exercice me réconforta.

18

Nous avions appris beaucoup de choses à propos du professeur pendant cette étrange conversation avec sa veuve, mais je n'étais pas certaine que ces éléments nous seraient utiles dans notre recherche de l'assassin. Je me fichais un peu de savoir qui avait tué Nunley – je voulais à tout prix découvrir qui avait assassiné Tabitha.

Il y avait un match de basket dans le Texas auquel je voulais absolument assister. J'étais pressée de partir. Je voulais me mettre en quête d'une maison pas trop loin de chez mes sœurs. J'en avais par-dessus la tête de rester dans cette ville, à cause des Morgenstern et de ma propre situation.

Tolliver donnait un pourboire au voiturier tandis que je traversais le hall du Cleveland. J'étais tellement perdue dans mes pensées que je ne remarquai pas Fred Hart qui m'interpella :

— Mademoiselle Connelly ! Mademoiselle Connelly !

Sa voix empreinte d'un lourd accent du Sud me ramena sur terre, à mon grand désespoir. Je dus lui couler un regard noir car il s'immobilisa brusquement.

— Vous vouliez me voir ?

La question était stupide, mais il fallait bien que je dise quelque chose.

— Oui. Je suis désolé de vous ennuyer. Joel et Diane m'ont demandé de vous déposer un pli de la part de la fondation Trouvez Tabitha.

Je mis quelques secondes à saisir. Entre-temps, Tolliver s'était approché et avait serré la main de M. Hart. Nous étions debout en plein milieu du hall, un lieu peu propice à la conversation. Je suggérai à M. Hart de monter dans la suite. Il accepta sans enthousiasme et nous emboîta le pas jusqu'à l'ascenseur.

Dans l'espace étriqué de la cabine, je me rendis compte qu'il était imbibé de bourbon. J'essayai de ne pas grimacer quand l'odeur me chatouilla la gorge, et je vis Tolliver se raidir. Le père de Tolliver avait eu une affection toute particulière pour le bourbon. Nous détestions cela.

— J'ai cru comprendre que vous aviez eu l'occasion de rencontrer ma fille auparavant.

Par le biais des glaces qui tapissaient les parois, je fixai cet homme qui semblait vieillir de minute en minute. Fred Hart était gris et maussade.

— Oui, répondis-je. Tolliver est sorti avec elle pendant un moment.

Je ne sais pas quel démon m'avait poussée à un tel aveu, mais sa réticence à nous suivre jusqu'à notre appartement m'avait énervée. Il nous méprisait, et j'éprouvais le besoin de me venger. C'était stupide.

— Pas possible ? Felicia est si obsédée par son travail...

Les mots moururent sur ses lèvres. Il aurait dû finir sa phrase par « que je suis content de savoir qu'elle prend le temps de s'amuser » ou « qu'elle ne sort presque jamais », mais on aurait dit qu'il n'avait pas pu aller jusqu'au bout de son idée. Nous nous efforçâmes de masquer notre étonnement.

Quand nous atteignîmes notre porte, je me dis que le plus sage serait de lui appeler un taxi. Il n'était pas en état de conduire. J'étais franchement inquiète. Il avait paru si gentil chez les Morgenstern... sérieux et triste, certes, mais aussi tendre et attentionné. Qu'était-il arrivé à Fred Hart ?

— Monsieur Lang, mademoiselle Connelly, annonça-t-il d'un ton cérémonieux dans notre petit salon provisoire. Joel m'a prié de vous remettre ceci.

Il extirpa une enveloppe de la poche intérieure de sa veste et me la présenta.

Je la fixai un moment avant de l'ouvrir. La situation était délicate. C'était un chèque de quarante mille dollars, le montant de la récompense promise à celle ou celui qui retrouverait le corps de Tabitha. Avec cette somme et tout ce que nous avions économisé, nous aurions de quoi nous offrir la maison de nos rêves. Mes yeux se remplirent de larmes. J'aurais préféré gagner cet argent autrement, mais j'étais heureuse de l'avoir.

— Vous êtes secouée, constata-t-il d'une voix émue. Vous n'avez peut-être pas envie de l'accepter, mademoiselle Connelly, mais vous avez rempli votre contrat et vous le méritez.

J'avais envie, j'avais même la ferme intention de l'accepter. Je le méritais. Pourtant, curieusement, ses paroles me firent honte, et je fus prise d'un haut-le-cœur.

Horrifiée, je vis une larme couler sur la joue de Fred Hart.

— Monsieur Hart ? murmurai-je.

Je n'avais aucune idée de la manière dont on traitait un homme qui pleurait, d'autant que j'ignorais ce qui avait pu provoquer une telle réaction.

Il s'affaissa dans le fauteuil le plus proche. Tolliver prit place dans l'autre, impassible, et je me perchai sur l'accoudoir du canapé, face à eux. Nous sortions d'un entretien très étrange avec Anne Nunley. J'avais la nette impression que nous allions en avoir un autre avec Fred Hart.

Certes, l'alcool était en grande partie responsable de sa mélancolie.

— Comment vont Joel et Diane ? m'enquis-je.

Encore une question stupide. J'étais décontenancée.

— Dieu les bénisse, ils vont bien. Diane est une fille formidable. J'ai eu du mal à admettre que Joel se remarie, qu'une autre femme vienne remplacer Whitney. Diane n'aurait jamais dû l'épouser. J'aurais dû interdire à Whitney de l'épouser. Elle n'était pas de taille, et j'en étais conscient.

— Que voulez-vous dire ? Il maltraitait Whitney ?

— Oh, non, il l'aimait ! Il était exquis avec elle et il adore Victor, bien qu'il ne le comprenne pas du tout. C'est souvent le cas entre père et fils, cependant... entre père et fille aussi, d'ailleurs.

— Joel ne comprenait pas Tabitha ?

Il afficha une expression d'impatience.

— Non, évidemment non. Personne ne « comprend » une gosse de cet âge, encore moins la gosse elle-même. Non, ce que je veux dire, c'est... c'est sans importance.

Mon cœur battait de plus en plus vite. J'avais la sensation que nous étions tout près du but.

— Sous-entendez-vous par là que Joel molestait Tabitha ?

Il se ferma aussitôt, et je me rendis compte que je venais de commettre une grave erreur.

— Quelle idée abominable ! Vous êtes sûrement témoin de ce genre d'événement dans votre activité, mais il ne s'est jamais rien passé de tel dans notre famille.

Je ne savais pas exactement à quoi il faisait allusion en évoquant mon « activité » – pas plus que lui –, mais à présent, il se sentait le droit de m'en vouloir et il en profitait.

— Pourtant, il s'est produit un drame dans votre famille, chuchotai-je.

Il se décomposa.

— Oui. Oui, c'est vrai.

Il se hissa péniblement hors du siège.

— Il faut que je m'en aille.

— Vous êtes en état de conduire ? intervint Tolliver d'un ton aussi neutre que possible.

— En fait, non, avoua Fred.

C'était bien la première fois que j'entendais un homme qui avait bu trop d'alcool faire un tel aveu, et Dieu savait combien j'avais croisé d'ivrognes, tous convaincus de pouvoir manœuvrer une voiture, un camion, voire un bateau.

— Je le ramène chez lui. Tu vas nous suivre, proposa Tolliver.

J'acquiesçai. La perspective ne me réjouissait guère, mais c'était la solution la plus sage.

Je rangeai le chèque dans l'étui de l'ordinateur portable de Tolliver pendant qu'il appelait le voiturier. Nous soutînmes M. Hart jusqu'à l'ascenseur, et il répéta en boucle combien il nous était reconnaissant de l'aider ainsi, combien il regrettait de s'être emporté contre moi.

Cerner le grand-père de Victor tenait du miracle. Je décidai d'y renoncer. Cet homme était visiblement sous pression, écrasé par un poids terrible, mais pourquoi Fred Hart ? Pourquoi pas Joel, par exemple ?

Après tout, c'était sa fille qui était morte, sa famille que l'on soupçonnait, sa femme qui s'apprêtait à accoucher en des circonstances aussi malheureuses.

Avec l'assistance d'un employé de l'hôtel, nous réussîmes à installer Fred dans le siège passager de sa Lexus hybride qui ressemblait tant à celle de son gendre. Je sentis que Tolliver était enchanté de prendre le volant. Je m'installai dans notre voiture – tellement plus humble – avec un sourire.

D'une voix de plus en plus pâteuse, Fred avait dicté le parcours à Tolliver. Nous roulâmes vers l'est, passant devant le campus pour atteindre Germantown. Nous nous faufilâmes à travers un tel labyrinthe de rues que je me demandai comment nous nous débrouillerions pour repartir.

Quand Tolliver se gara dans l'allée qui menait à une vaste propriété tout au fond d'un lotissement, je m'émerveillai de l'aspect prospère des lieux. La villa de Fred Hart datait d'un peu plus de vingt ans. Le quartier tout entier était de cette époque ; le style des constructions était relativement moderne, mais les arbres avaient eu le temps de pousser, et les jardins étaient splendides.

Le plus frappant, c'était que toutes ces bâtisses semblaient avoir été gavées de stéroïdes : elles étaient gigantesques et devaient coûter un million de dollars chacune, au bas mot. Je me garai dans un garage pouvant accueillir au moins cinq véhicules. Au bout de cet espace suffisamment grand pour recevoir quatre familles du tiers-monde se dressait une sorte d'armoire colossale qui devait servir de remise à outils. Au sol, pas une tache d'huile.

Je me précipitai pour aider Tolliver à faire descendre Fred de la Lexus.

260

— Il est plus ou moins tombé dans les pommes sur le trajet, m'expliqua Tolliver. Dieu merci, il m'avait indiqué le chemin auparavant. J'espère que la clé fonctionne : si nous nous sommes trompés d'adresse, nous sommes fichus.

Nous nous mîmes à rire, mais sans joie. Je n'avais aucune envie de me retrouver face à un policier pour quelque raison que ce soit.

Tolliver me tendit le trousseau qu'il venait d'extraire de la poche de Fred. Je parvins à ouvrir la porte dès le deuxième essai. Le système de sécurité, s'il y en avait un, n'était pas branché car aucune alarme ne se déclencha lorsque nous pénétrâmes à l'intérieur. Je passai devant en quête d'un endroit où poser notre homme. Malgré moi, je stoppai net, bouche bée. Si la maison des Morgenstern m'avait paru magnifique, celle-ci l'était encore plus. Je traversai la cuisine et me retrouvai dans une salle de séjour-bureau-salon. Le plafond voûté était traversé par des poutres, et on aurait pu rôtir un bœuf dans la cheminée.

— Si j'avais grandi ici, je serais convaincue que je peux avoir tout ce que je veux, commentai-je, médusée.

— Par où allons-nous ? grogna Tolliver, peu enclin à écouter mes réflexions sociologiques.

Je m'obligeai à me mettre en mouvement. Bonne nouvelle, la chambre était au rez-de-chaussée. Tolliver et moi hissâmes Fred sur le lit, ôtâmes son manteau et ses chaussures puis le couvrîmes avec un plaid élégamment posé sur le dossier d'un fauteuil en cuir... près d'une autre cheminée où était aménagé un coin salon. Je me demandai qui faisait causette ici car Fred semblait vivre seul. Il y avait sûrement un dressing et une salle de bains avec une baignoire enfoncée dans le sol. Je poussai une porte puis une autre. Gagné.

— Attention ! lança une voix depuis le lit.

Je me retournai vivement. Fred Hart avait émergé de son état semi-comateux pour mettre Tolliver en garde. Il l'agrippa par le bras.

— Vous devez vous méfier. Je vais vous dire la vérité. Vous ne savez pas ce qui s'est passé...

Il sombra de nouveau.

— Ce que je sais, c'est que vous avez trop bu, grommelai-je.

Je suspendis son manteau et scrutai les alentours.

— C'est bon, on y va, grogna Tolliver. J'ai l'impression d'être entré par effraction. Tout ce luxe me met mal à l'aise.

Je m'esclaffai. Nous abandonnâmes Fred Hart et nous dirigeâmes vers la cuisine. Je ne résistai pas à la tentation de m'attarder dans la salle de séjour. Elle était somptueuse, un camaïeu de bruns et de couleurs cuivrées rehaussées ici et là de touches bleu vif. Je poussai un soupir et me tournai vers l'une des baies vitrées donnant sur le jardin. Je fus un peu surprise de constater l'absence de piscine. Je mis cela sur le compte de la passion de Fred Hart pour le jardinage.

L'espace était clôturé par un mur en brique couvert de vignes soigneusement taillées. Une plate-bande de buissons et sans doute de bulbes qui fleuriraient au printemps et en été courait tout le long de l'enceinte. La pelouse était parsemée de massifs touffus. Deux ou trois d'entre eux semblaient plus récents, à en juger par la couleur de leur parapet en brique et la jeunesse des arbustes. Nous étions en novembre, saison peu propice pour les fleurs, néanmoins, j'étais impressionnée. Peut-être était-ce la raison pour laquelle Fred avait tenu à garder cette propriété après les décès de sa femme et de sa fille.

Sur la table en fer forgé de la terrasse, j'aperçus une paire de gants, une bombe d'insecticide et un chapeau ainsi qu'un journal daté du jour même, signe que Fred avait travaillé ce matin-là.

Une bêche maculée de terre était posée contre une chaise. Tiens ! Préparer un nouveau parterre en cette saison ? Fred était optimiste. Je me demandai pourquoi il n'avait pas nettoyé l'ustensile alors que tout le reste était impeccable. Peut-être avait-il eu l'intention d'achever sa tâche plus tard.

Je m'y connaissais autant en horticulture qu'en astrophysique. Je haussai les épaules. Peut-être était-ce le meilleur moment pour retourner la terre afin de la laisser respirer tout l'hiver. À ma droite, là où le mur d'enceinte rejoignait le garage, se trouvait un portail en bois, probablement pour faciliter le passage de Fred lorsqu'il voulait ranger ses outils.

Tolliver avait sorti notre téléphone portable.

— Salut, Felicia ! Ici Tolliver. Ça m'ennuie de laisser un message sur le répondeur, mais je me sens le devoir de te prévenir que ton père est chez lui et qu'il serait sûrement heureux d'avoir de la compagnie. Il est venu nous voir au Cleveland et il a eu un malaise, nous l'avons ramené. Il était visiblement bouleversé. Pour l'instant, il dort.

Sur ce, il raccrocha sans lui dire au revoir.

— Bonne idée, approuvai-je. J'espère qu'elle va passer prendre de ses nouvelles. Crois-tu qu'ils se voient souvent en temps normal ? Le trajet est long depuis le centre-ville, et elle est très accaparée par son boulot.

Je me tus.

Tolliver me dévisagea, impavide. Il n'avait pas envie de parler de Felicia. Parfait. Reçu cinq sur cinq.

Je scrutai la pièce une dernière fois, et plus que jamais, je me sentis l'âme d'une pauvre orpheline sortie d'un roman de Dickens. Nous traversâmes la cuisine et fermâmes la porte derrière nous. Il faisait froid, aussi les rues que nous empruntâmes pour regagner un territoire plus familier étaient-elles désertes.

Nous dûmes faire un saut au supermarché puis à la station-service. Lassés de faire appel aux prestations en chambre (carte restreinte, coûts exorbitants), nous nous offrîmes un repas dans un restaurant qui appartenait à une chaîne. Quel bonheur de s'octroyer un plaisir simple et banal. Le téléphone portable ne sonna pas et, à notre retour à l'hôtel, aucun message ne nous attendait. La journée était passée très vite.

— Maintenant que nous avons notre chèque, crois-tu que la police ait encore besoin de nous ? murmurai-je. Moi, pas. Nous n'avons rien de prévu avant la semaine prochaine, mais nous pourrions quitter Memphis. Prendre une chambre moins chère. Pourquoi pas filer jusqu'au Texas assister au match de basket de Mariella ?

— Nous devrions rester encore un jour ou deux. Au cas où.

Je me mordis la lèvre. J'avais envie d'étrangler Felicia, véritable cause du refus de Tolliver, selon moi. Cette garce le menait par le bout du nez. Maintenant que j'avais vu la maison dans laquelle elle avait grandi, j'en avais la certitude. Les femmes comme elle ne s'engageaient pas, pas dans la vraie vie. Il prétendait ne pas être attaché à elle, mais...

Le portable sonna.

Tolliver afficha un air nonchalant, mais je voyais bien qu'il était tendu.

264

— Ah ! Felicia... Comment vas-tu ? Il... quoi ? D'accord, j'arrive.

Il l'écouta quelques secondes avec une expression de perplexité.

J'eus envie de la tuer.

— Mais elle...

Tolliver plaqua la main sur l'appareil et se tourna vers moi, le visage sombre.

— Elle veut que nous retournions chez Fred. Elle dit qu'elle a des questions à nous poser à propos de son état.

— Il était saoul et nous l'avons ramené chez lui. Point final. Tu peux le lui expliquer par téléphone. Tu *es en train* de le lui expliquer.

— Elle insiste.

— Je n'y tiens pas, mais si tu te sens obligé, vas-y sans moi.

— Harper n'est pas là, reprit-il. Non. Elle avait un rendez-vous galant. Avec qui ? Quelle importance ? Entendu... à tout à l'heure.

Il raccrocha et disparut dans sa chambre chercher son manteau.

J'adressai une grimace au miroir près de la porte.

— Tiens ! Garde le téléphone, dit-il en le jetant sur la table. Je t'appellerai de là-bas si besoin est. Je reviens vite, promit-il.

Après son départ, la pièce me parut tout à coup terriblement vide.

Ce n'était pas dans mes habitudes, mais je pleurai quelques minutes. Puis je m'aspergeai la figure d'eau froide, me mouchai bruyamment et me vautrai sur le canapé, la tête et le cœur lourds.

La multiplication des événements ces derniers jours commençait à m'user.

Je repensai à l'époque où j'avais recherché Tabitha Morgenstern à Nashville. Je me rappelai avoir éprouvé une sensation de désarroi face à l'accablement des Morgenstern.

Ils s'étaient remis de leur malheur avec un courage incroyable. Ils avaient embrassé une nouvelle vie. Ils avaient déménagé, renforcé leurs liens avec la famille de Joel – liens jamais vraiment rompus car Nashville n'était pas loin de Memphis. Victor avait changé de lycée et s'était fait un nouvel ami, Joel avait pris un nouveau poste et Diane avait recréé un foyer agréable.

Quid de l'avenir ? Bien sûr, Diane allait mettre au monde un enfant, et peut-être ce bébé les aiderait-il à guérir. Savoir ce qui était arrivé à Tabitha leur permettrait sans doute de faire leur deuil une fois pour toutes. Avec le temps, Victor finirait par leur révéler son secret et, avec un peu de chance, ses parents se montreraient compréhensifs.

Ce ne devait pas être facile d'être le fils d'un homme comme Joel, si... si extraordinaire. S'il me laissait indifférente, je reconnaissais ses nombreuses qualités. Il était beau, intelligent, et les femmes l'adoraient. Lui en aimait une en particulier, profondément. Je ne m'en serais peut-être pas rendu compte si je n'étais pas immunisée contre son charisme. Je me demandai combien de fois il avait dû décourager les avances de ses admiratrices les plus téméraires, de combien de regards brûlants il s'était détourné tout simplement parce qu'il était inconscient de son magnétisme.

J'essayai de me souvenir des paroles de Fred, le premier beau-père de Joel, à propos de son mariage avec Whitney. Qu'avait-il dit ? Quelque chose comme : « J'aurais dû empêcher cette union. Elle n'était pas de taille. » Il avait dit aussi que Diane n'aurait jamais dû

266

épouser Joel. Pourquoi ? L'amour de Joel pour Diane était palpable.

Tout en réfléchissant, je me positionnai sur le tapis pour effectuer quelques battements de jambes. Qu'est-ce qui n'allait pas chez Joel au point que Fred ait désapprouvé sa relation avec Whitney ? Fred savait-il quelque chose sur Joel ou avait-il simplement constaté que le ménage ne tenait qu'à un fil ? Bizarre. D'après les commentaires que j'avais entendus, les articles que j'avais lus, le couple était presque idéal, et le décès de Whitney avait brisé le cœur de Joel. Puis, moins de deux ans plus tard, il avait épousé Diane. Là encore, à ma connaissance, tout allait à merveille. Si leur ménage avait battu de l'aile, l'enlèvement de Tabitha aurait suffi à le ruiner, non ? La mort d'un enfant avait souvent pour conséquence la séparation des parents, pour une multitude de raisons.

Diane s'était disputée avec leur fille juste avant sa disparition. À la place de Joel, nombre de maris auraient blâmé Diane, l'accusant d'être à l'origine du drame, mais Joel était un garçon fidèle. Diane n'avait sans doute jamais envisagé de le quitter. Parce que les femmes l'aimaient.

Les femmes aimaient Joel. Fred Hart avait une Lexus semblable à celle de Joel.

Je me redressai brusquement, l'esprit en ébullition.

19

Par chance, j'avais mémorisé le chemin pour regagner la demeure de Fred Hart car le chauffeur de taxi semblait n'avoir jamais entendu parler de Germantown. Il me déposa à cinquante mètres de la propriété, moyennant une petite fortune. Il redémarra en trombe, sans doute pressé de retrouver un monde qui lui était familier. J'avais enfilé une tenue sombre et un sweat-shirt à capuche, une initiative raisonnable, vu le froid. J'avais aussi mis mes gants.

Loin des artères principales, la nuit était silencieuse. Dans ce faubourg éloigné et cossu, les habitants étaient enfermés chez eux, bien au chaud. Les feux étaient allumés dans des énormes cheminées, des mets succulents cuisaient au four, l'eau chaude remplissait les baignoires et jaillissait des douches. Dans ces intérieurs prospères rien ne manquait à leur confort.

Pourtant, Fred avait perdu son épouse, une fille et une petite-fille. Personne n'était à l'abri d'une tragédie. Quelles que soient la taille et la beauté de votre maison, l'ange de la mort parvenait à vous meurtrir.

Je me faufilai jusqu'au garage situé d'un côté de la bâtisse. Notre voiture y était, ainsi que celle de Fred et un autre véhicule qui devait appartenir à Felicia. Je m'engageai sur le béton blanc sur la pointe des pieds jusqu'au portail en bois et le mur de brique. Je tournai la poignée tout doucement. Il était fermé à clé. Merde.

Je scrutai l'enceinte : ici et là manquait une brique, dans un souci d'esthétisme. J'inhalai profondément et insérai le bout de mon pied droit dans l'un des trous puis me hissai vers le haut. La première fois, j'échouai : ma jambe était trop faible. Je recommençai donc avec le pied gauche, mâchoires serrées. Cette fois, je m'accrochai des deux mains à la crête. Je pris mon élan et balançai la jambe droite. Par miracle, je réussis à me soulever tout entière. J'étais tout près du portail, dans l'angle formé par la maison et le mur : j'étais donc invisible à moins que quelqu'un ne se tienne collé à la baie vitrée. Il faisait nuit, et le rai de lumière filtrant de l'intérieur ne m'atteignait pas. Je demeurai immobile, le temps que les battements de mon cœur se calment. J'inspirai profondément. Une fois. Deux fois.

À plat ventre sur le faîte, j'inspectai le sol en dessous et distinguai vaguement quelques buissons. Tant pis ! Je n'avais d'autre choix que d'atterrir sur les rosiers.

Une épaisse tige de rose me larda la cuisse, après avoir déchiré mon pantalon. Pas question d'émettre le moindre son. Je pinçai les lèvres et m'extirpai du massif. Je m'accordai une seconde pour reprendre mon souffle puis m'aventurai jusqu'au parapet en brique et sautai sur la pelouse. L'herbe était humide après la pluie de la veille, et je savais que j'étais maculée de boue. À quatre pattes, je m'approchai de l'immense fenêtre. Le salon était brillamment éclairé.

Dieu merci, Felicia me tournait le dos. Elle faisait face à Tolliver, qui avait levé les mains.

Mauvais signe.

270

Elle était armée.

Autre détail consternant, elle était couverte de sang. Elle portait un jean blanc cassé et un pull vert foncé. Son pantalon était moucheté de traces sombres – j'eus davantage de mal à déterminer l'état du chandail.

La baie coulissante était-elle fermée à clé ? Je n'en savais rien. Si Fred avait jardiné dans la matinée, il l'avait peut-être laissée ouverte. Ou alors il l'avait verrouillée machinalement lorsqu'il était parti pour l'hôtel nous remettre notre récompense. Je n'avais pas songé à vérifier ce détail plus tôt.

Hélas, elle était bloquée.

— Pourquoi ne m'aime-t-il pas ? hurla Felicia à travers le double vitrage. Pourquoi ?

Ce n'était pas à son père qu'elle faisait allusion, évidemment, mais à Joel. Toute cette affaire tournait autour de Joel.

— C'est toi qu'ils accuseront ! enchaîna-t-elle. C'est toi qu'ils accuseront, et je m'en sortirai indemne.

Elle brandit son pistolet.

Quand bien même j'aurais pu accéder à l'intérieur, une chaise et une table se dressaient entre nous. Entre Felicia et Tolliver, il n'y avait rien. J'échafaudai un plan. J'arrachai l'une des briques du parapet et la glissai sous mon bras tout en appelant les secours.

— Je suis Harper Connelly. Je suis chez Fred Hart au 2022 Springsong Valley. Felicia Hart est sur le point de me tirer dessus.

Puis je posai délicatement le portable par terre et rassemblai mon courage. Je me redressai et fixai Tolliver droit dans les yeux. Il m'aperçut, horrifié, secoua légèrement la tête dans le but de me mettre en garde.

— Felicia ! hurlai-je en jetant de toutes mes forces la brique contre la baie vitrée.

L'impact fissura le verre en une gigantesque toile d'araignée.

Le bruit la surprit, et elle pivota sur elle-même en pressant sur la détente.

Je vis Tolliver se ruer sur elle tandis que la balle sifflait tout près de mon oreille.

Des fragments de verre me blessèrent à la joue, et je sentis un filet de sang dégouliner le long de mon cou alors que je m'écartai d'un bond. Avant de me couvrir les yeux, je vis Tolliver arracher l'arme de la main tendue de Felicia et l'assommer avec la crosse.

Un seul coup suffit.

Puis je me réfugiai sous la table en fer forgé, tremblante.

Tolliver déverrouilla la baie vitrée et me demanda comment j'allais. Il vint jusqu'à moi, me traîna jusqu'à la cuisine, s'empara d'un chiffon humide pour nettoyer mon visage criblé de minuscules coupures. J'eus un mal fou à ne pas crier de douleur. Puis nous entendîmes les sirènes au loin, et il m'étreignit avec ardeur. C'était fini.

La secouriste me faisait mal. Elle s'efforçait d'extirper toutes les échardes de verre, et je souffrais, mais nettement moins que si j'avais reçu une balle en pleine poitrine. Elle prenait un malin plaisir à me le répéter, et j'acquiesçais chaque fois, mais avec de moins en moins d'enthousiasme.

La police de Germantown avait aimablement invité les inspecteurs Lacey et Young sur la scène du crime, et tous écoutaient attentivement le récit de Tolliver. Il leur avait raconté la visite de Fred Hart à notre hôtel

272

plus tôt dans la journée, précisant qu'il était complètement saoul.

Puis il leur parla du coup de fil de Felicia.

— Elle voulait absolument que je vienne la retrouver ici, elle s'inquiétait pour son père, etc. J'ai cru qu'elle voulait me revoir parce que... parce que nous étions sortis ensemble deux ou trois fois par le passé. Depuis un certain temps, elle me harcelait au téléphone. J'ai l'impression qu'elle nous filait, Harper et moi, au cas où elle aurait de nouveau besoin de nous. La preuve.

— Pourquoi avait-elle besoin de vous ? demanda Brittany Young.

Elle avait quitté précipitamment son domicile : ses cheveux auraient mérité un coup de brosse, et elle était en tenue de jogging et baskets.

— Pour retrouver Tabitha, répliqua Tolliver.

Il me prit la main, et je m'efforçai de sourire.

— Vous êtes en train de dire qu'elle vous a avoué l'avoir enlevée, supputa l'inspecteur Lacey.

— En effet. Elle savait que Tabitha monterait dans sa voiture sans protester. Elle avait emprunté la Lexus de son père afin qu'on ne puisse pas reconnaître son propre véhicule. Elle s'était dit qu'au pire des cas un témoin affirmerait avoir reconnu la Lexus et que les soupçons se porteraient sur Joel, mais elle savait qu'il aurait un alibi en béton car elle l'avait contacté dans la matinée afin de s'assurer qu'il ne bougerait pas de son bureau. D'après elle, si Diane soupçonnait Joel, elle le quitterait ou inversement. Si les suspicions ne suffisaient pas, Felicia était persuadée que le stress finirait par ruiner leur mariage. Par ailleurs, elle n'appréciait guère Tabitha. Elle avait l'impression que la fillette était la chouchoute, aux dépens de son neveu Victor. Éliminer Diane pour prendre sa place n'était pas envisageable. Ce stratagème n'avait pas fonctionné après la mort de sa propre sœur.

— En d'autres termes, elle serait impliquée dans le décès de Whitney ?

— Je ne vois pas comment elle aurait pu provoquer son cancer. Toutefois, la disparition de Whitney lui ouvrait une porte, en quelque sorte. Elle a tout fait pour attirer l'attention de Joel. Elle est venue de Memphis à Nashville et s'est occupée de Victor comme une véritable maman, elle a même proposé de s'installer chez eux pour leur donner un coup de main.

— Mais Joel n'a pas mordu à l'hameçon, devina Young.

— Non, renchérit Tolliver. Du coup, Felicia a imaginé un plan. Elle y a travaillé longtemps. Elle a amené Tabitha ici et l'a étouffée avec un coussin, là, sur ce canapé.

C'est alors que je reconnus les coussins. Les coussins bleus. Je comprenais mieux pourquoi ces touches de couleur m'avaient frappée quand j'avais admiré le décor. Je n'avais pas écouté mon instinct alors qu'il me hurlait de voir ce qu'il y avait dans cette pièce.

— Ensuite, Felicia a enterré Tabitha dans le jardin, emballée dans un sac-poubelle noir. Son père avait entrepris de réaliser une nouvelle plate-bande, et Felicia y a enseveli le corps.

— Pourquoi a-t-elle décidé de l'exhumer ?

— Diane est tombée enceinte, et Felicia ne l'a pas supporté. Elle a jugé qu'il était temps d'agir. Elle bénéficiait d'un atout en la personne de ma sœur Harper. L'idée a dû lui venir quand elle a entendu parler des archives laissées par le prêtre de la paroisse. Elle connaissait Clyde Nunley, elle savait qu'il ferait n'importe quoi pour elle à condition de s'y prendre

274

habilement. Elle lui a proposé d'inviter Harper pour une démonstration. Elle a attendu que son père s'absente pour déterrer le corps de sa nièce. Ce devait être il y a trois mois environ. Le hic, c'est que son père l'a prise en flagrant délit. Il ne savait pas quoi faire : Felicia est tout ce qui lui reste. Alors, il s'est soumis à ses ordres. Il l'a aidée à transporter le sac-poubelle jusqu'au cimetière de Sainte Margaret. Ensemble, ils ont réenterré Tabitha.

Un frisson me parcourut, et Tolliver resserra son étreinte. La secouriste posa un pansement sur la coupure la plus large. Sur les autres, elle se contenta d'appliquer une dose d'antiseptique.

— Vous avez de la chance, réitéra-t-elle pour la dixième fois. Vous allez vous en sortir beaucoup mieux que la femme qui vous a tiré dessus.

Felicia était aux urgences pour une batterie d'examens psychiatriques.

Son père était en route pour la morgue. Felicia l'avait tué au propre comme au figuré. Depuis des mois, il était rongé par les remords à la pensée de l'acte odieux qu'elle avait commis. Je n'en revenais pas qu'il ait tenu le coup si longtemps. Trois longs mois à arpenter cette énorme maison en ruminant sur la monstruosité de sa fille. J'en avais la chair de poule.

— Que vous a-t-elle dit d'autre ? demanda Lacey.

Curieusement, il était en jean et chemise de cow-boy à boutons-pression. Quant à ses bottes, je me demandai comment il avait réussi à les enfiler vu la proéminence de son abdomen.

— Elle m'a expliqué qu'elle comptait m'accuser du décès de son père. Elle avait conservé la bêche dont ils s'étaient servis pour creuser la tombe dans le cimetière de Sainte Margaret. Ce matin, elle l'a placée de manière bien visible. Quand je lui ai laissé un message pour lui annoncer que son père était ici à cuver sa cuite, elle s'est précipitée et l'a frappé à la tête avec ladite bêche. Elle avait l'impression qu'il s'apprêtait à craquer et à révéler la vérité au monde entier. Son intention était de m'accuser de ce meurtre et de l'accuser, lui, de celui de Tabitha.

— En quel honneur vous en seriez-vous pris à Fred Hart ?

— Elle aurait sûrement inventé une raison valable, soupira Tolliver avec lassitude. Pensez donc : un homme comme moi qui tue un homme comme Fred Hart, personne ne va s'interroger. Elle se serait sans doute débarrassée de son pantalon et de son pull maculés de sang. Pour que je sois éclaboussé d'hémoglobine et que cela paraisse naturel, elle n'aurait pas hésité à me tirer dessus. Elle aurait prétendu être arrivée trop tard. D'elle ou de moi, qui auriez-vous cru ?

Cette rebuffade déplut aux flics. Je savais qu'il avait raison.

— Seulement voilà, c'était compter sans l'intervention de Harper, poursuivit Tolliver en me gratifiant d'un baiser sur la joue. Jamais de ma vie je n'ai été aussi heureux de te voir !

— Vous étiez armée ? me demanda l'un des policiers.

— J'ai horreur de cela. Nous n'avons jamais possédé de revolver.

Il haussa les épaules comme si j'étais une imbécile – ce que je suis peut-être.

Mais si j'avais eu un pistolet, j'aurais vidé mon stock de munitions sur Felicia. Au moins, elle était vivante et devrait répondre de ses crimes devant la justice.

Cette perspective me réconforta.

20

— Vous avez une sale tête, me dit Victor.

Je le dévisageai sans un mot.

— Bon, d'accord, ce n'est pas drôle. C'est juste que je suis terriblement nerveux.

Je faillis lui répliquer que « nous aussi », mais y renonçai : ce n'était pas le meilleur moyen de le calmer. Or, Victor avait vraiment besoin d'être rassuré.

Afin qu'il prenne un peu de recul par rapport à sa situation familiale tout en élargissant ses horizons, je lui avais proposé de m'accompagner au cimetière pour m'aider à libérer l'âme de Josiah Poundstone. À cet instant précis, je regrettai cette décision. Victor était un peu trop fébrile, bien qu'ayant accepté mon offre avec enthousiasme : contre toute attente, il m'avait serrée dans ses bras. Manfred avait haussé les sourcils.

Comme je ne savais absolument pas comment m'y prendre, j'avais contacté Xylda Bernardo. Son petit-fils l'avait amenée, resplendissant en blouson de cuir noir et argent. Nous avions échangé une poignée de main, et il avait embrassé Victor sur la joue. Son geste n'avait rien de déplacé : il essayait de « décrypter » l'adolescent. Manfred était un hétérosexuel pur et dur. Du moins en avais-je la conviction.

Xylda scruta le cimetière.

— Racontez-moi tout.

Je relatai à Xylda ce que j'avais vu cette nuit-là. Elle m'écouta, l'œil alerte et attentif.

— Donc, son corps est ici et son âme aussi. Il est mort d'un empoisonnement du sang, d'après vous. Suite à une blessure par lame infligée au cours d'une bagarre.

— Oui. En vérité, il a été assassiné. Je ne sais pas qui l'a poignardé, mais je soupçonne le frère bien-aimé. Selon moi, cette stèle trahit un sentiment de culpabilité. Naturellement, il se peut tout simplement que son frère l'ait adoré. Enfin, quelle importance ? Ce qui compte, c'est que le fantôme de Josiah commence à s'agiter ; il se demande pourquoi il a dû mourir et pourquoi on le dérange si souvent dans son sommeil éternel.

— Vous souhaitez que son esprit passe dans l'au-delà.

Je n'osais pas imaginer une solution alternative.

— Oui. C'est ce que nous voulons.

— Tant mieux, marmonna-t-elle d'un ton énigmatique. Le sentez-vous dans les parages ?

Le temps était froid, mais au moins, il ne pleuvait pas. Le vieux cimetière était tout aussi effrayant que lors de notre première visite nocturne. On percevait au loin les sons étouffés de la ville, le terrain était toujours aussi irrégulier –, mais heureusement, la fosse était comblée. Nous avions vérifié en plein jour, sous un soleil éclatant.

Je me plaçai de nouveau sur cette sépulture si prisée et me plongeai en moi-même. Josiah était présent, sous mes pieds et autour de moi.

278

— Oui.

Victor eut un frisson et inspecta les alentours comme s'il s'attendait à l'apparition d'une silhouette blanche.

Je consultai ma montre. Le temps pressait. Je ne voulais pas qu'on nous surprenne ici.

J'avais envisagé d'appeler la faculté pour solliciter une autorisation officielle. Je m'étais vite ravisée : jamais on ne nous l'aurait accordée. Je voulais en finir avec cet épisode et déguerpir avant que les policiers du campus n'effectuent leur ronde.

Obéissant aux instructions de Xylda, nous encerclâmes la tombe où avait reposé le corps de Tabitha. Nous nous donnâmes la main. Celle de Manfred était fine, mais ferme, et ses innombrables bagues en argent s'enfonçaient dans ma chair. Celle de Victor effleurait à peine la mienne.

Xylda se mit à parler dans une langue que je ne comprenais pas. Je ne suis pas sûre qu'elle la connaissait elle-même. En tout cas, une sorte de nuage de brume s'était formé devant moi, au milieu duquel je distinguai un visage. Un visage mobile, animé, que je n'avais jamais vu.

— Seigneur ! chuchota Manfred.

— Nom de Dieu ! marmonna Victor.

Je n'avais pas peur.

— Merci, susurrai-je. Merci, Josiah. (Après tout, il m'avait sauvée d'une chute fort désagréable.) Plus personne ne viendra vous déranger désormais. Tous vos proches sont partis. Vous devez vous en aller, vous aussi.

Je crus le voir sourire.

— Ne cherchez pas la justice, mais la paix, déclara Xylda.

Le visage oscilla. Le regard se troubla, se tourna vers Xylda. Puis les paupières se fermèrent et restèrent closes. Victor laissa échapper un son, et je me rendis compte qu'il pleurait l'ultime départ de Josiah. Le visage s'estompa, la forme générale se dissipa graduellement. Cinq minutes plus tard, la brume avait disparu.

Le cimetière était enfin en paix.

Jamais je ne pourrais expliquer ce phénomène.

Jamais je n'ai cru en son existence. Les âmes, j'en ai vu et senti des dizaines, mais celle-ci s'était attardée pendant plus de cent ans, elle avait été suffisamment puissante pour se manifester physiquement. Josiah Poundstone avait dû être un homme d'une vitalité remarquable, peut-être un charmeur comme Joel Morgenstern. Cette vision m'avait transformée. Peut-être nous avait-elle tous changés ce soir-là.

Je me demandais parfois ce que Fred Hart aurait répondu si je lui avais demandé ce qu'il voyait dans son jardin la nuit.

L'inspecteur Lacey m'avait confié un détail intéressant. Dans son testament, Clyde Nunley exprimait bel et bien son désir d'être enterré à Sainte Margaret sous prétexte qu'il avait été heureux dans cette université et voulait y reposer pour l'éternité. Cette nouvelle m'avait stupéfiée, mais le comble, c'était que le conseil d'administration de Bingham College avait approuvé cette requête. L'inspecteur Lacey ne m'avait pas précisé le genre de cérémonie d'adieu dont rêvait Clyde, et je n'avais pas eu envie de lui poser la question.

Felicia avait si peu de respect pour Clyde Nunley qu'elle semblait considérer sa mort comme un incident

280

mineur. L'inspecteur Lacey (j'étais remontée dans son estime) m'avait raconté que Felicia avait confessé ce crime avec une nonchalance déroutante. Nunley n'était qu'un accessoire, une note de bas de page dans son grand projet. « Il a commencé à se comporter comme s'il avait un pouvoir sur moi », aurait-elle déclaré. Je supposais qu'il avait essayé de la faire chanter. L'ambitieux professeur avait-il envisagé de quitter Anne pour épouser Felicia ? Avait-il menacé Felicia de dévoiler à la police le nom de celle qui lui avait chuchoté à l'oreille de m'inviter ? S'il l'avait cernée un tant soit peu, il aurait su qu'il signait ainsi son arrêt de mort.

Felicia avait couché avec plusieurs hommes dans le seul but de faire aboutir son plan. Elle avait séduit Tolliver dans le seul dessein de maintenir un contact avec lui au cas où Clyde déciderait de solliciter mes services. Par un heureux hasard, Anne Nunley s'était intéressée à mon activité et avait, elle aussi, suggéré à Clyde de m'inviter lorsqu'il lui avait parlé des archives découvertes dans les entrailles de la bibliothèque de l'université. Felicia avait appâté Clyde de façon à s'immiscer dans sa vie professionnelle et s'assurer qu'il ferait appel à nous. Coucher avec Clyde ou avec Tolliver ne ternissait en rien son amour pour Joel, tellement plus pur, tellement plus profond.

Les médias s'en donnèrent à cœur joie jusqu'à ce que Diane mette au monde son fils. Joel nous appela pour nous en informer, et nous envoyâmes un petit cadeau, sans trop savoir si Diane l'apprécierait. Nous nous sentions redevables. Contre vents et marées, leur mariage avait tenu bon. De toute évidence, c'était une femme généreuse, consciente que Joel n'était pour rien dans cette tragédie.

Au tribunal, malgré l'insistance de l'avocat de Felicia, Joel avait obstinément nié l'avoir attirée dans ses filets. Nous avions dû assister à une partie du procès en qualité de témoins, une expérience dont nous nous serions volontiers passés, comme vous pouvez l'imaginer. Bien entendu, toutes les femmes du jury étaient subjuguées par Joel, et j'étais presque sûre que Felicia serait condamnée. La police avait récupéré plusieurs indices permettant de confirmer certains points de l'histoire que Felicia avait racontée à Tolliver.

Grâce à sa maigre participation à cette affaire, la carrière de Rick Goldman était en pleine ascension. Il avait le don de faire un monde à partir de rien, et sa réputation de détective privé avait décollé d'un seul coup. Il nous envoya une lettre avec la brochure de son entreprise et une carte de visite incluant l'adresse de son site Internet.

L'agent Seth Koenig démissionna du FBI peu après le procès pour travailler à son compte, avec pour spécialité la recherche d'enfants disparus. Lui aussi nous envoya une brochure et une carte de visite, mais il n'avait pas encore son site Internet.

Tolliver ne me parlait plus de Felicia. J'espérais qu'il n'était pas amoureux d'elle. Je ne le croyais pas. S'il avait un aveu à me faire, il me le ferait le moment venu.

Nous avions pu assister au match de basket de Mariella. Elle marqua deux points, et cet exploit la métamorphosa. Elle accepta même de passer une soirée entière avec nous. Gracie nous chanta une chanson, et nous réussîmes à ne pas grimacer. Iona et Hank se montrèrent courtois – une première.

Manfred m'appelait de temps en temps. Nos conversations étaient brèves et taquines. Il me racontait les frasques de sa grand-mère et me décrivait ses tatouages et piercings au fur et à mesure qu'il agrandissait sa collection.

— Un prétexte pour entendre ta voix, s'était moqué Tolliver, un soir sur la route de Tucson.

— Il a le béguin pour moi.

— Tu parles ! Manfred est un homme, et il tient beaucoup à toi. Peut-être sur un plan superficiel. En tout cas, il t'admire.

— Je sais. Toutefois, il ne figure pas en tête de mon carnet de bal.

— Un jour… un jour, tu rencontreras quelqu'un et tu ne voudras plus voyager avec moi.

— Toi aussi. Celle qui saura t'éblouir a beaucoup de chance.

Il avait ri aux éclats.

Après cela, nous avions roulé un bon moment en silence.

Avant-goût du tome 3

FRISSONS
D'OUTRE-TOMBE

Le littoral atlantique est bourré de morts. Quand mon travail me conduit dans cette partie des États-Unis, pendant toute la durée de mon séjour, j'ai la sensation d'avoir dans le cerveau une nuée d'oiseaux qui battent des ailes sans jamais s'arrêter. Cela devient vite fatigant.

Mais j'avais des contrats dans l'Est, je traversais donc la Caroline du Sud en voiture, mon plus ou moins frère Tolliver dans le siège passager. Il s'était assoupi, aussi je l'observai à la dérobée en souriant parce qu'il ne pouvait pas me voir. Tolliver a les cheveux aussi noirs que les miens et, si nous ne passions pas une bonne partie de notre temps dehors, nous serions aussi pâles l'un que l'autre; nous sommes tous deux plutôt minces. Hormis ces détails, nous sommes très différents. Le père de Tolliver n'a pas voulu l'emmener chez le dermatologue dans son adolescence. Du coup, ses joues sont grêlées par l'acné. Ses yeux sont plus foncés que les miens et il a les pommettes saillantes.

Le mariage de ma mère avec son père est l'exemple typique de deux yuppies qui se rejoignent dans la spirale infernale de la déchéance. Aujourd'hui, ma mère est décédée. Quant au père de Tolliver, il est quelque

285

part, mais Dieu seul sait où. Il est sorti de prison il y a un an. Le mien purge encore une peine pour fraude fiscale et autres délits de col blanc. Nous ne parlons jamais d'eux.

La Caroline du Sud est un État magnifique au printemps et au début de l'été. Malheureusement, nous étions à la fin d'un mois de janvier particulièrement désagréable. Le sol était froid, gris et couvert de boue après la fonte des dernières neiges et de nouvelles averses étaient prévues dans les jours à venir. Je conduisais très prudemment car la circulation était dense et la visibilité moyenne. Nous arrivions de Charleston où le temps était tiède et ensoleillé. Un couple, ayant décidé que leur maison était inhabitable à cause de la présence de fantômes, m'avait appelée à l'aide afin que je décèle d'éventuels cadavres sous les parquets.

La réponse était claire: non. En revanche, il y en avait dans le fond du jardin. Trois en tout, uniquement des bébés. J'ignorais ce que cela signifiait. Ils étaient morts si vite après leur naissance que j'avais été incapable de déterminer la cause de leur décès qui en général m'apparaît pourtant sans difficulté. Cependant, les propriétaires de Charleston étaient enchantés du résultat, d'autant qu'un archéologue était venu récupérer les maigres restes des corps minuscules. Le sujet animerait leurs conversations mondaines pendant la décennie à venir. Ils m'avaient remis mon chèque sans l'ombre d'une hésitation.

Ce n'est pas toujours le cas.

— Où veux-tu t'arrêter pour manger? me demanda Tolliver.

286

Je lui jetai un coup d'œil. Il n'était pas complètement réveillé. Il me tapota l'épaule.

— Tu es fatiguée ?

— Ça va. Nous sommes à une petite cinquantaine de kilomètres de Spartanburg. Trop loin pour toi

— Parfait. *Cracker Barrel* ?

— Tu as envie de légumes.

— Oui. Tu sais ce qui me plairait par-dessus tout, si nous achetons enfin cette maison dont nous parlons sans cesse ? Faire la cuisine.

— Je reconnais qu'on ne se débrouille pas trop mal quand on est chez nous.

Nous avons acheté plusieurs livres de recettes dans des librairies d'occasion. Nous choisissons les plus simples.

Nous envisagions sérieusement de nous débarrasser de notre appartement à St. Louis. Nous sommes si souvent sur la route que la dépense nous semble de plus en plus superflue. Mais nous avons besoin d'une adresse fixe, d'un endroit où recevoir notre courrier et d'où téléphoner à nos proches quand nous ne parcourons pas le pays. Nous mettons de l'argent de côté pour acquérir un pavillon, sans doute du côté de Dallas afin de nous rapprocher de notre tante et de son mari. Ils ont la garde de nos deux petites demi-sœurs.

Nous aperçûmes enfin l'enseigne du restaurant que nous cherchions et je quittai l'autoroute. Il était environ quatorze heures mais le parking était plein. Je me retins de grimacer. Tolliver adore la chaîne *Cracker Barrel*. Ça ne le gêne pas de devoir traverser la boutique de souvenirs pour accéder à la salle. Une fois

287

garés (à plusieurs centaines de mètres), nous bravâmes la gadoue jusqu'à la véranda traditionnellement meublée de chaises berçantes.

Les toilettes étaient propres, la salle bien chauffée. On nous attribua une table presque immédiatement et une très jeune femme aux cheveux longs et raides comme la queue d'un cheval nous annonça qu'elle était enchantée de nous servir. Ou plutôt, de servir Tolliver. Serveuses, barmaids, femmes de chambre, elles tombent toutes sous le charme de Tolliver. Nous commandâmes et alors que je tentais de me détendre, Tolliver pensait déjà à notre mission suivante.

— Une invitation des forces de l'ordre, me prévint-il.

Sous-entendu : moins de fric mais plus de publicité. La recommandation d'un professionnel est toujours un plus. Environ la moitié de nos affaires nous sont refilées par des détectives privés, shérifs et autres membres des autorités. Ils ne croient pas forcément en mes pouvoirs mais ils entendent parler de moi par le bouche-à-oreille et, sous la pression, sollicitent mes services. Peut-être pour se débarrasser d'un personnage influent de la commune. Peut-être parce qu'ils n'ont pas d'autre solution, ou encore parce qu'ils ont épuisé toutes les pistes dans leur quête d'une personne disparue.

— Que veulent-ils que je fasse ? Cimetière ou recherche ?
— Recherche.

À moi de trouver le corps, donc. Depuis que la foudre m'a frappée à travers la fenêtre de notre taudis de Texarkana quand j'avais quinze ans, j'ai un don pour localiser les cadavres. Si le corps est dans une tombe, les gens qui m'embauchent veulent connaître la cause du décès. Si le corps gît dans un lieu inconnu, je peux le traquer dans un périmètre limité. Par chance, plus la dépouille est ancienne, moins le bourdonnement qu'elle émet est intense, sans quoi je serais totalement cinglée, depuis le temps. Pensez-y. Cadavres d'hommes des cavernes, d'Indiens, de colons, de défunts plus récents – ça fait beaucoup de morts. Or tous me font savoir où leurs restes terrestres sont ensevelis.

Je me suis demandé si cela vaudrait le coup d'envoyer ma petite brochure aux archéologues et comment Tolliver s'y prendrait pour collecter les informations indispensables à un tel mailing. Tolliver est nettement plus habile que moi avec notre ordinateur portable. Pour une raison simple : ça l'intéresse.

N'allez pas croire qu'il est à ma botte.

Il est le premier à qui j'ai confié mon secret après m'être remise des effets physiques produits par le coup de foudre. Il ne m'a pas crue au début mais il a eu la gentillesse de tester mes pouvoirs. Depuis que nous en avons cerné les possibilités, il croit en moi avec ferveur. À la fin de mes études au lycée, nous avions tout planifié. Nous avons commencé par voyager uniquement les week-ends. Tolliver devait cumuler cette activité avec un emploi salarié et j'en profitais pour gagner un peu d'argent de poche dans la restauration rapide. Au bout de deux ans, il a pu se consacrer entièrement à notre projet. Depuis, nous enchaînons les missions.

Chez *Cracker Barrel*, il y a toujours un jeu de solitaire sur la table. Tolliver était en train d'y jouer, l'air sérieux et calme. Il ne semblait pas souffrir – il ne semble jamais souffrir. Je sais qu'il passe un moment difficile depuis qu'il a découvert que sa dernière conquête avait une idée derrière la tête ; on a beau apprécier modérément une personne, voire ne pas la trouver attirante, c'est un coup dur. Tolliver parle rarement de Memphis mais cet épisode nous a marqués tous les deux. Perdue dans mes pensées, je regardai ses longs doigts se déplacer sur le plateau. Les choses n'étaient pas faciles entre nous ces temps-ci. Et c'était entièrement de ma faute.

La serveuse vint nous proposer de renouveler nos boissons en adressant un sourire plus éclatant à Tolliver qu'à moi.

— Où allez-vous ?

— Dans la région d'Asheville, répondit Tolliver.

— Superbe ! approuva-t-elle.

Il eut un sourire absent et se concentra de nouveau sur son jeu. Elle haussa les épaules et s'éclipsa.

— Tu me transperces du regard, marmonna-t-il sans lever les yeux.

— Tu es dans ma ligne de mire, ripostai-je en m'accoudant.

Où diable étaient nos plats ? Je tripotai le rond de ma serviette en papier.

— Ta jambe te fait mal ?

Depuis l'accident, j'ai des douleurs ici et là, notamment à la jambe droite.

— Un peu.

— Tu veux que je te la masse, ce soir ?

— Non !

Cette fois, il se redressa.

Bien sûr que je le souhaitais. Seulement, j'avais peur de commettre un faux pas – un faux pas pour nous.